梦想之舰
辽宁舰

柳　刚　陈国全　王通化　著

华东师范大学出版社

中国海军正青春

暮春白马庙,绿柳依依,烟雨蒙蒙。

脚步叠着脚步,一群朝气蓬勃的青春学子畅游其间,用好奇的目光向历史深处眺望,探寻着人民海军诞生的那段峥嵘岁月。

1949—2019。与共和国同龄,人民海军今年70岁了。

70岁,对于一个人来说,已是古稀之年。

70岁,对于一支海军来说,实在是"青春芳龄"。环顾世界,英国皇家海军成立470多年,美国海军成立220多年,而人民海军诞生仅仅70年。

往事并不如烟。站在70周年这样一个值得庆贺的时刻,我们将目光投向这段距离我们很近很近的历史,投向一艘艘中国战舰,人民海军成长的"青春足迹"每一步都如此清晰,令人热血沸腾。

70年前,在中华人民共和国即将成立的炮火硝烟中诞生出的人民海军,其全部家当只有"几艘基本丧失战斗力的铁壳船和木船"。

70年后的今天,人民海军已昂首进入"航母时代"。

南中国海,战舰如虹,铁流澎湃,人民海军新时代的"靓照"

1

惊艳世界。

70年，短短70年，人民海军搭乘共和国前进的"梦想巨轮"，创造了令人惊叹的"中国速度"。

70岁，中国海军正青春。

这青春魅力，"秀"在世界关注的目光里；这青春担当，"刻"在中国战舰驶向深蓝的航迹里；这青春朝气，洋溢在海军官兵自信的眉宇间。

航母辽宁舰，中华神盾海口舰，明星舰导弹护卫舰临沂舰，友谊使者和平方舟医院船……挺进深蓝，一艘艘中国战舰破浪前行，为祖国人民的安全利益护航，为中华民族伟大复兴的征程护航——

在索马里海盗劫持的危急时刻，中国战舰来了，获救船员们自发地打起了致谢语"祖国万岁"；在也门战火纷飞、同胞生命危在旦夕的时刻，中国战舰来了，官兵们说"中国海军带你们回家"……

今天，站在历史与未来的交汇点上，中国战舰在深海大洋犁出的道道壮美航迹，不仅见证着中国海军70年的辉煌征程，也映照着中华民族向海图强的时代夙愿。

中国战舰，梦想之舰，热血之舰，青春之舰。

"以青春之我，创建青春之家庭，青春之国家，青春之民族。"百年之前，中国共产党先驱李大钊的振臂高呼响彻历史的回音壁。

"现在,青春是用来奋斗的;将来,青春是用来回忆的。"今天,这个声音回荡在神州大地上,激荡在所有海军官兵心里。

护航中国,人民海军的青春担当。

汽笛声声,海浪奔涌。让我们一起走进人民海军的传奇战舰,聆听中国战舰上年轻海军官兵们的成长与奋斗、光荣与梦想,感受人民海军肩负使命、驶向深蓝的时代脉动。

目　录

》引子
南海,中国航母破浪前行

有些日子,注定是要写入历史的。

公元 2019 年 4 月 23 日,在"海军城"青岛,人民海军 32 艘战舰列阵,远涉重洋前来的 13 国海军 18 艘舰艇整齐编队,参加庆祝人民海军成立 70 周年海上阅兵活动。

大海滔滔,铁流滚滚。受阅舰艇分成潜艇群、驱逐舰群、护卫舰群、登陆舰群、辅助舰群、航母群破浪驶来。

公元 2018 年 4 月 12 日,南海海域,中华人民共和国成立以来规模最大的海上阅兵举行。

碧海蓝天间,人民海军一支气势磅礴的战舰编队破浪前行。48 艘战舰,昂首列阵,亮剑深蓝;76 架战机,翱翔蓝天,壮志凌云。

战舰如虹,铁流澎湃。在这支代表着新时代人民海军形象的受阅战舰编队中,最引人关注的,莫过于航母辽宁舰。伴随着巨大的轰鸣声,两架歼－15舰载战斗机从飞行甲板上依次滑跃起飞……这一天,以辽宁舰为核心的航母打击作战群,以惊艳之举完成了自己在世界舞台上的"首秀"——辽宁舰航母编队已经基本形成体系作战能力。

瞩望辽宁舰甲板舰艏，那滑跃 14 度的仰角，分明是中国海军战斗力飞跃的一个象征。

此刻，一股前所未有的豪迈，从航母辽宁舰受阅将士的胸腔中吼出。一种前所未有的自信，洋溢在航母辽宁舰受阅将士的脸庞上。这豪迈，这自信，随着海风吹向了神州大地。

那一天，城市的街头巷尾，乡村的田间地头，很多人都在津津乐道着"这条新闻"，咀嚼着那份"让国人感觉甜甜的骄傲"。

许多年以后，当我们回顾中华民族走向复兴的辉煌历程，当我们回顾人民军队改革强军的奋进之路，南海海上大阅兵这激动人心的一幕幕，都会凝固成为经典，镌刻在历史的天空，铭记在人们的心中。

时间，是最忠实的记录者，也是最客观的见证者。

1949 年 4 月 23 日，在中华人民共和国即将成立的炮火硝烟中，人

○ 俯瞰航母辽宁舰

民海军在江苏泰州白马庙村诞生。那时,人民海军可谓一穷二白,全部家当不过是"几艘基本丧失战斗力的铁壳船和木船"。

第二天清晨,一支解放军先头部队从江阴八圩港搭乘小渡轮,准备去接管江阴要塞。迎着蒙蒙细雨,站在小渡轮狭窄的甲板上,带队的一位将军点了点人数,说:"同志们,这是我们华东军区海军的先头部队,5名干部加8名战士,一共13人——这可以称之为全世界最小的一支海军了!"

"当美国的第一艘核潜艇下水的时候,中国的木质鱼雷快艇才刚刚锯开第一根圆木。"如此刻薄的调侃,曾深深刺痛了国人的心。

70年后的今天,人民海军已进入"航母时代"。

70年,短短70年,人民海军创造了令人瞩目的"中国速度"。回顾世界各国海军发展史,人民海军的成长航迹绝对是独一无二的。

有这样一个耐人寻味的故事,尘封在青岛海军博物馆里——

1950年3月17日,人民海军首任司令员去山东威海视察昔日北洋水师的基地刘公岛。当时,没有船能过海,部队只好向当地渔民租借渔船。站在小渔船小得不能再小的甲板上,将军神色凝重。他一脸严肃地对随行人员说:"记下来,海军司令员今天坐渔船视察刘公岛。"

这,是人民海军知耻后勇的雄心。

有这样一张感动国人的照片,在网络平台上广为流传——

1980年5月,时任海军司令员访美,参观"小鹰"号航母。这是中国高级军事将领首次登上美军的航母。美军以保密为由,不让我们触碰航母上的设施。站在航母飞行甲板上,将军踮起脚尖、伸着脖子全神贯注地听取美军人员介绍,谦虚得像一个小学生。随行的摄影师,定格了

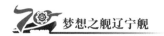

这一经典瞬间。回国后，将军说："如果中国不建航母，我死不瞑目。"

这，是人民海军奋力追赶的壮志。

正如著名作家斯蒂芬·茨威格说的那样："历史是真正的诗人和戏剧家，任何一个剧作家都别想超越历史本身。"对于人民海军70年沧桑巨变的这部"历史大剧"，即使想象力再丰富的剧作家，绞尽脑汁恐怕也无法创作出来。

在挺进深蓝的征途上，对于人民海军来说，航母不仅仅是一艘舰，更是一个孜孜以求的目标，一个必须实现的梦想。当我们把目光投向足够的时代景深，我们便会发现：一艘航母的梦想是怎样和一个时代的脉搏同频共振；一艘航母的梦想是怎样和一个国家的梦想紧密相连。

辽宁舰，中国舰。

在人民海军的历史上，从来没有一艘战舰像辽宁舰这样，承载着一个民族如此殷切的期盼。从来没有一块甲板，像辽宁舰飞行甲板这样，承载着一个国家如此深沉的重托。

这样的历史时刻，我们将永远铭记——2012年9月25日，航母辽宁舰加入海军战斗序列。航母辽宁舰的涅槃重生，见证了一个国家的伟大复兴；航母辽宁舰的横空出世，开启了人民海军波澜壮阔的航母时代。

今天，航母辽宁舰7岁，人民海军70岁。

家有男儿初长成，中流击水向大洋。在这样一个值得庆贺的时刻，让我们把目光投向这段距离我们很近很近的历史，细细梳理航母辽宁舰7年成长的"青春岁月"，静静倾听人民海军肩负使命、挺进深蓝的时代脉动。

>>> 第一章
坎坷前生

对于神州大地来说,公元 2011 年 7 月 27 日这一天的"开启"方式,有些特别。

那一天,凌晨 5 点 44 分,西昌卫星发射中心,一场暴雨之后,长征火箭橘红色的尾焰点亮黎明前的黑夜,中国第九颗北斗导航卫星顺利升空。

◎ 晨曦中的航母(李唐 摄)

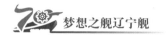

同一时刻，千里之外的大连港，天色刚亮。

码头上，弥漫的海雾尚未散去。远远眺望，"瓦良格"号庞大的舰体若隐若现，散发着神秘的气息。与往常一样，许多军事摄影发烧友早早蹲守在港口对面的制高点，等待着清晨的霞光给"瓦良格"号披上金色外衣的那一刻。

这一天的清晨，在海军大校刘志刚的记忆中，"并没有什么特别之处"。作为海军接舰部队的一员，他对时间是非常敏感的，"每天一睁眼就盘算着今天要做什么事"。这种争分夺秒的忙碌节奏，让他和战友平时几乎无暇关注外部世界的繁华。

吃早餐时，看到电视上"北斗卫星成功发射"的新闻，刘志刚心中为之一喜。刘志刚怎么也没有想到，这一天最火爆的新闻，不是"北斗"，而是他们为之默默奋斗的"瓦良格"号。

很快，太阳高高升起，身披全新灰色涂装的"瓦良格"号，第一次如此清晰地呈现在人们的视线之中。伴随着照相机"咔嚓咔嚓"的快门声，一张张"瓦良格"号威武英姿的高清大图，很快在网络上流传开来。

很快，密切关注中国航母建设动态的目光，都投向了大连港口。

很快，世界各国媒体记者四处打探消息……

这天下午，国防部新闻发言人在北京举行的国防部例行记者会上正式对外宣布，"中国目前正在利用一艘废旧航空母舰平台进行改造，用于科研试验和训练"。

"瓦良格"号航母的改建，标志着中国从此走上航母发展之路。国防部新闻发言人称："航母作为一种武器装备，既可以用于进攻，也可以用来防御，还可以用来维护世界和平、实施灾难救援等。中国正在研究航空母舰的发展问题，是为了增强维护国家安全与世界和平的能力，中国坚定奉行防御性的国防政策，绝不会因为发展先进武器而改变。中国近海防御的海军战略也没有发生转变。"

尽管中国官方的表态"低调而谨慎"，但丝毫没有降低国内外对中国建造航母关注的"热度"。在百度综合搜索平台上，"中国航母"迅速超过500万个词条。

在国内，从高校学子到煤矿工人，从都市白领到田间农民，无数的人都在为"中国有了自己的航母"而骄傲。在国外，有真心点赞的，也有别有用心的，有客观对待的，也有冷嘲热讽的。

从这一天起，"瓦良格"号的一举一动都牵动着国人的神经。从这一天起，中国航母建设发展的故事，有了世界"观众"。

7月27日这天晚上，海军大校刘志刚和辽宁舰的许多战友一样，失眠了，因为心中多了一份兴奋，肩头多了一份压力。

凌晨，聆听海浪拍打礁石的声音，憧憬着未来之路，刘志刚在日记本上写下了当时涌动在胸腔里那如火的激情——

哪怕脚下艰辛万丈，
理想的风帆注定会高高飘扬。
切勿轻言岁月的率真和痴狂，
逝去的寒冬必将迎来旭日明媚的阳光。
这一生，我都放不下日夜相伴的航母——
我梦中的新娘。

（一）

公元 2011 年,恰好是世界航空母舰问世的 100 周年。

中国正式迈入"航母时代"门槛的脚步,姗姗来迟,晚了世界整整 100 年。

联合国五大常任理事国美、俄、中、英、法,唯独中国没有航母。此时,全世界大小不等的现役航空母舰有 20 艘左右。其中,美国拥有 11 艘航母,居世界之首。

放眼周边,当时许多国家也都拥有了自己的航母。印度是二战后亚洲第一个拥有航母的国家,1957 年就从英国购买了"维克兰特"号轻型航母,1986 年又从英国购买了"维拉特"号航母。2004 年,印度与俄罗斯签约,购买俄军退役航母"戈尔什科夫元帅"号,同时印度自行研制的"蓝天卫士"号航母也于 2005 年开工。就连近邻泰国,也拥有了航母,他们 1997 年 8 月从西班牙购买了一艘满载排水量为 11485 吨的轻型常规动力航母。

其实,中国人建造航母的想法一点都不晚。

史料披露,早在 1928 年底,时任国民政府海军署署长陈绍宽在上报国民政府的呈文中,便首次提出要建造航空母舰。此时,距离英国建成世界上第一艘具有全通式飞行甲板的"百眼巨人"号航母,仅仅过去了 10 年。

航空母舰的诞生,与一篇新闻报道密切相关。1908 年,美国一家报纸刊出这样一篇文章:为了提高向纽约投递邮件的效率,德国有关机构正在研究让一架携带邮件的飞机从邮船的前甲板起飞。美国军方敏锐地感觉到，这一新的设想，可以移植军用——让飞机执行海上打击任务。

很快，美军成立了"飞机在军舰上起飞试验小组"，海军上校钱伯斯被任命为负责人。

起飞试验——1910 年 11 月 14 日，在新型巡洋舰"伯明翰"号专门搭建的木制飞行跑道上进行。降落试验——1911 年 1 月 18 日，在重型巡洋舰"宾夕法尼亚"号进行，执行这一高风险任务的是美军飞行员尤金·伊利。

美军试验的成功，奠定了航空母舰作为一种新武器装备的技术基础。世界各国对此高度关注，纷纷投入力量进行研究攻关。

在航母的实战化研制上，英国海军可谓后来者居上。1917 年 3 月，英国海军大刀阔斧改造大型巡洋舰"暴怒"号，拆除了战舰前部的大炮，铺装出一条长度几乎达到 70 米的起飞甲板，搭载了 4 架水上飞机、6 架战斗机。

1917 年 8 月 2 日，英军少校飞行员邓宁驾驶战斗机，首次成功降落在大海上航行的"暴怒"号飞行甲板上。这是航母发展史上值得铭记的一天！

然而，幸运没有再次眷顾这位勇敢的飞行员。"暴怒"号高耸的桅塔和烟囱，给战斗机降落带来了巨大障碍。几天后，邓宁再次驾机降落时，控制不慎，飞机滑出舰艇之外，邓宁溺水而亡。

邓宁，世界上第一个在航母上成功降落的功勋飞行员，也成为历史上第一位为航母事业献身的舰载机飞行员！

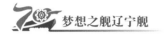

1917 年底,英国海军对"暴怒"号进一步改造——拆除后桅和后主炮,在舰尾加装了降落甲板。这样,"暴怒"号以甲板中部的上层建筑为界,舰艏甲板供战机起飞,舰尾甲板保障战机降落,彼此互不影响。

经过一系列技术改造,1918 年初,"暴怒"号最终成为世界上第一艘由旧军舰改装而成的航空母舰,搭载飞机 20 架。同年 7 月,"暴怒"号出色执行了对德国一个空军基地的突袭战斗。这,也是航空母舰第一次投入实战。

在航母初期发展历程中,英国人的魄力和胆识,远远超过其他国家。在对"暴怒"号进行改造的同时,英国用意大利商船改建航母"百眼巨人"号。1918 年 5 月,"百眼巨人"号下水,排水量为 14459 吨,搭载飞机 20 架。这是世界上第一艘有全通飞行甲板的航空母舰,换句话说,就是世界上第一艘真正意义上的现代航空母舰。

世界各国的脚步,紧随英国人之后。1922 年,美国第一艘航空母舰"兰利"号问世——该舰由运煤船改建,满载排水量 14700 吨,可搭载飞机 30 多架。同年底,日本第一艘航空母舰"凤翔"号诞生——这是世界上首艘直接设计和建造的"纯血统"航母,排水量 7470 吨,全通甲板 168 米,可搭载战机 26 架。

一时间,航母成为一个国家海军力量和整体军事实力的象征。此后 20 年,就像是海上的一场风暴,世界航母建造竞赛越演越烈,直到第二次世界大战爆发。

关于新型武器装备对于人类战争方式的改变和推动,恩格斯总结了一句经典论断:"一旦技术上的进步可以用于军事目的并且已经用于军事目的,它们便立刻几乎强制性地而且往往是违反指挥官的意志

而引起作战方式上的改变甚至变革。"(《马克思恩格斯全集》第 20 卷第 187 页，人民出版社 2006 年版)

航空母舰这一全新的作战平台，无比生动地诠释了恩格斯这一经典论断。登上第二次世界大战这一历史舞台，航空母舰在实战中发挥的巨大威力，立刻"引起作战方式上的改变甚至变革"。

二战中，最先"嗅"到航母作战潜力并大胆付诸实践的人，当属日本海军指挥官山本五十六。在他亲自策划下，1941 年 12 月 7 日，日本 6 艘航空母舰组成的特遣战舰编队，突然对驻扎在珍珠港的美国太平洋舰队进行袭击。战斗仅仅持续了 1 个多小时，日军以损失 7 艘舰船和 29 架飞机的微小代价，重创美国太平洋舰队——损失战舰近 100 艘(包括 8 艘战列舰、3 艘巡洋舰)，飞机 400 多架，官兵死伤 4500 余人。

106 岁的老兵雷·查韦斯——美军最后一名珍珠港海战中的幸存者，于 2018 年 11 月 21 日辞世。当时，他是一名海军军需官。回忆日军战机轰炸港口的情景，他说，"所有船只都在着火，整个港口被黑烟覆盖"。

珍珠港海战，改变了雷·查韦斯的人生——他因患上了创伤后应激障碍而退出现役，返回家乡成了一名园艺师。

珍珠港海战，改变了沿袭多年的世界海战模式——"珍珠港战斗标志着海上作战方式一个划时代的变革，即空中力量和海上力量的紧密结合。"一位军事历史学者如此评论，"这是海军由以战列舰为核心过渡到以航空母舰起主要作用的转折点"。

从此之后，航空母舰"海上霸主"的地位得以确立。无论是马汉"制海权"理论的拥趸，还是杜黑"制空权"理论的"铁粉"，世界各国海

军都深刻认识到"航空母舰的运用对于战争胜负起着不可替代的、至关重要的决定性作用"。

英国战略家富勒说:"除非历史能教给我们如何去展望未来,否则军事史只是一部人类的血腥浪漫史。"越南战争、英阿马岛之战、海湾战争……回顾历史,二战之后世界上几乎每一场局部战斗和地区冲突,都有航空母舰冲锋陷阵的身影。

2011年3月,航母问世百年的这个春天,航母再次成为世界媒体关注的焦点——在北非利比亚的战场上,以法国"戴高乐"号航空母舰为首的473特混舰队奔向战区,"阵风"舰载机频频从"戴高乐"号航空母舰上起飞发动空袭;在东亚,日本特大地震引发海啸,美国"华盛顿"号航空母舰忽而要参加救灾,忽而躲避核辐射离港。

作为武器装备中的"百年老将",航空母舰依旧是"活力四射",依旧是大洋上作战适应能力最强的军舰,其"海上霸主"地位依旧无法被撼动。

正因为如此,航母问世百年之际,世界又掀起了新一轮"航母热"——

这一年,美国海军启动了第2艘"福特"级航母的建造工作。这艘名为"肯尼迪"号的航母建成后,服役时间长达50年;运营成本更低,将节约50亿美元。另一艘"杜鲁门号"航母则进行改装,将89000磅的主桅杆换成30000磅左右,重量降下来了,质量和威力却升了上来。

这一年,美国最新预警机E-2D"先进鹰眼"在"哈里·杜鲁门"号航母上成功降落,F-35B海军型也在航母上完成了起降。海军航空系统司令部司令大卫·阿奇特泽尔称这是海军航空战斗力的一个里程碑。世界上最先进的飞机都在"上"航母，航母日益成为一个强大的超级作战平台。

这一年，英国"无敌"号航母停下了脚步。在土耳其一家废旧船只处理厂，它被熔炼成1米见方的钢锭。有人感叹，该舰的拆毁是英国海上强国地位衰落的一个象征。但，也正是它，曾表达了英国海军的雄心：无敌。英国表示，将启动建造巨型新航母，其意义仅次于伦敦奥运，奥运会彰显国家影响力，航母则彰显国家威慑力。

这一年，许多国家都在为航母而心情纠结：土耳其声称已有能力自建航母；伊朗也表示要制造国产航母，否则"没有一席之地"；印度、巴西也纷纷加速国产航母研制进程……

"在航母发展100年之后，中国改建第一艘航母，作为一名中国军人，此时此刻您想说什么？"有媒体记者问军事学者杜文龙。

杜文龙这样回答："此时此刻，我最想说的是，作为一名中国军人，这是重要的一天，但更是需要平常心的一天。只有建设一支强大的海军，海洋带给我们的才能是繁荣、和谐和安定。但作为中国军人，今天我们更需要平常心。毕竟，面对这个别人已经领先了100多年的庞大而复杂的技术系统，我们只是一个新手。"

这，不仅是杜文龙个人的回答，也是中国海军乃至中国军队的心声。

（二）

建造航母，绝对是件难事，不仅建造费用昂贵，更因为技术要求高。

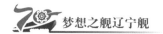

1949 年 10 月 1 日,中华人民共和国成立,国家经济基础薄弱,百废待兴。对于老百姓温饱问题尚未解决的中华人民共和国来说,航母绝对是件"奢侈品"。

"当时,我们即使想造航母,也没有这种能力。"《大国航母》一书的作者、国防大学教授房兵说,"航空母舰几乎是对一个国家全部工业实力的总体考核。如果一个国家能够完成一艘 5 万吨级以上的航母的独立设计建造,拥有完整的独立的自主产权,那么可以讲,它的综合国力已经上了一个大国的台阶。因为这几乎对一个国家所有的工业门类,不光是机械工业、造船工业,还包括电子产业、信息产业、武器装备制造业,甚至包括航空产业,都是一个巨大的考验。"

1980 年 5 月,人民海军时任司令员率团访美,参观美军航空母舰"小鹰"号。在回忆录中,将军这样写道:"这是中国人民解放军和科技人员首次踏上航母,其规模气势和现代作战能力,给我留下了极深的印象。"

回国后,将军多次强调:"海军有了航空母舰,海军的质量就会发生大的变化,海军的作战能力也就有了较大提高,有利于提高军威、国威。"

忧之,切之。然而,中国当时改革开放不久,"搞"航母的条件并不成熟。"条件不成熟,该干的也要干起来。"

1987 年 5 月 26 日,《解放军报》在头版显著位置刊登了一则消息《海军将从飞行员中选拔培养舰艇长》——

海军航空兵将有 10 名年轻优秀的飞行员从万里蓝天

"降落"到水面舰艇学院……现代海战是在辽阔的空域、海上和水下进行的潜艇、水面舰艇和航空兵的协同作战，这无疑对海军指挥军官的素质和才能提出了更高要求。当今发达国家的海军人才中，不少既熟悉舰艇，又通晓航空兵，尤其是航空母舰的舰长，许多是飞行员出身。海军首长借鉴外军经验，着眼于海军的现代化建设和长远发展，去年以来多次提出了从飞行员中选拔培养舰艇指挥员的设想。

这则字数并不长的新闻，在当时并没有引起普通民众的热切关注。但是，国内外军事专家都明白：开办"飞行员舰长班"，是人民海军为未来的航母事业做人才准备。

2008年11月，国防部外事办领导向媒体表示，如果中国建造一艘航空母舰，世界不应对此感到意外，但中国将仅把这种军舰用于近海防御。

2009年，时任国防部部长会见时任日本防卫大臣浜田靖一，明确表态："大国中没有航母的只有中国，中国不能永远没有航母。"将军这句铿锵有力的表态，迅速登上了中外各大媒体的封面。当时，这也引起了国内新一轮关于建造航母的讨论热潮。在网上论坛"中国造航母，你是否会捐款"的调查中，近万名网友投票和参与讨论，超过八成网友表示愿意捐款。

一切迹象表明，中国的航母梦想即将破冰启航。

我国是世界上最大的临海国家之一，海洋利益无疑是国家利益的重要组成部分。中国古代航海家郑和曾说过："欲国家富强，不可置海

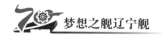

洋于不顾,财富取之海洋,危险亦来自海上。"从1840年到1949年,中国遭受列强来自海上的入侵达数百次,被迫签署不平等条约700多个。

鸦片战争的悲歌、甲午海战的屈辱以及抗日战争的血流成河……中华民族深深体味到有海无防的哀痛、落后挨打的苦果。近代中国身上这些刻骨铭心的"伤疤",诠释着军事战略家们常挂在嘴上的那句经典论断:"没有海军,在紧要关头所表达的国家意志,就仅仅成了一个泥足巨人所做的笨拙无用的姿态而已。"

"所有国家的兴衰都取决于海上。"历史的车轮如今来到了21世纪。在这样一个新时代,海洋已成为国家利益拓展的重要空间,海洋安全已成为国家安全的重要领域之一。

眺望未来,争夺海洋权益的斗争将愈演愈烈。国家的权益,永远要靠力量来捍卫。努力建设一支与我国地位相称、与国家发展利益相适应的强大海军,是有效履行新世纪新阶段我军历史使命的客观要求,也是维护我国日益全球化国家利益的必然选择。

回望走过的路,我们应该看到,中国发展航母绝非一时兴起,而是党中央、国务院、中央军委,从我国的安全战略考虑出发做出的科学决策,也是建设强大国防、实现中华民族伟大复兴的中国梦的必然选择。

2011年1月,《现代舰船》杂志特别制作了一期专题《刘华清与中国航母发展之路》,其中引用了将军的这样一句话:"如果中国没有航空母舰,我死不瞑目,中国海军必须建造航母。"

6个月之后,中国军队向世界正式宣布了"改建航母"的消息。

针对国外媒体关于"中国威胁论"的言论,军事学者彭光谦如此说："对于中国这样一个 GDP 总量位居世界第二、对全球经济增长贡献率达 50% 的大国来说，拥有航母有其现实的必要性和合法性，并不值得外界大惊小怪。"

俄罗斯著名军事评论家利托夫金断言："如果一个国家能够完成一艘 5 万吨级以上航母的自主设计建造，那么它的综合国力就已经迈进了世界强国的行列。"

（三）

2011 年 8 月 10 日，大连港再一次吸引了世界媒体的目光。

◎ 金色航道——2011 年中国首艘航母辽宁舰试航（王松岐 摄）

◎ 航母辽宁舰出海试验（张凯 摄）

这一天清晨，汽笛声响，由"瓦良格"号改建的航母平台驶离码头，首次出海进行试验。

"按照试验计划，我航母平台首次出海试验时间不会太长，返回后将继续在船厂进行改装和测试工作。"这一消息迅速在国内网络上火爆传开。

"作为一艘利用废旧航母平台改造的用于科研和训练的航空母舰，它就像一篇文章的草稿，这个草稿将来也许会一字不留地被推倒重来，但草稿的参照价值不可替代。从这点看，这艘航母的改装，最核心的作用是为中国航空母舰的科研和训练提供一个基本的依托和支点，学习怎么造，练习怎么用。"军事学者杜文龙如是说。

西方国家的一位海军军官曾在公开场合轻蔑地表示:"就是送给中国一艘航母,5年之内能把它管好就不错了。"

行动,是最好的回答。

2011年11月29日,国防部新闻发言人宣布,继当年8月顺利完成首次出海试验后,中国航母平台再次出海,开展相关科研试验。

"动力摸底凭海问,舰机适配凌空索。待成功,把酒诉衷情,普天悦。"随舰出海的海军上尉王少辉在夜泊大洋时写就如此诗句,我们多少能从中品味和推测到这次出海试验的内容,以及忙碌的工作节奏。

可以说,中国航母平台的一举一动,牵动着国人的心。盘点2011年度十大国际军事新闻,国内诸多媒体都不约而同地把"中国改造首艘航母平台"排在了首位。

2011年12月30日,在这一年最后一天的国防部例行新闻发布会上,航母依旧是大家关注的焦点。国防部新闻发言人介绍说,我航母平台前期开展的海上试验均已达到了预期效果,正按计划在海上开展后续科研试验。

细细品味关于中国航母这条新闻,你会发现中国人追赶的脚步越来越快。

人们期待着,2012年中国航母将带来的惊喜……

>>> 第二章
横空出世

时间有重量吗?

答案是:有。因为,时间承载着一个国家沧海桑田的历史之变;因为,时间承载着一个民族自强不息的时代之梦;因为,时间承载着一名军人热血青春的使命之重。

一天,对于人的生命来说,究竟又有多重?

有时轻如鸿毛,因为这一天过得平淡如水,过得索然无味。

有时重如泰山,因为这一天见证了自己奋斗事业的辉煌,感受到了辛勤付出之后得到的那沉甸甸的收获,品味到了生命中最幸福的滋味。

对于1985年出生的海军上士马壮来说,2012年9月25日,是他军旅生涯乃至整个人生之中最"重"的一天。

这一天,秋高气爽,阳光明媚。这一天,大连港一派喜庆,焕然一新的航空母舰上彩旗猎猎。

挺立在高高的航母舷边,上士马壮和战友们个个精神抖擞,一脸骄傲自豪。"心里有话千万句,但我只能说出一句:'我属于你,

辽宁舰!'"海军上士马壮回忆说,"国歌奏响的那一刻,热血在胸腔里涌动,心跳不由控制地加速,当时自己感觉幸福爆了。"

碧海蓝天下,举起右手致以庄严的军礼,海军上士马壮和他的战友们,亲眼看到了人民海军这样一个伟大的历史时刻——

这一天上午10时,中国向世界庄严宣布:我国第一艘航空母舰被命名为辽宁舰,舷号"16",正式服役人民海军。

从这一刻起,"瓦良格"号这个名字成了历史。从这一刻起,辽宁舰屹立在世界舞台之上。描述这一刻对于人民海军的非凡意义,一位军旅诗人这样深情写下:

    你是共和国航母的长子,

    你真正的名字叫辽宁,

    它不仅仅是一个省份的称号,

    更深的含义是因为你的出现,

    让祖国辽阔的海疆安宁。

    ……

这一天,新华社发表评论:"我国第一艘航空母舰——'辽宁舰',在按计划完成建造和试验试航工作后,正式交付海军。在航空母舰问世将近百年之际,作为当今世界第二大经济体、人口最多的国度,中国终于拥有了自己的航空母舰。"

这一天,《美国新闻与世界报道》刊文评论:"首艘航母服役使中国跃升为'航母俱乐部'新成员。尽管中国航母只具备有限作战能力,但这在政治和军事上都具有重要意义。"

这一天,英国路透社报道称:"虽然中国航母真正有效发挥作战能力尚需时日,但是中国的航母项目是解放军30年来强军之路的一个缩影。"

不仅仅是海军上士马壮,辽宁舰首批舰员们都深深感受到2012年9月25日这一天所承载的沉甸甸的"历史重量"——

"历史将永远记住这一天,2012年9月25日,中国海军从此迈入航母时代。"站在宽阔的航母飞行甲板上,面对媒体记者,时任辽宁舰舰长、海军大校张峥激动之余,说得更多的是责任与使命:"这次航母交接入列,举世瞩目、举国关注,党中央、国务院、中央军委专门致电祝贺,党和国家领导人亲自参加航母交接入列仪式,这既是亲切的关怀、莫大的荣耀,又是巨大的鞭策和鼓舞。我们一定牢记使命,不负重托,圆满完成航母的后续科研试验和训练工作,为航母的建设和发展积累更多的宝贵经验。"

航母辽宁舰交接入列这一天的"历史重量",也深深镌刻在中华民族复兴征程的辉煌记忆里——

> 请记住,2012年9月25日是你的生日,
> 那一天整个中国为你沸腾,
> 多少人为你喜极而泣,
> 多少人为你举杯相庆,
> 因为你已不只是一艘战舰,
> 你是压抑在这个民族内心一百年的梦。

© 2012年9月，中国海军辽宁舰在试航（李唐 摄）

（一）

辽宁舰横空出世的背后，是"瓦良格"号的涅槃重生。

"差不多就剩下一个破旧的船壳子了。"一位军工专家清晰地记着第一次登上"瓦良格"号所看到的情景。

满心期待而来，一脸沉重而归。"瓦良格"号船体损坏的状况，大大超过了军工专家心里最初的预期。

就是这个"破旧的船壳子"，成了我国研制国产航母的起点。在搁置了3年之后，2005年4月26日，"瓦良格"号被拖进了大连造船厂的干船坞，开始了它的改建重生之旅。

从这一天起，大连造船厂的干船坞里焊花飞溅、脚步匆匆。

从这一天起，在总设计师的带领下，科研团队从零起步，昼夜攻关。方案设计、技术设计、施工设计……他们根据军方提出的要求，按照新船研制的流程，一步一步地展开了改建工作。

航母，真不是你想造就能造的。从数万吨特种钢材到成千上万的电子设备，从驱动航母快速推进的动力系统到保障舰载机起降的全套设施，再加上那套无比复杂的系统，才能把空军基地打包到一艘船上。其中无一不需要强大的经济科技实力予以支撑。

印度海军，先后花费了20多亿美元，用时近10年，才在俄罗斯的帮助下完成一艘二手航母的改造。随后，依靠进口的特种钢材和遍布全球的供应商，国产航母才得以开工。如今"维克兰特"号已经下水4年，仍只有"进口"而来的船体。法国海军"戴高乐"号航母，由于核反应堆不匹配,不仅航速不足,而且动力系统故障频发,严重影响出动效率。就连美国人也不敢说完全吃透了航母相关技术,"福特"号采用的先进阻拦装置,研发进度严重滞后,很可能最终回归传统液压机械阻拦装置。

更为重要的是,航母建设不仅是打造一个平台,而且是构筑一个包括舰载机、护卫保障舰艇等一系列配属装备在内的作战体系。没有舰载机的航母,不过是一只任人宰割的大猫;而不成编队的航母,只是一个静待导弹灭顶的机场而已。

这,是一次挑战空前的创新之路。挑战的,不仅仅是总设计师一个人的智慧,而是整个中华民族的智慧。

改建"瓦良格"号,是一个巨大的系统工程,需要调集数千家企业和科研院所,现场还要四五千人同时施工。上舰安装的上万套设备,由1000余家科研院所生产研制。为了研制生产这些设备,上万名科学家、工程师,数万名工人在全国各地生产线上昼夜奋战。所有这一切,是对中国工业体系制造能力的"特殊检验"。

忙碌的脚步声,回响在大连造船厂。码头上,天天上演着"从未有过的热闹":清晨,工人师傅们像海里的鱼群一样,争先恐后地涌进作业现场;黄昏,工人师傅们像空中的鸟儿一样,快速消失在茫茫夜色之中。

辽宁舰这个"巨无霸",甲板下的阻拦机构,平面安装精度须达到毫米级,相对于在长达几十米的"身躯"操作,误差要求小于万分之一。经过长达几个月奋战,安装作业经测算后精度完全在控制范围内。

"创造历史的人,往往自己并不知道将影响历史。"此刻,这些平凡

的身影并没有意识到：他们正在用自己的汗水和智慧创造着历史；更没有意识到：他们创造的历史将会如何影响着未来的历史。

航母之路，创新之路，青春之路。"生逢其时，责无旁贷。自己的名字能与航母事业联系在一起，无比自豪。"王硕威，是一位幸运的"80后"，刚年满25岁的他，就参与到了航母改建工程之中。

在历时7年的艰苦攻关中，王硕威和团队曾在滴水成冰的严寒里连续户外作业，曾在热浪袭人的岛礁坚守勘测，曾加班加点试验数月不能和外界联系。王硕威说："我们习惯了挥汗如雨，习惯了满身油污，习惯了没有周末节假日，习惯了想问题彻夜不眠，习惯了与家人聚少离多。"

正是凭着王硕威和"王硕威们"的这股子拼劲和坚忍不拔的闯劲，航母辽宁舰才能如此快速地改建并列装。

回眸共和国历史征程，大国重器背后的面孔，从来都是敢闯敢干的年轻人——

当中国第一颗原子弹爆炸的蘑菇云在罗布泊升起时，戈壁滩上振臂欢呼的都是一个个青春的身影。这个时候，"两弹一星"功勋科学家程开甲只有46岁，他的"弟子"、参与了共和国全部核试验的科学家林俊德，只有26岁。

当中国第一颗人造卫星"东方红一号"遨游寰宇时，"东方红一号"卫星的总设计师孙家栋，只有41岁；当中国从核潜艇水下发射的第一枚运载火箭直刺苍穹时，核潜艇工程的总设计师黄旭华院士，只有64岁……

当青春最美的年华与大时代相遇，当青春的激情与国家使命碰撞,生命必然会绽放出最耀眼的光芒。王硕威,从大学毕业以后,短短 16 年参与数艘舰船的设计研制,2018 年度荣获"中国青年五四奖章"。

航母改建,是一次艰苦卓绝的攻关之旅。国产航母的一位专家在接受采访中透露,自航母研制事业启动以来,身边先后有 15 位同事积劳成疾,离世而去。这,是一场没有硝烟的战斗,是一份沉默的悲壮。

有一种选择叫隐姓埋名,有一种誓言叫此生无悔,有一种追求叫为了祖国。

目睹辽宁舰正式下水那一刻,这位专家眼含热泪。此时,那首熟悉的歌声回荡在参与航母工程的科研人员耳畔:"曾经失落的尊严,在你们手上赢了回来,为国铸剑,你们先把自己百炼成钢。和平年代,有许多东西与时间一起流逝,民族魂,最是那于无声处的奋斗……"

(二)

在辽宁舰交舰协议书签上自己名字的那一刻,杨雷握笔的手,是微微颤抖的。

那一刻,他——航母总监造师、海军某军代表室总代表,正一笔一画地将自己的名字"刻"进了中国航母事业的历史。

那一刻,没有哪一个词语能精准形容杨雷当时复杂的心情:有那么一点点兴奋,有那么一点点紧张,有那么一点点骄傲,有那么一点点压力……

那一刻,杨雷接到的不仅是航母建造任务,更是他军旅生涯中最

荣耀、最艰难的一场时代大考。

航母舰体有 20 层楼高，3000 多个舱室，如果一个婴儿从出生那天起，在每一个舱室只待一天，出来时就满 10 岁了。为了摸清航母的"五脏六腑"，杨雷带着战友走遍每一个舱室，协助绘制出纷繁复杂的结构草图，3 个月完成了通常情况下一年半的工作量。没有标准规范，没有技术借鉴，作为总监造师，杨雷每天说得最多的一句话就是——"错了我负责！"

字字如山，这份担当，没有一颗超强大的心脏是难以承受的。

"每一天，每一步，我都是如履薄冰。"3 年，1000 多个日日夜夜，这个曾经百米能跑 11 秒 9 的男子汉，满头黑发变得发白，而且掉了一大半。他年过六旬的父亲，至今还是一头黑发。父亲打趣地说："他头发都掉成这样了，这绝对不是遗传，我宁可自己多掉点，他好点。"爱人心疼地说："那段日子，他做梦说梦话都是'下面我讲三点'。"

"为什么我们总是热泪盈眶，因为他们的热血总在为祖国流淌。"监造过程中，军代表经常还是探险的"第一人"。

主动力系统是航母里最复杂最危险的系统。一次试航，需要主动力满负荷运行。军代表徐鹏把参试官兵全部请出现场，只留下 3 名军代表分工监测运行数据。徐鹏记得："当时，主机的锅炉如同即将爆发的火焰塔，能驱动几万吨航母全速运行的高压蒸汽，丝毫的泄漏都能瞬间洞穿人体。"

更多时候，监造航母改建的工作也是平凡而琐碎的。航母上，有些舱室的入口只有 50 厘米高，军代表只能以匍匐的姿势爬进去。粗略计算，光检查全船的焊接焊缝，军代表就需要"爬舱"2000 多公里，这个距离相当于从北京到广州。

"时代到处是惊涛骇浪,你却低下头,甘心做沉默的砥柱。"这句诗意浪漫的话,用来描述这群战斗在航母监造特殊战线的军人来说,再恰当不过。没有鲜花,没有掌声,甚至因为保密的需要,他们一辈子连报奖、抛头露面的机会都没有。可当时 34 岁的军代表冷骏说:"我们必须对得起国家的信任!"

2009 年,陈青接受歼 – 15 舰载机监造任务时,心中曾有片刻的犹豫。

当时,陈青的父亲突发脑出血,卧床不起。他的父亲,是一位 1964 年入伍的海军老兵,是老一辈的海军航空装备监造工作者。70 岁的母亲,握着陈青的手说:"你爸爸现在是有病,不能说话,要是他清楚的时候,他也得支持你。"

陈青走后,母亲独自照料老伴,每天做饭、扫地,给老伴喂饭、翻身、洗衣服。没想到,母亲意外摔倒,骨裂。担心影响儿子工作,母亲不让家里人告诉他。住院几天后,家里人实在忍不住了,才告诉陈青。

国之重器,不仅要用"心"铸就,更要用"新"铸就。

"没有自主创新,我们不可能这么短时间完成这样艰巨的任务。哪怕是一个微小的失误,都可能带来无法估计的后果。"在陈青看来,歼 – 15 舰载机研制没有及格不及格之分,要么是满分,要么就是零分。

陈青和战友们在最忙碌、最紧张的日子,干脆把床铺搬到了办公室,每天伴着机库里发动机的彻夜轰鸣,完全忘却了尘世的喧嚣。只有在机库,他才能找到一种踏实感。"飞鲨"成功翱翔海天,陈青也迷上了站在起飞线不远处倾听发动机的轰鸣声。

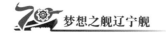

最近一段时间,陈青最开心的事,是成了儿子崇拜的"偶像"。以前,儿子不知道陈青具体是干什么的,连开家长会都忙得没有时间参加。如今,儿子知道了他是监造歼－15舰载机的,对他开玩笑地说:"老爸,没看出来,你还挺低调。"如今,陈青的儿子已考上北京航空航天大学,打算以后"跟老爸做同行"。

面对国家使命,一名军人到底可以承受多少生命中不能承受之重?陈青和他的战友们用实际行动做了极限"回答"。

直到今天,军代表张晓阳读着手机里母亲的这条短信,声音依旧有些发颤:"儿子,我现在知道你在忙什么了,爸妈为你骄傲,家里有我,不用担心。"

这条短信发送的日子是2012年9月25日——那一天,航母辽宁舰正式交接入列。在电视播放的新闻中,母亲看到了张晓阳的身影。

在此之前的1个月,张晓阳的父亲查出患胃癌。母亲问他,能不能请假回来?那个时候,正是航母交接入列前最关键的阶段,他怎么能离得开?!因为工作特殊性,他又无法向母亲解释,只能说"加班离不开"。亲戚不理解,还误认为他这个儿子没孝心。

那时,战友们谁也不知道:当张晓阳在为航母交付日夜奋战时,他的母亲带着病重的父亲正四处求医。

航母辽宁舰正式列装那一刻,张晓阳最想的事儿就是"立即赶到医院,去看看重病的父亲"。如今,父亲走了,张晓阳心中藏着一份无法弥补的遗憾和愧疚。

在航母监造官群体中,类似张晓阳的故事还有许多。2011年11月底,航母一次出海航行试验的第4天,就是某军代表室副总代表王祖强妻子的预产期。妻子是高龄产妇,他忍痛离别医院产房里的妻子,毅然登上了航母舷梯。临行前,他亲自为孩子起名"王心舟"。后来,这个真实的故事被改编成情景剧亮相舞台,感动得航母部队官兵泪流满面。

杨雷上任航母辽宁舰总监造师后,下达的第一道命令:拆除舰艇上的俄文舰名"瓦良格",抹去俄海军航空兵的徽章。后来,杨雷又下令,将辽宁舰舷号"16"涂上。这两个阿拉伯数字有近40平方米大,是中国海军的骄傲。"等到'16'涂装上去了,我彻底觉得这就是我们的船了。"

正是他们不懈地努力和付出,与全国数千家企业的共同努力,航母辽宁舰改建工程以不可思议的速度完成了——比预计节点提前数月实现首航,提前数月交装入列。

"航母问世,此生无憾,此生有幸!"2012年9月25日,目睹航母辽宁舰交接入列的那一刻,一位舰母监造官感慨不已。

这句话,不仅是他个人的心声,也是所有航母监造官的心声!

(三)

"历史已经走到了我们面前,我们已站在历史的前沿。"

公元2009年12月18日,中国航母接舰部队悄然组建。500多名海军精英,从大江南北汇聚到黄海之滨的大连造船厂,驾驭航母辽宁舰的历史重担,落在了这群年轻海军官兵的肩头。

"从你们到这里报到的那一刻起,每个人的命运已经与国家荣誉

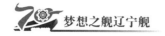

紧紧相连,每个人的一生注定要与海军使命紧紧相连,每个人的青春注定与航母发展紧紧相连……"首批航母接舰舰员、二级军士长张乃刚至今清晰地记着动员大会上舰长张峥的讲话。

建航母,难。驾驭航母,难上加难。对此,舰长张峥形象地比喻:"好比要学一门没有老师教的课程,又进了一个不知道标准答案的考场。"

在航母建设事业这个"特殊的战场上",人才培养也是最艰巨的任务。水兵,只有经历了惊涛骇浪,只有承受了战舰与海浪的碰撞,才能锻造出钢铁战舰般的坚强。

建航母,从零起步;培养航母人才,亦是从零起步。回顾世界历史,几乎没有哪个国家像中国这样,在自力更生建设航母的同时,又在自力更生探索航母人才培养之路。

与航母"结缘"的那一幕,清晰地刻在海军少校何寅生军旅人生的"记忆胶片"上——

面试官说:为什么想上大船?

他回答:为了心中的理想。

面试官说:我们部队刚组建,生活上比较艰苦,有心理准备吗?

他马上接着回答:没关系,我不怕吃苦。

面试官又说:想好,我们那里3年内不具备成家条件!

他坚决地回答:3年内不成家,没问题!

"孰知不向边庭苦,纵死犹闻侠骨香。"唐代诗人王维的这首边塞诗,如今被航母水兵王维用来解释自己选择来航母的动因。

王维,海军四级军士长,在原单位是优秀技术骨干,经常出海出国执行任务,福利待遇不错,家属已随军到了单位驻地,生活稳定幸福。听说有机会上航母,王维毅然舍弃了这一切,他对面试官说:"让我上航母,不发工资我都干。"

他给笔者看了一些自己的照片:刚当上水兵时拍的,随舰艇出访时拍的,结婚时家属来队拍的,在航母上拍的……回首22年军旅生涯的一个个重要时刻,最后他笃定:"最值得骄傲的还是上航母!"

海军上校彭军荣则用自己的诗句,生动地表达了自己选择航母的人生抉择——

> 那是一个充满希望和朝气的春天,
>
> 在南中国海第一次听到你的乳名,
>
> 就义无反顾选择了你。
>
> 没有理由,
>
> 只为了心中的理想和渴望,
>
> 儿时的憧憬和梦想,
>
> 还有那军人的一丝豪迈与激情,
>
> 我来了!

为了心中的航母梦想,官兵们有的放弃相对稳定的工作,有的抛下嗷嗷待哺的孩子,有的离别新婚不久的妻子……从天南地北如百川归海般汇聚而来。

在航母接舰部队,有这样一句话被官兵们津津乐道:"我们都是理想主义者!"面对航母事业的召唤,官兵们之所以义无反顾,之所以毫

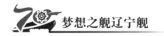

不犹豫,之所以前赴后继,都是因为心中闪闪发光的梦想。这样的梦想与奋斗互相激发、交融所产生的能量,正是航母事业的动力所在。

这句话,最早出现在辽宁舰舰报刊发的一篇题为《谈谈航母人才的标准》文章里。当时,这句话一度成为选拔航母人才的重要标准之一;后来,这句话逐渐沉淀为航母辽宁舰官兵群体的精神特质。

一个人的梦想,一支军队的梦想,一个国家的梦想。正如上述这篇文章的作者、时任辽宁舰副政委李东友所言:"理想主义的共同之处就在于超越,超越时代地域的思维视野,超越艰险困难的勇气毅力,超越生死荣辱的无私豁达。"

实现心中梦想的道路,总是充满坎坷的,只有拥有一颗颗无畏进取、持之以恒的心,才能抵达成功的彼岸。

第一次见到向往已久的航母"真容",上士王谦心情由沸点跌倒了冰点:跟想象中的"超级军舰"完全不一样,它锈迹斑斑地停在船坞里,整个舰体千疮百孔。"要让这样一艘战舰驶向大洋,该是多难的一件事。"

第一次进入航母舱室,当了20多年水兵的辅机区队长刘辉一下子"找不到北":"像走进一座庞大的迷宫,我一时间搞不清楚哪是舰舯哪是舰艉!"

迷路的尴尬,让刘辉和战友们明白:登上了航母,再老的兵都是新兵!要想获得航母的"驾照",唯一的出路就是学习。

"左挎包,右水壶,头戴安全帽,脚穿劳保鞋,手拿手电筒;一身土,一身汗,满鼻子灰,满口火药味,远看像要饭的,近看像逃难的。"这是当时官兵们"跟产助建"时每天工作的生动写照。

"每天穿梭于各种舱室之间,舱室里弥漫着浓烟、粉尘,敲击、打磨各种噪声回荡耳畔,忙里偷闲,最大的幸福就是从通风管道密封不严的缝隙里贪婪地吸入干净的空气。"四级军士长王维回忆说,"每天中午就在码头上蹲着吃顿饭,然后返回舰上接着干活,衣服在我们身上湿了又干、干了又湿,一天下来就像从煤井里爬出来一样。"

上万台(套)全新装备如何使用?数十万册技术资料如何吃透?数以亿计的备品备件如何管理?战舰和飞机如何融合?岸舰如何衔接……铺天盖地的问号压在肩上,让官兵们不敢有丝毫的怠慢。

"瓦良格,我用汗水洗去你遍身的灰霾,我用激情点燃你的勃勃生机。"第一代航母人的使命,就是探路,没有路,就用双手去蹚。

楼富强,辽宁舰时任机电长,航母"心脏"的守护者。上舰看了一圈,这位优秀的驱逐舰机电长便意识到:航母不是几艘驱逐舰的合成,航母动力系统更不是几台发动机的叠加,一切都是全新的挑战。

"舰能动,动力为要。"从上舰那一天起,楼富强像一台全新启动的发动机,处于高速运转中。一米八的大个子,和普通机电兵一样,每天穿梭在密密麻麻的管路间;在航母各处舷梯爬上爬下。白天,他带领官兵穿梭在施工现场;晚上,在码头板房挑灯夜战,绘制动力系统图,系统学习理论书籍。

从纸上谈兵到实战练兵,楼富强率领机电部门创造了第一个全员通过接装培训、第一个全员完成上舰资格论证、第一个介入装备监理、第一个参加换岗值班、第一个提前接管装备等航母接装工作的"五个第一",机电部门在全舰率先具备全装独操能力。

航母首次出海航行,楼富强铆在机电指挥岗位上。航母水线之

下,闷热、嘈杂的机电舱里,前后7天,楼富强始终未离开岗位,几乎顿顿都是方便面,整个人体重锐减了8斤。

英国军事思想家富勒说:"对科学来讲,没有什么东西是不可思议的,我们军人必须抓住这根魔杖,使未来服从我们的意志。"

为了抓住这根"魔杖",航母辽宁舰接舰官兵提出一个口号:"人人都是创新者,人人都是研究员。"航空部门三级军士长翟国成,高中学历,却有3项成果申请了国家专利;曾在俄罗斯普希金海军工程学院接受培训的机电部门辅机区队长刘辉,成功对冷凝水阀门进行改进,从而使装备设计更趋完美……据统计,截至目前,辽宁舰官兵先后提出改进建议和方案4000多项。

"干了航母,这辈子就有资格写自传了!"这句话,在辽宁舰上广为流传。上士敖明亮在自己的"自传"中这样写道——

> 易卜生曾说,"青年时种下什么,老年时就收获什么"。由此,我想到,你在辽宁舰的土壤中种下什么,辽宁舰就会回报你什么;如果你愿意承担成长的责任,那么你就会获得成长的权利;如果你把辽宁舰的成长当成自己的责任,那么辽宁舰自然会为你创造成长的机会。这3年来与辽宁舰的共同成长,我领悟到工作和生活的真谛就在于创造……希望辽宁舰因为我们的存在而变得更加强壮。

默默奉献的,不单单是航母接舰官兵个人,还有他们身后的每个家庭。

那年试航，士官长房少华给家人打电话报平安。电话那头，传来5岁女儿的撒娇声："爸爸，后天就是我的生日，你能回家陪我一起过吗？"电话这头，房少华沉默数秒，不忍拒绝女儿，于是撒下一个善意的谎言："宝贝，过几天爸爸就回去了，到时候给你买一个大大的蛋糕。"

那年休假，一进家门，中士林远锋惊呆了：妈妈居然瘫痪在床。之前每一次打电话，爸爸妈妈都嘱咐他："家里一切都好，在部队好好干。"这个爱心编织的骗局，持续了半年之久。林远锋把自己荣获的奖品——一个印有"嘉奖"字样的口杯送给了妈妈。用这个口杯喝水，妈妈脸上总是洋溢着甜蜜的笑容。休假结束离开家门那一刻，爸爸轻轻扯了扯林远锋的衣服："别回头，你妈哭了！"林远锋没忍住，偷偷瞄了一眼妈妈，只见她一手捂着嘴，一手拿着纸巾在默默擦拭眼角的泪水……

士官长罗瑞，对航母辽宁舰有着特殊感情，因为它与女儿同岁，他像对待自己女儿一样呵护着这艘巨舰。2012年9月25日，航母辽宁舰正式列装，罗瑞主动在电站值班。交接完毕后，战友打趣地问他："没有去上面风光一把，有没有后悔？"他嘴巴上说没啥，其实心里还是有点小遗憾："这次没能实现女儿的愿望：在电视上看到穿军装的爸爸。"

副航空长李晓勇12岁的女儿曾给他写了一封信："爸爸，我很想你，可是我不知道你在哪里……"这个问题，不仅李晓勇，所有航母上的官兵都难以回答。因为工作的特殊性，他们无法告诉家人自己在哪里，在干什么。

"在最艰难的日子里，也要笑出声来。"航母首批接舰官兵以平凡、朴实的行动，将中国军人的闪光精神，注入航母的钢铁躯体，创造了中国航母建设领域里不可思议的"中国速度"。

四级军士长姜维清晰地记得，那个闷热的夏天，在那个激动人心的动员大会上，"三年之约"回荡在他们耳畔："今天我们挥洒第一抹色彩，三年后我们将绘就一幅壮丽的画卷；今天我们谱写第一个音符，三年后我们将奏响一曲华美的乐章；今天我们第一次站在舞台，三年后我们将华丽转身让世人喝彩。"

3年时间，一千多个日日夜夜，接舰部队官兵有过家门而不入的惆怅，有望眼欲穿远在天边的思念，有忠孝不能两全的风险，但他们把这份艰辛酸楚压在心底，风雨兼程。

如今，3年过去了，他们的"三年之约"变成了现实。

当一根根脚手架被拆除，当一台台新设备安装上舰，当靓丽的海军灰涂装完成，当看到崭新的"16"舰巍峨矗立在大连海湾，四级军士长姜维的心不由得阵阵悸动，那感觉宛如初恋般甜蜜而难忘。

2011年8月11日，航母辽宁舰首次出海试航。那一天，二级军士长程海霞升起了中国首艘航母上的第一面五星红旗。

按照惯例，在新军舰还没有交付使用前，是不允许升起军旗的，只能允许升国旗。当了17年的海军通信兵，程海霞已记不清多少次在战舰上升起海军军旗，可升五星红旗还是第一次，而且这一次是在中国首艘航母上。

这天上午7点50分，程海霞手捧鲜艳的五星红旗站在飞行甲板上。昂首挺胸，他迈着正步走向旗杆处。"敬礼！"整个航母甲板安静下来，五星红旗冉冉升起。这一幕，让在场的所有战友激动不已。

"如今，这面承载着荣誉的五星红旗被收藏于中国人民革命军事博物馆。"程海霞说，"虽然我没有时间再看到她，但是她接受着亿万同胞的敬仰,永远飘扬在中国航母人的心中。"

这一个个平凡的名字,这一串串感人的故事,至今鲜为人知。在2012年9月25日航母辽宁舰正式列装这一天,首批航母官兵的形象在公众面前是如此定义的——

辽宁舰政委梅文对媒体披露:辽宁舰舰员来自全国29个省区市、13个民族,来自海军潜艇、水面舰艇、航空兵、陆战队、岸防五大兵种。

辽宁舰的舰员中,士官约占全体人数的三分之二,其他三分之一军官和义务兵基本上各占一半。辽宁舰98%以上的军官拥有本科及以上学历,其中拥有硕士研究生及以上学历的有50多人。士兵基本上都是高中以上文化程度,其中约30%的人有大学学历。全体舰员中60%左右为党员。

"激情燃烧的岁月,我们一起走过,无数个日日夜夜,每一处舱室战位,发动机的轰鸣和风机之音,伴着我辗转反侧也伴我酣然入睡。你经历了脱胎换骨的精雕细琢,我经历了雨雪风霜的历练挫磨。"

他们普普通通,他们默默无闻,但他们用自己的双手托举起了航母辽宁舰。如今,这段并不遥远的历史,已渐渐在人们的记忆中淡去。

"谁终将声震人间,必长久深自缄默;谁终将点燃闪电,必长久如云飘泊。"他们中的任何一个人,都难以用"伟大"这个词来诠释。但是,航母辽宁舰首批接舰官兵们用群体的方式来"享受"伟大这一定义,当之无愧。

（四）

中国首艘航母辽宁舰即将下水,网上展开了"全民大猜想"——

谁,会成为中国首艘航母舰长?

搜索记忆,许多军事发烧友都猜想是他——柏耀平,"上天能驾机、下海能操舰"的海军第一代飞行员舰长。

履历显示:柏耀平,1962 年 11 月出生,1980 年 9 月入伍,17 岁应招考入人民解放军某飞行学院学习飞行,18 岁在同学中第一批放单飞,21 岁成为一名歼击机飞行员,24 岁已经飞过 4 个机型,具有 3 种气象飞行能力;24 岁入海军广州舰艇学院飞行员舰长班深造,28 岁毕业分配至东海舰队某驱逐舰支队任导弹护卫舰见习副舰长,32 岁成为某新型导弹护卫舰舰长。

20 世纪 90 年代末,飞行员舰长柏耀平"火爆"神州大地,成为中国一代青年人的偶像。这位年轻帅气的舰长,提出了一个至今在海军舰艇部队广为流传的战斗力公式:$100 - 1 = 0$。在柏耀平看来,"一艘军舰就是一个整体,一个舰员不合格,一个战位有失误,就可能导致整体的失败"。

当时,中国海军这位年轻帅气的舰长,给世界同行也留下同样深刻的印象——

1997 年春天,柏耀平率领 542 舰出访南亚三国。在泰国海军举办的招待会上,与柏耀平同桌而坐的泰国空军准将,对有着一张娃娃脸的中国舰长很感兴趣。

他问柏耀平,为什么飞行员要当舰长?柏耀平简洁回答:未来海战是立体战争,要求每一个指挥员在战争中,对空中、水下都要懂,这样才能把握主动。

那位空军准将又问:"你这么年轻,上舰时间这样短,何以就能掌握了一艘如此先进的军舰?"柏耀平自信地说:"飞机和军舰很多知识都是相通的,从天空到海上并不算是改行,而是知识技能的扩展与延伸。"

继而,这位空军准将聊起了轻松话题,他赞美乐队正演奏的中国乐曲非常欢快动听。柏耀平告诉他,这支曲子叫《花儿与少年》,是一首著名的中国民歌,表现的是中国青年美丽纯真的爱情。这位空军准将几分惊诧:"你一个舰长,对音乐也很在行?"柏耀平笑笑:"我只是很喜欢,中国民间音乐的美,同中国山水的美是不可分的,我从小就喜欢家乡山水的秀美。"这位空军准将又问:"那你为什么不选择艺术而当了军人?"柏耀平说:"这不矛盾,我开飞机在天上飞的时候,驾战舰在海上航行的时候,中国的高山大海都能尽情地欣赏,我所看到的是最美的最了不起的艺术。"这位空军准将亲切地笑着,凝视着柏耀平……在场的翻译后来对542舰的水兵们说,这位空军准将盯着的可不是你们的舰长,他是在看中国海军的明天!

柏耀平足够优秀。网友的这一猜想,其实是有"专业"水准的——西方国家的航母舰长许多都是飞行员出身,中国海军1987年首次举办了飞行员舰长班。航母未动,人才先行。中国海军多年前未雨绸缪为航母建设埋下的"人才伏笔",今天也该派上用场了。

然而,2012年9月25日航母辽宁舰正式列装这一天,最终人选揭晓,出乎意料——张峥,一个陌生的名字。

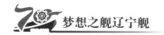

为什么会选择他？网友深度搜索，将张峥不同寻常的人生成长履历呈现在公众面前。

张峥，43岁，海军大校，1969年出生于浙江长兴，因其父亲也是海军军官，他在很小的时候就跟随父亲来到浙江海岛舟山，并在定海一中完成了初中和高中学业。从小，他就立志当一名优秀的海军军官。

"张峥读书的那会儿其实挺瘦小，总坐第一排，不过他走路笔挺，连坐着也是挺着腰，很有一副军人范儿。"王承与张峥初高中都是同学，他说，张峥很崇敬当海军的父亲，那时总穿绿色或者蓝色的衣服，流露出未来从军的想法。

令大家印象深刻的是，张峥为了改变瘦小的体格，上学时一直坚持体育锻炼。航母交接入列那天，王承在电视里看到喊口令的张峥，激动地对家人说："这是我同学，不再是小时候瘦猴模样了，看看现在多英气！"

在老同学眼中，那时的张峥还有点书呆子气，不太爱说话，喜欢看书，但好相处，还经常帮助成绩稍差的学生。另一位老同学潘文杰回忆说："那时，一些部队子弟有些傲气，但他没有，很本分。不过很讲原则，与他同桌过的多是调皮的学生，有时考试想抄他的试卷，他每次都很严肃地拒绝。有人为此和他吵架，说他摆架子，他都是笑笑，也不生气，回头还帮人家补习功课。"

"我们都相信他一定不辱使命，带领辽宁舰保卫祖国的蓝色家园。"黄启英是张峥高三的班主任。她说，张峥的学习成绩很优异，经常拿班级第一名，而且做事认真仔细，最关键的是，他对认定的事情很执着。

"张峥原本想考军校,但那年没有名额,他决定选一个相关的专业,我没想到,他只填了上海交通大学的自动控制系这么一个志愿,而且不服从调剂。我觉得风险太大,还劝了好几次,但他一直说就选这个专业,为了以后进部队。"黄启英说,这件事情她至今记忆犹新,也对张峥的勇气和执着很佩服。

网友们在梳理资料时,发现了这样一个鲜为人知、耐人寻味的细节:柏耀平、张峥二人不但成长于同一支部队——东海舰队某驱逐舰支队,而且出自同一艘战舰。这两个人军旅生涯的交集,带有强烈的戏剧性。

1996 年,柏耀平担任导弹护卫舰铜陵舰舰长。

这一年,他的舰上,分来了一位意气风发的年轻人——张峥,上海交通大学本科毕业,大连舰艇学院作战指挥学硕士。

历史舞台上,一些看似寻常的偶遇,如今回眸,意味深长。

作为这艘排水量仅 2000 多吨战舰的副作战部门长,张峥当时并未显现出超越他人的出类拔萃。那时,没人能想到,16 年后,他会成为排水量 5 万多吨的航母辽宁舰舰长。

21 世纪初,柏耀平作为"上天能驾机、下海能操舰"的飞行员舰长名扬神州,拉开了海军新型指挥人才成长大幕的一角。

同一时期,年轻的张峥获得了难得的成长机遇——2001 年,他被选送到英国三军联合指挥参谋学院的联合作战专业留学。留学期间,张峥在英国朴次茅斯军港第一次见到航空母舰。

与柏耀平相比,年轻的张峥更幸运,赶上了一个大时代,获得了更多成长机会。

去海军指挥学院培训,当新型驱逐舰舰长,到海军兵种指挥学院深造,赴航空兵某师代副师长……细细梳理张峥军旅生涯的成长印记,笔者发现:他成长中的每一步,都与东海舰队、海军乃至全军联合作战指挥人才培养战略工程的步伐同频共振。

更令人可喜的是,张峥这份在常人看来不同寻常的履历,如今正在中国军队进行"规模复制"——

刘喆,接替张峥担任航母辽宁舰第二任舰长,军事战略学博士,毕业后从陆军部队调入东海舰队,在联合作战指挥人才成长"路线图"设计下,如今完成了从陆军排长到航母舰长的成长跨越。

温州舰舰长府小良,这位昔日张峥的副舰长,如今同样经历不凡:参加"和平使命"中俄海上联合军演、索马里海域护航任务、三军首次联合实兵实弹演练。

1982年出生的石磊,和张峥一样,成长于东海舰队某驱逐舰支队。如今,年轻的他,比张峥当年的履历更加丰富——他不仅有机会在第二炮兵部队代职1年,还执行了两次亚丁湾护航任务。

一定意义上,从飞行员舰长柏耀平到航母舰长张峥,这是中国海军舰长培养的时代"路标",折射出近年来中国军队联合作战指挥人才建设的快速发展。

"张峥还有一个特点就是很有毅力。"一位曾与张峥一同在海军某部服役的战友回忆说,张峥做事情非常有闯劲,事业心也很强,对技术总是不钻研透不罢休。"朋友圈中还流传着他的一句话,'不当上舰长,决不结婚',后来真是当了副舰长后才结婚的。"

历史,选择了张峥。张峥,也没有辜负时代。

在清华大学百年讲堂上,舰长张峥对着年轻学子们深情告白:"我们这一代都是航母梦的追梦人。"

"梦"字当选 2012 年中国年度汉字。2012 这一年,中国人实现了飞天梦、诺贝尔奖梦,还有航母梦。

梦想实现,源于不忘初心的无悔选择。梦想实现,源于坚持不懈的探索创新。梦想实现,源于奋勇担当的艰辛付出。

这些梦,属于国家,也属于每个中国人。埃菲社报道称,"梦"对于中国人来说,确实最能概括即将过去的 2012 年。这个字代表着这一年中国实现的很多梦想,也象征着一些有待实现的愿望,这些"梦"汇聚在一起就是追求实现中华民族伟大复兴的"中国梦"。

一个民族的智慧,一个国家的创造力,往往需要一些标志性的成果来证明。航母建设工程,可以说是继"两弹一星"工程、载人航天工程之后,又一项艰巨的国家使命。

1969 年,与阿姆斯特朗一起完成人类首次登月的巴兹·奥尔德林,在踏上月球时,发出了那句著名的感慨:"华丽的苍凉。"

如今,中国航母事业刚刚启航。前路漫漫,风雨征程。对于选择了航母事业的年轻一代来说,他们就是选择了"华丽的苍凉"、别样的人生。在媒体的聚光灯下享受片刻成功的滋味后,他们又将悄悄出发,默默跋涉。他们前进的每一步,都充满艰辛坎坷,但他们的足迹注定将刻进历史。

© 航母辽宁舰的官兵们

>>> 第三章
惊天一落

2019 年，中华人民共和国成立 70 周年。

时光荏苒，筚路蓝缕，沧海桑田。在这样一个特殊的历史节点，世界点赞中国，点赞"东方巨龙"所创造的时代之变，常用一个词："中国速度"。

亲爱的朋友，提及"中国速度"，你会想到什么？

——中国高铁，国家名片。京沪高铁，最新型动车组沿路贴地"飞行"，车内速度显示屏上，数字一路飙升，最终定格在每小时486.1 公里。世界铁路运营试验最高时速诞生！

——港珠澳大桥，当今世界规模最大、标准最高、最具挑战性的跨海桥梁。攀登这座桥梁界的"珠穆朗玛峰"，中国人创造了 221天完成两岛筑岛的世界工程纪录，缩短工期超过 2 年。

——"天河"超级计算机。2013 年 6 月 17 日，天河二号以每秒5.49 亿亿次的峰值计算速度和每秒 3.39 亿亿次的持续计算速度，再次登上全球超级计算机 500 强榜首。此后，连续 6 次位居世界超算榜榜首。

然而,很少有人能想到,共和国军人以"生命托举使命"的无畏冲锋和过人智慧,在航母战斗力建设领域所创造的"中国速度"——

公元2012年11月23日,渤海湾,我军首批舰载机飞行员驾驶国产歼-15舰载战斗机在辽宁舰上成功起降。这一天,距离我国首艘航空母舰辽宁舰交接入列的9月25日,仅仅过去了59天。

从航母交接入列到舰载机上舰,国外权威军事专家预测:"完成这一过程中国至少需要2年时间。"结果,中国人只用了59天。

当天,国外舆论对这一事件的评价,纷纷用了同一个形容词:"不可思议。"

在这个寒冷的冬天,中国航母故事上演了最扣人心弦的"章节"——歼-15舰载战斗机成功起降辽宁舰。作为随军记者,笔者有幸见证了"航母梦"绽放的这一历史时刻。

如今,伫立渤海湾畔,眺望海天之间,一切仿佛发生在昨日:站在辽宁舰舰桥上,那扑面而来的彻骨寒风,那震撼人心的战机轰鸣声,着舰成功后那热情似火的欢呼拥抱……

（一）

嘀嗒,嘀嗒……寂静中,墙上的时钟慵懒地走着。

此刻,没有更好的办法,只有等待,耐心等待。

公元2012年11月22日上午9时,北方,某军用机场。窗外,雪花飞扬;室内,焦急弥漫。

同一时刻,航母辽宁舰正游弋在渤海湾,一切准备工作进入倒计时。24 小时之后的这一时刻,我军舰载机飞行员将驾驶国产舰载战斗机歼－15,首次在航母辽宁舰实施起降。

没有先进的空空导弹,再先进的战机也是和平鸽。没有先进的舰载战斗机,再先进的航母也只是摆设。

此时,没有人知道:中国在辽宁舰正式入列的 59 天后,就迈出了超乎寻常的"一大步"——歼－15 着舰成功与否,将是航母辽宁舰形成战斗力的关键性突破。

按计划,22 日上午 8 时,我们记者一行 9 人,从这里搭乘直升机,直接降落在航母辽宁舰,向全世界报道中国航母建设的这一"爆炸性新闻"。

然而,清晨,飞雪突至。如果大雪持续,不能按时飞抵航母辽宁舰,我们一行将遗憾地错过这一历史性事件。望着窗外纷纷扬扬的雪花,每个人都心急如焚。

等待,每一分钟都变得漫长。

期盼,天气的变化牵动着我们心绪的波动。

如同每一场激动人心的大戏都有一个跌宕起伏的开端,情况突然发生逆转。午饭前,雪突然停了,太阳也出来了。

铁翼飞旋,搅起雪花一片。直升机腾空而起那一刻,笑容挂在我们每个人脸上。回荡在耳畔的发动机轰鸣声,此时给人无比的踏实感。

越过城镇,掠过山丘,越过滩涂……陆地很快被甩在了我们的身后,一望无际的大海、蓝天上游动的云朵,出现在视线之中。

"看,辽宁舰!"这话,把笔者从瞌睡中惊醒。揉了揉眼睛,笔者透

过直升机舷窗向远方的海面望去,辽宁舰给笔者的第一印象居然是"小"——从高空俯瞰,此时的它不过是茫茫大海上的一叶扁舟。此时,笔者想起了外军舰载机飞行员说的一句话:"驾驶战机在空中盘旋时,巨大的航母就像漂浮在海面上的一个火柴盒子。"

飞行高度越来越低,距离越来越近,心中的兴奋度越来越高。当直升机落在辽宁舰甲板上那一刻,笔者才真正体会到航母之"大"——迈上航母的第一步,那种感觉不是降落在一艘战舰上,而是降落在一个小岛上。

站在辽宁舰飞行甲板上,深呼吸一口,笔者不由自主地跺了跺脚——跟辽宁舰这位朋友初次见面,笔者想通过这种方式打个招呼。一抬头,高耸的舰岛给人一种强烈的压迫感。滑跃甲板上,巨大的舷号"16"格外醒目,不远处,还停着一架直升机。

此刻,我们的直升机刚刚着舰,身着各种颜色服装的舰面保障官兵都在各自战位上忙碌。"你看,他们头盔、马甲、长袖套衫的不同颜色以及背后不同的图案和符号,表明了他们的战位和职责,外行看起来,仿佛在甲板上看到了流动的'彩虹',我们称之为'甲板彩虹服'。"辽宁舰副航空长李晓勇向我们介绍了每一种颜色的含义,"紫色代表燃油补给战位;红色代表着危险和安全管控;绿色代表起降和飞机维修战位;蓝色代表吊运和供气保障战位;白色代表安全、医务、政工战位和临时上舰人员;黄色代表指挥类战位;棕色代表机务。"

航母飞行甲板,被称作"世界上最危险的4.5英亩"。

这份巨大的危险,首先是对起飞助理陈小勇和他的战友来说的。舰载机在着舰或离舰的瞬间,一旦偏离跑道,它所产生的巨大尾喷,可将挨得最近的起飞助理吹进海里,而万一高达上千度的尾喷流扫到人体,后果更是不堪设想。自 1986 年以来,仅某大国就有 28 名飞行助理牺牲在岗位上。

辽宁舰上选拔飞行助理时规定:必须是本人自愿。当初,舰领导问陈小勇:"你在考虑这项工作时,想过它的危险性吗?"陈小勇沉着地回答:"我当然考虑过! 我不会后悔!"

这份巨大的危险,也是对舰载机飞行员来说的。据国外一份报告显示,舰载战斗机飞行员的风险系数是航天员的 5 倍,普通飞行员的 20 倍,其中 80% 的事故就发生在航母飞行甲板这"4.5 英亩"范围内。

020417B——这串数码是笔者所住的舱室。一路上,记不住拐了几个弯,记不住下了几层舱梯,跟着引路者的脚步,笔者糊里糊涂来到这里。对于初入者而言,辽宁舰内部就如一座巨大的迷宫,结构错综复杂,方位难辨前后。餐厅、会议室、超市、邮局、洗衣房、电视台、医务中心、机库……在随后的 2 天里,笔者大胆"探索",才基本保证了不会迷路。

下午,参观航母阻拦系统,碰到了负责建造任务的军代表冷骏。他正紧张地带人检查每一个细节,倾听设备运转的每一声动静。

阻拦索是航母工程的核心技术和关键设备。外国曾断言,中国搞不了航母,理由之一就是中国造不出阻拦索。据悉,美军航母的阻拦索直径约 35 毫米,由 6 股钢丝绳组成,每股由 12 根主钢丝和 12 根辅钢丝紧密缠绕,最大可承受约 85 万牛顿的拉力。因此,阻拦索是不折不扣的高科技产品,之前世界上能够制造的,只有美国、俄罗斯等少数国家。

"绝非你们眼睛看到的几根阻拦索那么简单。"冷骏介绍,现代航

母普遍使用的是液压式阻拦系统,它由制动器械、液压缓冲系统以及冷却系统组成,当舰载机尾钩挂上阻拦索后,阻拦索一边通过滑轮阻尼器减缓飞机速度,一边不断地把动能传递到压缩空气罐。此时,隐藏在甲板以下的整个阻拦系统同时工作,将冲击带来的巨大动能转化为液压油的热能和压缩空气的势能,使得飞机受到缓冲并实现制动。

3年前,34岁的冷骏临危受命。他和战友们协调科研院所、生产厂家成立联合攻关组,从原材料、机加工等方面进行深入研究,一步步从无到有、从模型到样机,攻克无数难关。整整3年,多少个不眠之夜,多少次分析论证,多少回冥思苦想,冷骏和战友们付出的心血都凝聚在这根细细的阻拦索上。

"明天歼–15战机就要着舰了,我现在的心情,就像站在产房外面的准父亲,等待着新生婴儿的第一声啼哭。"摸着身边的设备,冷骏情绪有点激动,"行,我们就是祖国的功臣;不行,我们就是罪人!"

晚饭前,我们一行终于"逮"住了担任此次舰载机试验训练总指挥的海军副司令员。这位海军航空兵的功勋飞行员,这位身经百战的海军中将,谈起此次任务的谨慎态度,传递着歼–15战机首次在辽宁舰上降落的艰巨性。这是一场前所未有的大考,无论是对飞行员还是全体舰员。

舰载战斗机在运动的航母上降落,风险之高,难度之大,一向被喻为"刀尖上的舞蹈"。

这个"刀尖"有多小?一位专家说:战机以几百公里的时速,必须精确落在甲板上4根阻拦索之间,每根阻拦索间隔10余米,有效着陆区域只有几十米。

这个"舞蹈"有多难？统计数据显示:从1949年美国海军开始大规模部署飞机到1988年,美国海军和海军陆战队损失了近1.2万架飞机和8000多名飞行员。1965—1985的20年间,美国海军损失了1354架舰载机。已经去世的美国前任总统老布什,年轻时就是一名航母舰载机飞行员。他在回忆录中写道,当年的舰载机战友有不少都是因着陆阶段出现技术失误导致坠机的。

夕阳西下,风平浪静,笔者沿着航母飞行甲板散步。辽宁舰300多米长的飞行甲板,笔者一步一步量了一遍。在普通人眼中,这块地还是挺宽阔的,可用来降落飞机,这块地确实太小。一般来说,陆地军用机场跑道长达千米,而航母辽宁舰飞行甲板只有300多米,可利用的降落距离只有100米左右。

此时,辽宁舰的飞行甲板是全新的,上面还没有战机的着陆胎痕。明天,歼-15战机来了,一道具有历史突破意义的黑色胎痕将会"刻"在这片灰色甲板上。

这一晚,辽宁舰就像一张拉满弦的弓。这一晚,对于辽宁舰官兵来说,注定又是一个不眠之夜。

(二)

清晨,金色的朝阳照在航母雄伟的舰岛上,辽宁舰在蔚蓝的海面犁出一道白色的航迹。

这宛如油画般的美景,对于身着蓝色马甲的航母舰面保障水兵李阳来说,毫无吸引力。此刻,水兵李阳的眼睛里只装得下他最在乎的

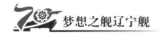

"风景"——他脚下的这条航母飞行甲板。"我的工作就是不允许甲板上有一丁点的杂物,消除飞机因为吸入杂物而发生危险的隐患!"水兵李阳如是说。

此刻,水兵李阳和战友们正肩并肩地在航母甲板上排成两列,一寸一寸地仔细检查;此刻,身披"七彩马甲"的官兵们每一个人都瞪着眼睛,全神贯注地对飞行甲板进行异物排查。歼－15战机就要来了!他们深知,在高速状态下,哪怕一粒小石子,对舰载机的影响也是毁灭性的。

上午8时45分,辽宁舰广播响起:"552号飞机已起飞,预计8时55分左右临空,进行阻拦作业。"

整个辽宁舰顿时安静下来,从舰岛的指挥中心到甲板下最底层的机舱,每一个战位上的官兵都绷紧了神经,待命而发。

此刻,辽宁舰舰岛的舰桥上,已站满了相关专家和技术人员。他们略带疲惫的眼睛,传递着同一种情绪:紧张而期待!海上的寒风穿透力太强,很快就能吹透整个身体。此时,似乎没有人在意这刺骨的寒意,他们的目光都投向远方的海天之间,等待着歼－15战机到来。时针的每一次跳动,都牵动他们的心。

上午9时整,轰鸣声隐约从天空传来,紧接着一架米黄色涂装的战鹰出现在人们的视线之中。

近了,近了!是"飞鲨"——552号国产歼－15舰载战斗机!

就在不久前,外电还发出如此评论:"即便中国的第一艘航母下水了,与之配套的舰载机也仍然是个未知数。"

可现在,歼－15战机来了!

中国舰载机上航母的速度如此之快,世界为之惊讶。世界的这份"惊讶",源自他们的不知情——为了这一天的到来,中国航母人是如何未雨绸缪、运筹帷幄,如何争分夺秒、夙兴夜寐,如何舍生忘死、攻关克难。

航母建设,是个巨系统。6 年前,中国兵分多路:一路抓航母改建,一路抓歼 - 15 舰载机研制;一路组建航母接舰部队,一路选拔培养舰载机飞行员。

为了选拔出我国航母首批舰载战斗机飞行员,海军会同空军、工业部门、科研院所等有关专家,在全军歼击机飞行员中进行层层筛选。

"首批歼 - 15 舰载机飞行员选拔培养堪比航天员,某些条件甚至更为严苛,需要通过道道关口的严格考核。"海军装备部飞机办的领导介绍说。

技术关——航母跑道短、窄,气象条件复杂,降落环境和条件严苛多变,这对舰载机飞行员的技术提出了极高的要求。按照规定首批舰载机飞行员年龄应在 35 岁以下,飞过至少 5 个机种,飞行时间超过 1000 小时(其中 3 代战机飞行时间超过 500 小时),且多次参加过多兵种联演联训、重大演习任务,是所在部队的种子飞行员和重点培养对象。

身体关——钩住阻拦索瞬间,舰载机飞行员会承受巨大的载荷,加之惯性的作用,血液加速涌向舰载机飞行员头部,飞行员眼前会出现"红视"等现象……航母着舰对飞行员身体素质提出了极高的要求。医学专家对飞行员进行 24 小时不间断监测,许多优秀飞行员令人遗憾地淘汰。

心理关——滑跃 14 度仰角起飞,舰载机飞行员会产生加速撞墙

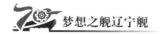

的感觉;着舰时,他们必须大油门下滑着舰,以保持"逃逸"速度……每一次起降都是"命悬一线"。因此,舰载机飞行员必须具备"泰山崩于前而不惊"的心理素质。

…… ……

2006年初冬,联合试飞小组成立,戴明盟等6名尖子飞行员从此开始了惊心动魄的"着舰征程"。

此时,歼-15舰载战斗机还在制造车间。国外技术严密封锁,舰载战斗机怎么飞谁也不知道。"难,我们可以学,最让人无助的是,我们不知道学习什么。"戴明盟回忆起步之艰辛,"别人说摸着石头过河,可我们连石头都摸不到,只能一步步蹚水而过。"

摆在他们面前的,是一道难以逾越、又必须征服的"坎"——完成从陆基飞行员到航母飞行员的巨大跨越,必须有过人的智慧和勇气。

百炼成钢。作为精英中的精英,有这样一段文字形容要成为一名航母舰载机飞行员究竟有多难、有多牛——

要想成为一名优秀的舰载战斗机飞行员,你要准备好成为一块"会说话的钢铁",一名通晓40多门学科的科学家,一名"十项全能"的飞行工程师。这是勇敢者的游戏,这是生死一线的艺术,这是人与价值上亿元机械的"天人合一",这是一秒钟的判断就能决定自己生命的"死亡竞技"。这个群体里,没有普通人,没有普通的事情,甚至没有"普通"这个词。

2010 年 4 月 6 日，第一架歼 – 15 舰载战斗机来到海军某机场。此时，这架歼 – 15 舰载战斗机仅仅完成了 6 个架次的试验试飞。

3 天后，舰载机飞行员就将驾驶着这架战机飞上蓝天。

不担风险，何来突破？

在随后 2 年多的时间里，舰载机飞行员们共进行了 8600 多架次的起落，创造了多项我军新机试验试飞的纪录。飞行员徐汉军幽默地说："如果歼 – 15 战机的轨迹可视，那段日子我们驾驶战机在天空中划出的，肯定是一幅让人眼花缭乱的印象派作品。"

难题不解始终是难题，禁区不闯永远是禁区。一次次冲入苍穹，一次次化险为夷，他们终于探索出了一条适合中国航母的着舰航线。一位老工程师感动地说："这条着舰航线，是这群年轻小伙子用生命飞出来的。"

2012 年 11 月 23 日上午 9 时 02 分，着舰指挥官指示："一切正常，从舰艉通过。"

"明白。"飞行员戴明盟冷静回答。

"姿态好，保持！"着舰指挥官继续指挥。

舰载机安全着舰，离不开着舰指挥官的精准指挥。航母行进时，在涌浪的作用下，飞行甲板可能会沿着前、后、左、右、上、下六个方向进行运动；同时风向、风速复杂多变，不规则的气流会严重扰乱飞行轨迹。在空中，舰载机飞行员无法完全感知现场环境，着舰指挥官能否及时发出指令，及时准确地引导飞行员修正航线轨迹、调整下降姿态，成为舰载机能否安全着舰的关键。

资料显示：美、俄、英、法等拥有航母的国家中，着舰指挥官从熟练的舰载机飞行员中产生。他不仅飞行技术要让其他舰载机飞行员钦

佩和信服,还必须具备优秀的指挥组织能力,同时对飞机的状态和性能、飞行员的技术特点和性格秉性必须十分了解,才能在第一时间指挥舰载机安全着舰。

上午9点08分,飞行员戴明盟驾驶552号歼－15战机,放下尾钩,调整飞行姿态,对准航母舰艉甲板跑道呼啸而来。

这一刻,四周一片安静,空气和时间都仿佛凝固了一般,所有人都屏住呼吸、睁大眼睛注视着歼－15战机与航母飞行甲板接触的那一刻——

"嘭!"歼－15战机的后轮平稳地落在航母飞行甲板上,机腹的尾钩精准地挂住了阻拦索的第二道。战机继续滑行,尾钩拉着阻拦索,在航母飞行甲板上形成了一个象征胜利的巨大"V"字形图案。

稳稳地,歼－15战机停住了。这疾风闪电般的着舰瞬间所蕴含的风险、难度,若非亲眼看到难以想象。

◎ 歼－15舰载机在航母辽宁舰飞行甲板上顺利着舰

◎ 歼－15舰载机朝着航母辽宁舰甲板跑道呼啸而来

　　成功了！现场沸腾了。掌声，欢呼声，顿时回荡耳畔。官兵们一张张紧绷的脸庞，此刻都绽放着会心的微笑。舰桥上，站在笔者身边的许多老专家都流泪了。为了这一天，他们埋首攻关默默奋斗数十载，青丝已变成了白发。

　　战机座舱盖开启，飞行员戴明盟高高扬起了手臂。笔者看到，这位年轻帅气的飞行员此时表情依旧淡定，那种感觉就像完成了一次普通的训练任务。

　　惊天一落，他成了值得中华民族骄傲的英雄！

　　飞行甲板上，戴明盟刚抬起手臂向担任舰载机试验训练总指挥、海军副司令员敬礼，将军一把抱住了他……

　　"感觉怎么样？"将军问。

"感觉好极了!"戴明盟笑着回答。

这一刻,中国人等待了太久,中国军人为之奋斗了太久。

这一刻,是2012年11月23日9点08分,歼-15战机首次成功降落辽宁舰,中国航母事业一个划时代的标志性事件。

"552号飞机,准备起飞!"3个小时之后,航母飞行甲板上,又一场惊心动魄的"大剧"上演——戴明盟自信满满地跨进了552号战机座舱,首次沿着14度的航母滑跃甲板进行舰上起飞。

阻拦着舰,是对航母、战机、飞行员的一次生死大考。

滑跃起飞,是对舰载机飞行员技术和心理的一次极限挑战。

12时18分,战机缓缓滑到了航母中部的三号起飞位。止动轮挡、喷气偏流板升起,在起飞助理陈小勇的引导下,战机开始加油、加速……发动机淡蓝色的尾焰呼呼作响,让整个甲板微微颤抖。

此时,飞行员戴明盟头靠座椅后枕,抬起右手行礼,向起飞助理陈小勇示意可以起飞。起飞助理陈小勇心领神会,下蹲屈身,拉开弓步,右手臂猛力一挥,如一位矫健的射手,做出了一个优美的放飞姿势。

不远处,身着黄色马甲的起降保障中队起飞系统区队长、三级军士长张乃刚屏住了呼吸,全神贯注观察着起飞助

◎ 歼-15舰载机沿着航母滑跃甲板准备进行舰上起飞

理陈小勇的一举一动。就当"航母 Style"手势发出的那一刻,他迅速按下"释放止动挡板"按钮。

552 号战机似离弦之箭,以雷霆万钧

◎ 歼 – 15 舰载机顺利滑跃起飞

之势,沿着航母滑跃甲板腾空而起,飞上蓝天。

掌声,再次回荡海天之间。辽宁舰,再一次沸腾了。

飞行员们创造了历史,他们用自己的行动告诉世界:中国人想干的事一定能干成。

因为保密,其他 4 名飞行员的名字到目前还没有正式对外披露。当时,笔者找来一个首日封,请辽宁舰首任舰长张峥、首任政委梅文和舰载战斗机飞行员,分别在首日封上签下了自己的名字,用以纪念这一重大的历史事件。

"日出东方为梦想定位,肩负使命我从甲板上起飞。我从甲板上起飞,迎接风云际会。俯瞰万里海疆谁与争锋?海天砺剑扬我军威。"

这一天训练结束之际,辽宁舰鸣笛整整一分钟,以这样特殊的礼节,向创造辉煌的人民海军航空兵舰载机飞行员表达敬意,也向世界宣告:中国航母事业又向前迈了一大步,取得了具有里程碑意义的胜利。

2012 年 11 月 29 日,国防部在北京举行例行记者会,新闻发言人就中国建设海洋强国、歼 – 15 舰载机成功进行起降训练等问题介绍

了情况,并回答了记者提问。

针对一些媒体对歼－15舰载机是否自主研发及中国航母"山寨"美国航母的疑问,新闻发言人指出,世界军事发展的规律是客观的,很多武器装备的原理是相同的,一些指挥和保障的方法也是相近的。因此,仅仅通过简单对比,就认定中国"山寨"了外国的航母技术,这种说法如果不是有意攻击,至少是不专业的。中国坚持独立自主、自力更生、自主创新,有智慧、有能力建造和发展自己的航母。

(三)

惊天一落,让一个原本平凡的名字"刻"进了历史,熠熠生辉。

戴明盟——中国航母舰载战斗机着舰起飞第一人,实现了我国固定翼飞机由岸基向舰基的突破。媒体如此评论:"一道完美的弧线,划出了中国海军的航母时代。"他,由此迈进了世界上约2000名现役航母舰载机飞行员组成的"顶级俱乐部"。他,被授予"航母战斗机英雄试飞员"荣誉称号。

戴明盟,来自海军航空兵的王牌部队"海空雄鹰团"。这是中华人民共和国成

◎"航母战斗机英雄试飞员"戴明盟(钟魁润 摄)

立后我军唯一一支被国防部命名的团级部队:曾创造了同温层作战、零高度歼敌等世界空战史上的 8 个第一;战功赫赫,在抗美援朝和国土防空中击落击伤敌机 31 架;涌现出王昆、高翔等一批战斗英雄。而戴明盟,就是这支王牌部队的王牌飞行员。

认识英雄,人们往往习惯于仰视,津津乐道于他成功时那耀眼的光环。殊不知,那耀眼光环的背后,凝结着他怎样的艰辛和努力。

没有谁,天生就是英雄。所有人都一样,没有谁能随随便便成功。

戴明盟,1971 年出生在重庆江津,父母都是普通工人。小时候的他,就是传说中的"笨小孩",是个"干什么都不服输的小不点"。1986 年,中考落榜,这是他人生中遭遇的第一个挫折。把自己关在家里闷了几天之后,他对爸妈说:"我想复读再考一次。"严厉的父亲反问一句:"复读,有把握考上?"戴明盟点点头:"一定能。"说到做到,第二年他考入当地重点高中。

他的命运似乎注定了与蓝天有缘。高三那年,恰好招飞,戴明盟成为全学校唯一被录取的学生。去飞行学院报到时,父亲把他送到重庆火车站:"在外面好好照顾自己,努力学习,争取早日飞上天。"戴明盟说:"爸,放心,我不会给你们丢脸的。"

1992 年 3 月,戴明盟的父亲因病去世。为了不影响他学习训练,父亲临走时专门嘱咐家人:"告诉儿子,要好好飞,我这次如果走了,先不要告诉他……"

一个月之后,戴明盟才知道噩耗。深夜,他悄悄走出宿舍,来到操场上,对着家乡的方向,给父亲磕了 3 个头:"爸,你放心,我一定好好飞!"1995 年毕业,戴明盟被评为优秀学员,并代表全体飞行学员在毕

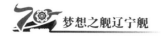
业典礼上发言。

作为飞行员,戴明盟似乎从来就不是个幸运的人。

刚上军校,第一次跳伞训练,他一跃而下,没想主伞没打开,伞绳缠住了伞翼。千钧一发之际,他没有慌张,按照指挥员指令打开了备用伞。这时,他的高度已快接近地面。

毕业分配到海军某飞行团不久,他和战友驾机训练。飞机升空突然起火,随时可能爆炸。为避开地面人员和设施,他和战友操纵着下坠飞机冲向一片农田,在500米高度才弹射离机。跳伞后,戴明盟落到了菜地里。

姚丹江当时是戴明盟的教导员。说起这事,他印象特别深刻。

抢险车刚把戴明盟送到宿舍,上级首长就来到机关了。姚丹江气喘吁吁跑到宿舍:"快,首长找你了解情况。"

戴明盟听后不紧不慢地回答:"好的,你等一下,我去洗一洗,换身衣服就去。"

见此,姚丹江心中暗思:这小子是个人物,遇到这种情况还能如此冷静。

遭遇的第3次险情是一次夜间空战训练,戴明盟和战友驾驶的苏-30飞机一台发动机出现重大故障。情况万分危急! 类似的情况已多次造成机毁人亡的严重事故。

生死关头,戴明盟果断关闭右发动机,在指挥员引导下,他们实行单发飞行,尽力保持飞行状态和平衡,直至飞机降落在跑道上,实现了苏-30飞机首次单发安全着陆,保住了国家价值数亿元的财产。出舱时,戴明盟和战友浑身上下都已经被汗水浸湿,仿佛刚从水里钻出来一样。战友紧紧抱住了戴明盟,激动地说:"我们成功了!"

此时的戴明盟百感交集,回想起刚才空中的惊险一幕,无数可怕场景在脑海中像放电影一样快速闪过,如同电击一般刺激着心脏。有人问戴明盟,当时最想做的事是什么? 戴明盟说:"最想做的就是拥抱在家中热切期盼我回家的妻子和刚满 4 周岁的女儿。"

每一次都能化险为夷,戴明盟的那份幸运,其实是一种实力。熟悉他的人都知道:戴明盟这个人很较劲,做任何事都追求极致。

戴明盟曾说:"舰载机飞行员都是数学家,苛刻的现实条件要求我们的飞行运动必须异常精确,我们的目标就是把飞行技术练成肌肉记忆。"

"胆大包天,举重若轻"——这 8 个字是研制歼-15 战机的工程师们对戴明盟的生动评价。

一次歼-15 试飞,战机的驾驶杆突然"罢工"。戴明盟很快采取相应措施,让飞机平稳飞行。然后,他平静地与塔台指挥员沟通,飞机安全降落,甚至于地面人员没有丝毫察觉,认为他这个起落完成得非常漂亮。

落地后,戴明盟第一时间找到现场的工程师们,反映了空中特情。

他们不相信:"你起落这么稳,怎么会有问题呢?"

戴明盟肯定地说:"不信,你们查一查。"

一查,果不其然。工业部门立即全面检修战机,改进技术缺陷。

"以身许国,何事不可为? 以身许国,何事不敢为?"第一个完成地面高速滑跑阻拦,第一个完成飞行阻拦着陆,第一个完成地面滑跃起飞,第一个绕舰飞行、触舰复飞,戴明盟创造了歼-15 舰载机试验

试飞的多项纪录。戴明盟和战友们以战鹰起飞般的"加速度",翻动着我国航母舰载战斗机首次着舰起飞的"倒计时牌"。

"航母事业是个'巨系统',每个人都是不可缺少的重要一环。"戴明盟感叹,"没有海军的大转型大发展,就托不起舰载机起舞的平台,缺少任何一环,舰载机就飞不起来。"

一提到舰载战斗机着舰,人们会不约而同地想起那句耳熟能详的话:刀尖上跳舞。

对于这句话,戴明盟有自己的理解:"如果说驾驶舰载战斗机是在刀尖上跳舞,那么航母就是这个刀尖,相关配套工程就是刀身,海军大转型大发展则是那厚实的刀把。我只是刀尖上跳舞的一个代表,刀尖的背后才是最有力的依托。"

试飞这些年来,戴明盟经历了10多次险情。每一次起落都是"命悬一线",每一次他都是做好了最坏的打算。

驾机首次着舰的前一天,戴明盟对战友徐汉军说:"只要上舰就有风险,你的技术也是没说的,如果这次我牺牲了,你接着上!"

徐汉军拍着戴明盟肩膀:"兄弟,放心,只要咱们还有一个人在,就一定能飞到底,飞成功。"

这些年,戴明盟发生了脱胎换骨的人生之变。可在戴明盟的老师眼中,他没有变,还是"那个勤勤恳恳、踏踏实实的小伙子";在戴明盟的母亲和家人眼中,他没有变,还是"那个干什么都不服输的小不点"。

2018年12月18日,改革开放40周年庆典上,戴明盟荣获"改革先锋"称号,颁授"改革先锋"奖章。

对于戴明盟来说,飞行已成为他的信仰。"我的身后,是一个崛起的民族。"他说,"祖国选择了我们,我们就要不辱使命。"

(四)

一不小心,起飞助理陈小勇和他的战友成了网红,具体地说,是他们的背影火了。

"航母Style"在电视曝光后,家人问陈小勇:"那个背影是不是你?"刚开始,他一口咬定:"看错了,那不是我。"

歼-15战机从航母辽宁舰腾空而起的画面,就像是威力巨大的催化剂,让整个神州大地沸腾了。

因为保密,当时人们不知道驾驶歼-15战机的人是谁,不知道执行这次任务的航母官兵是谁。国人的目光都聚焦在航母甲板上的起

◎ 航母辽宁舰舰载机起飞指令的手势

飞助理背影和他帅气的放飞动作——蹲下身,侧屈腿,右臂前伸,食指和中指指向起飞方向。这个源于航母辽宁舰舰载机起飞指令的手势,被网友称为"航母 Style",争相模仿。

2012 年 11 月 27 日,美国《华尔街日报》刊登了一篇题为《中国航母 Style!》的文章——

中国航母舰载机首次成功起降,再次超出许多国外观察家的预料,使其为中国军事实力发展设定的时间表落空。

这样一个画面极大丰富了中国公众的想象力:指挥员示意航母舰载机起飞。这种标志性的"射手"动作,集中体现了中国人渴望国家取得成就、达到世界水平并获得国际认可的迫切心情。

各年龄段和各行各业的人模仿该姿势的画面迅速爆红网络,有些拍摄地点匪夷所思,这种现象已被中国网民称为"航母Style"……

在社会价值取向日趋多元的当今中国,一个能够释放情感的动作引起全民族共鸣,有些突然,却并不让人惊讶。"航母 Style":一个士兵的英姿,表达了一支军队的凌云壮志;一个平凡的放飞动作,点燃了国人心中的民族自豪感。

有媒体这样评论:在历史的坐标系上,"航母 Style"掀开中国人"海洋心灵史"的崭新一页:它在"草根"层面发酵扩散,看似随意、率性,却提振了中华民族走向辽阔海洋、创造美好未来的信心与士气。从这个意义上讲,"航母 Style"表达的是中国人从未改变的爱国情,放飞的是走向伟大复兴的"中国梦"。

这个手势,一夕之间风靡全国。可谁能想到,陈小勇和战友们为了放飞舰载机,练了足足两年时间。

陈小勇坦言,刚开始,他们的指挥动作十分僵硬,也不美观,飞行员经常看不明白。磨合、适应、改进、创新……有时,一个小小的动作,都要反反复复练习上千遍。"彼此之间相互学习、指正,一套由几十种指令组成的中国舰载机指挥手语渐渐成形。到后来,我对每名飞行员的性格、操纵特点都了然于心,所有的指挥动作都如同心有灵犀般默契。"陈小勇说,"整套航母手语有 30 多个动作,意味着一套复杂的工作程序。"

电话那头,传来陈小勇 4 岁女儿咿呀学语的声音。这几天,陈小勇刚刚完成舰载机起降试验任务,正利用假期陪伴在妻子女儿身边,享受难得的家庭团聚。

"自从调到航母工作,陈小勇就从大家的视野里消失了。他对自己从事的工作,从来不多说半句。"电话那头,陈小勇的妻子有些埋怨地说,"我和家里人猜出了大概,但我们也从来不向别人提起。"

放飞舰载机的过程是用秒来计算的,看似简单的按钮动作,背后却是一套复杂的工作程序,需要通过无数次全流程演练来熟练巩固。

同样是航空部门,同样在飞行甲板,陈小勇的背影为公众所熟悉,谭超的背影却鲜为人知。

谭超是舰载机引导员。由于航母飞行甲板宽大,设备众多,功能

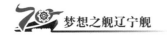

复杂,舰载机在甲板上的一举一动都得靠引导员调遣,因此这个岗位被称作"飞行员的眼睛""甲板上的交警"。

"引导员需要良好的观察力、判断力和过硬的心理素质,出不得丁点问题。"谭超介绍说,看似简单的几个引导动作,需要上千次的训练磨合。自参加调运指挥引导工作以来,他出色完成了歼–15舰载机着舰起飞引导等重大任务。

同样在辽宁舰上,对战位在水线以下舱室的官兵来说,他们连展示背影的机会都没有。锅炉、主机、电站、油水等舱室,都处在水线以下,这里设有大量重要战位,其中就有机电部门动力中队士官长刘辉。

士官长刘辉所在的区队保障着全舰3000多个舱室的电力供应,他所执掌的发电机每天产生的电力足够供应一个数万人的小城市。设备种类多号杂,管线密如蛛网,单是区域液压系统的管线就长约40千米。

随刘辉下到主机舱,一股难以形容的味道弥漫在火热的钢铁世界里,高分贝的噪音令人心烦意乱。官兵们戴着耳塞,一丝不苟地操作设备,刘辉走上前去,贴着耳朵逐一询问值更情况,不时交代几句。

前不久,刘辉由辅机区队长改任中队士官长,负责协助中队长和教导员抓好工作落实和行政管理。提前起床、中午查岗、夜间巡查,他几乎没在零点前睡过觉。

"中队有200多名士官,士官长就我一个,责任重,压力大,而且管理的战位众多,涉猎知识广泛。"他挥着沾满油污的手说,要胜任岗位,光动嘴皮子不行,关键靠实干,现在他一有时间就恶补主机、锅炉等岗位专业知识,与大家一起摸排管路。

歼－15 成功着舰那天晚上，笔者随同辽宁舰夜查组进行战位巡查，来到造水机舱室。偌大的舱室里，给水兵徐江一人戴着防噪音的耳塞，独自静静地坐在木凳上。

他比画着告诉笔者，他要定时观察玻璃孔里海水翻腾的情况，查看气压是否稳定，保证造水设备正常运转。

"平时能听上歌吗？"笔者指着耳塞问，徐江摇了摇头。徐江曾经的人生梦想，就是当一名歌手。如今，当都市年轻人塞着耳机享受音乐的美妙时，他却因自己的职业需要而远离了曾经无比热爱的音乐。

"白天看到歼－15 飞机着舰了吗？"小徐还是摇了摇头："夜里值班，当时在补觉。"

我的航母我的舰。望着眼前这张淳朴的脸庞，想起这个晚上航母"水线之下"那坚守战位的身影，笔者心中不禁感慨：当我们仰望天空，将赞美给予英雄的舰载机飞行员时，千万不能忘了这份成功的背后，还有航母上那些像小徐一样普通战士的付出。

"航母 Style"，在普通百姓眼中，那是一份潇洒帅气；在共和国军人眼中，那是一份使命担当。

舰载机飞行员被称为"刀尖上的舞者"，西方有人预言，中国人获得这一能力起码要七八年甚至更长时间；还有人说，中国人缺乏冒险精神，没有培养舰载机飞行员的精神基础。

缺乏创新的勇气和智慧，是找不到前进之路的。不知熬过了多少个日日夜夜，不知面对了多少次挫折与失败。

2012 年 11 月 23 日，历史性时刻终于到来。听见"着舰成功"的欢呼，一位将军第一个从飞行指挥控制室冲出来，顺着舷梯就跑向飞

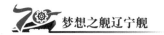

行甲板,年轻记者都被他远远甩在身后。

将军冲上前一把紧紧抱住戴明盟,泪水奔涌而出。

欢呼的人群中没有人知晓:这位服役48年的海军中将,两个月后即将离任。歼-15舰载机形成能力之日,也是他行将退役之时。

告别时,将军留下一句话:"假如有一天我死了,就把我骨灰埋在这儿,每天看着舰载机飞行……"

"黄沙百战穿金甲,不破楼兰终不还。"将军用自己的戎马一生,诠释着这样的人生哲理:"人生不是一支短短的蜡烛,而是一支由我们暂时拿着的火炬,我们一定要把它燃烧得十分光明灿烂,然后交给下一代的人们。"

2013年,海军成立64周年纪念日那天,外国驻华武官应邀到海军机关听取中国航母建设有关情况,休息期间,有外国武官问:"你们是怎么做到这一点的?"

"我们是努力做到的!"海军司令部一位领导这样回答。

这看似幽默且轻松的回答,背后是上至将军指挥员、下到普通士兵所有人付出的那不为人知的汗水和艰辛。

>>> 第四章
悲壮身影

祖国，没有忘记你——

2018年12月18日，改革开放40周年庆典上，在表彰的100名改革先锋名单上，他的名字赫然在列。

妈妈，没有忘记你——

距离他牺牲的日子已经过去了2000多个日夜。妈妈吴传英手中的丝线也绣了2000多个日夜。是儿子让妈妈爱上"十字绣"的，她把对儿子的思念融入一幅描绘祖国大山与江河的美丽"十字绣"作品《旭日东升》之中。

战友，没有忘记你——

在第十二届珠海航展上，我国又一批新型战机比翼高飞，惊艳世界。沈飞的战友们举杯邀敬：你曾经的梦想正一步步地变成现实。

他，就是"航空报国英模"罗阳——国产歼-15舰载机研制现场总指挥、中航沈飞公司董事长、总经理。

2012年11月25日上午，年仅51岁的罗阳突然倒下了，倒在了歼-15舰载机成功起降航母的凯旋途中。

　　功成身死，为国捐躯之悲壮莫过于此。这种时间上的偶然重叠，构成一种近乎残忍的巧合。凯旋之际的悲伤，在人们心灵的深处引发了强烈共鸣。

　　国之重器，以命铸之。

　　这一天，中国航母辽宁舰的汽笛为他而鸣响，舰上官兵列队飞行甲板，以崇高的军礼为他送行。这一天，成千上万的网民纷纷为他点起悼念的蜡烛，表达敬佩、哀思的微博数量超过 10 万条。

　　辽宁舰上，罗阳住 030207 舱室，笔者住在 020417B 舱室。

　　航母飞行甲板上，我们擦肩而过；等待歼 - 15 着舰，我们在辽宁舰舰桥上比邻而站；欢庆着舰成功，我们热情握手。

　　然而，笔者真正认识罗阳，却是从他壮烈倒下的那一刻，从凝视他的遗照开始的——他谦逊的笑容里带着一丝憨厚，温和地迎接人

◎ "航空报国英模"罗阳

们关注的目光。

"当我叫你英雄的时候我泪流满面，这一别再也回不到从前，挥手之后挥不去你的时间，我的英雄，我懂得了什么是永远……"

51 岁的罗阳留给我们的悲壮背影，成为中国航空人的精神肖像，成为中国航母人不畏艰险继续前进的熠熠灯塔。

（一）

一闪念间，罗阳错过了最后一次回家的机会。

2012 年 11 月 17 日晚，他从珠海出差飞回沈阳。机场出口，看着他满脸疲惫的样子，司机王凯建议："要不回家休息一晚，明早再赶去？"

思量片刻，罗阳还是决定直接去几百公里外的某机场——即将执行航母起降飞行任务的歼－15 舰载机停在那里，他将从那里乘直升机飞上航母辽宁舰，参加歼－15 舰载机航母起降飞行试验。

夜黑如墨，车轮滚滚，罗阳星夜兼程……

到达目的地，已是次日零时 30 分。他放下行李，便找来现场保障的公司技术人员，逐架了解即将执行任务的歼－15 飞机状况……

早上 7 时，罗阳再次出发——铁翼飞旋，他顶着寒风，快步登上了前去航母辽宁舰的直升机。

辽宁舰 030207 舱室，罗阳生命中最后的 8 天 7 夜，在这里度过。

如今，任凭记者如何追问，谁也不能完整复原罗阳在舰上是如何度过生命中的最后时光。留在人们记忆中的，只有这些记忆碎片——

舰上负责舱室区划卫生的勤务战士说，罗总房间的灯总是亮到很晚，早上很早就起床到甲板上去了。

舰载机着舰被称为"刀尖上的舞蹈"，稍有不慎就会机毁人亡。作为歼－15舰载机研制现场总指挥，罗阳肩头承受的压力有多大可想而知。

紧张，等待；忙碌，等待……

11月23日，具有历史意义的一刻终于到来。呼啸而来的歼－15战机，精准地降落在航母飞行甲板上。

刹那间，泪水从罗阳眼眶中奔涌而出……

这泪水是喜悦，是自豪。2012年9月辽宁舰入列时，海外媒体预计中国舰载机成功应用至少需要一年半时间，没想到中国人只用了两个多月。

歼－15总设计师孙聪回忆当时情景说："狂喜之后，罗阳马上拉着我探讨起歼－15飞机下一步的具体发展计划来。"

这一天16时左右，罗阳才顾上给家里打个电话。妻子王希利刚要出门，家中的电话铃声响起，"你在呀，太好了！"听筒里传来丈夫罗阳久违的声音。

王希利怔了一下。已经一周没有罗阳的消息了，她最关心的是罗阳的身体能否吃得消。然而，话到嘴边，脱口而出的却是："任务完成得怎么样？"

"非常好，特别好！"罗阳高兴得像个孩子一样。

王希利被罗阳的情绪感染着，激动得半天说不出话来。

航母上不能随意和外界通话，只能用特殊的电话卡打座机，这也是罗阳上舰一周只联系妻子一次的原因。

"家里怎么样?"他轻声问。

罗阳离开家里的这些天,王希利一方面忙自己的工作,另一方面要照顾病重的母亲,家庭的重担压在了她身上。听到这话,她的情绪一时有些失控:"你这么忙,这么累,到底为了什么呀?"电话那头停顿了一下,他平静地回答:"工作嘛!"

"记得给靓靓打个电话啊!""靓靓"是他们在上海上大学的女儿罗靓的小名。罗阳夫妻俩的最后一个电话匆匆结束。

妻子王希利并不知道,此时罗阳正强忍着心脏的病痛,这次通话居然成了他们夫妻的诀别。

凯旋之夜,所有人都沉浸在喜悦中。可这一夜,罗阳过得"肯定格外痛苦,每一分钟都是煎熬"——事后,参与抢救的医生推测,那个时候他的心脏已经出现部分坏死。

想起这一夜,沈飞公司党委书记谢根华潸然泪下:"今年初,罗总还专门请心脏病专家来给全厂职工讲课,可惜当时他工作太忙参加不了,要是听了,他也许自己就能发现身体已经报警了……"

25日的太阳终于升起来了,辽宁舰凯旋靠港。罗阳拖着病体勉强上岸后,连和同事拥抱庆贺的力气都没有了。

"呜呜……"救护车向最近的大连友谊医院疾驰。就在距离医院还剩下100米左右时,罗阳昏厥过去。罗阳把自己的时间最大限度地献给了他的飞机,给自己却连抢救生命的几分钟都没留下。

在离医院不到100米距离时,罗阳那颗疲惫的心脏,停止了跳动。

医护人员当即在医院门口大厅实施抢救。这一刻,电视上正在反

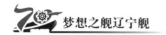

复播放着歼－15舰载机在航母上完美起降的画面！

经过3个多小时的抢救,中午12时48分,罗阳走了。

11月25日深夜,罗阳猝然离世的当天晚上,沈飞办公室副主任吕殿凯翻遍电脑里的罗阳照片,失声痛哭:"一个著名企业的老总,找一张标准照有这么难吗?"

真的就这么难。罗阳对抛头露脸的事从不积极。上级领导来视察,他让技术主管介绍工作,自己跟在一旁;在集团公司参加合影,作为主力厂"一把手"的他总是站到最旁边;吕殿凯多次让他补拍标准照,他总是嘴上答应,从未行动。

沈飞宣传部负责摄影的同志最愁的就是给罗阳拍照。2007年刚上任沈飞总经理时,罗阳头发还是乌黑油亮;到2010年,额前的头发已经盖不住头皮了;最近的一张侧影,后脑勺几乎秃了。罗阳和他的团队每天忙得脚打后脑勺,他哪有时间去注意自己的形象呢?

"他才51岁啊!"北京航空航天大学的老教授郑彦良,从没经历过如此大喜大悲的急剧转化——

11月25日,看到舰载机成功起降航母的报道,他为学生罗阳感到自豪。没想到,第二天,传来他猝然离世的噩耗。

看着网络上罗阳的遗像,郑教授脑海里总是浮现当年罗阳大年三十都不回家,坚守在教室复习功课的情景。

郑教授回忆说,罗阳1978年考入北航,是班级里年龄最小的,也是最活泼的,担任体育委员,排球打得好,学习也好。

在那个"振兴中华、实现四化"的火热年代,航空报国是当时那一代北航大学生的共同理想。

出生于军人家庭的罗阳，高考志愿全是军工类。作为"文革"后恢复高考的第二届大学生，在那个"科学的春天"里，他对知识有着强烈的渴望，很快成为班里多门功课满分的优秀生。

原总装备部工程设计研究总院研究员、罗阳的大学同学李兆坚回忆说，刚入大学时，罗阳和他曾看过一部资料片。由于信息化程度低，片中我空军飞机还没看到敌机，就被对方击落。罗阳很震撼，当天与同学们讨论到深夜……

"冯如当年研制的飞机，与莱特兄弟比仅晚 6 年。半个多世纪后，中国的航空技术与世界先进水平之间的差距被拉得很大。"罗阳的校友、后来同事多年的航空工业沈阳所工会主席张葆晨回忆说："当时我们仰望蓝天，都有一种神圣的使命感——一定要自己造出属于中国的世界一流飞机。"

1982 年罗阳大学毕业，正赶上国家集中精力搞经济建设，军工行业十分不景气。曾经一度，沈飞的全年飞机生产任务还不足 10 架。沈飞制造工程部部长郭显华清晰地记得：1986 年他从北航毕业到厂里，第一个月工资是 50 元。

留下来的不一定是最优秀的，但肯定是最执着的。一度，周围很多人纷纷"跳槽下海"，罗阳却从未动摇航空报国的信念，坚守在寂寞的航空岗位上，在沈阳所一干就是 20 年！

从设计飞机到制造飞机，执着的罗阳，终于等来了中国航空事业发展的春天。20 世纪 90 年代中后期，在经济发展需求和国防建设需求的双重牵引下，中国航空事业驶上了快车道。

发展速度有多快？采访中，沈飞公司书记谢根华举例说：10 年

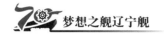

前,沈飞到国外某飞机制造厂参观,感觉到技术差距很大;10年后的今天,这家国外飞机制造厂派人来到沈飞参观,感觉刚好"颠倒过来"。

2007年,年富力强的罗阳成为沈飞公司的"掌门人"。

仿佛是注定的缘分,罗阳的生日,居然与沈飞公司厂庆日是同一天——6月29日。

矢志航空,铁肩担当。上任伊始,罗阳曾这样表白:"航空报国是使命,不是口号,我对自己的要求是8个字——恪尽职守,不负重托。"

在罗阳曾经工作过的研究所采访,笔者听到这样一个说法:大干600天,工作时间"6·11"——意思是说,每周工作6天,每天工作11小时!

由此可见,这些年,罗阳和同事们是以"飞行般的速度"履行着航空报国的使命,追赶着世界先进水平。

创新跨越,雄心壮志,他率领他的团队先后完成多款新型飞机首飞,创造了航空工业的"中国速度"。

昔日,沈飞"8年磨一剑"研制某型战斗机,成为广为流传的经典故事。

今天,罗阳和他的团队用智慧创造了新时期的传奇:歼－15舰载机,作为首个全机、全系统、全状态采用数字化技术设计制造的飞机,从设计制造到实现首飞,周期缩短40%。

如今,这一纪录又被他们刷新:某重点型号飞机研制,从设计发图到成功首飞,研制周期大大缩短。

速度的背后,是创新!

当年,罗阳和研究所其他6名领导班子成员被大家戏称为"七匹狼"——领导能力强,创新能力强,团队精神强。

成为沈飞的"掌门人"后,罗阳的创新视野变得更宽广,创新嗅觉也变得更加敏锐。他曾说,研制战机,要么是零分,要么是一百分,没有中间分!

他把工人装在心里:他让管理部门给装配工人都配上了防腰脱的护腰带;在生产线现场支起行军床,让员工累了能小睡一会儿;他安排40岁以上的员工两年体检一次,40岁以下的三年一次;他安排请医生每周二上午到生产现场,为工人检查身体;他还请来心血管病专家和心理健康专家,给员工上健康课。

他对身边的同事说:"我知道你们很累!可是咱们都得挺住,航空报国不是荣誉,而是责任!"

披星戴月,罗阳带领着同事与时间赛跑,与时代赛跑——

他们加快信息化平台建设,提升数字化制造技术;成立新机快速试制中心,加快新型战机研制速度……

管理上,改变沿袭多年的串行模式,探索出全新高效的并行协调管理模式,国防科工局曾专门组织全国十大军工集团来这里参观取经。

创新实现跨越,创新催生奇迹。笔者在采访中获悉:2012年,由罗阳担任研制现场总指挥的多型飞机先后实现首飞,这不仅在沈飞,即使在整个中国航空界,也是前所未有的神奇速度。

要知道,沈飞成立60年的前50年里,总共只研制了4型战斗机!

如今,沈飞实现了从研制三代战机向研制四代战机的新跨越、从

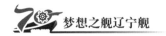

天空到海洋的新突破、从有人机到无人机的新发展。

吕殿凯在沈飞办公室干了23年，罗阳是他的第四任领导。"罗阳接任总经理的这5年是最累的5年，取得的成绩也是沈飞历史上没有过的。在工作压力面前，他经常说的是，我们没有任何选择，必须把不可能变成可能。"

性能可与世界现役主力舰载战斗机相媲美的"飞鲨"歼－15，创造了新机研制提前18天总装下线、从设计发图到成功首飞仅用10个半月的奇迹。辽宁舰入列时，海外媒体预计中国舰载机成功运用至少需要一年半，而仅仅两个月后，歼－15就成功实现舰上起降。

在这个曾经诞生过我国自行研制的第一架喷气式战机、第一架超音速战机的沈飞公司，让战机从陆地飞向海洋，是全新的挑战。

最大难点之一在阻拦钩。准确钩住阻拦索从而有效减速，是实现飞机在短距离内着舰的关键。技术要在规定时间内攻破，只能成功，不能失败。

一次次试验，多少次失败，终于在2012年初，这一技术攻克了。

在庆功会上，罗阳掉泪了，不爱喝酒的他，和试飞员们一醉方休。

罗阳担任沈飞"掌门人"5年，沈飞实现多个型号首飞。5年中，沈飞的产值从49亿元上升至120多亿元……

航空工业领导说："10多年前我们的航空业与发达国家相比是望尘莫及，到2005年前后可以说是望其项背，而今天，我们正在向着同台竞技努力。"

（二）

有道是:家国取舍,忠孝难全。

在遗留的出差行李里,放着罗阳在外地买的孝敬 79 岁老母亲的土特产。

罗阳的孝心是出了名的。7 年前父亲去世后,罗阳不论多忙,也要抽出时间去干休所探望老母。劳累一天的罗阳,喜欢在母亲的床上躺一会儿,和老人聊聊天,哪怕只有十分钟八分钟。

母亲常常说:"国家培养了你,你应该为国家做更多的事。"

罗阳常常想,母亲一切安好,自己就可以更踏实地工作。

忠就是孝,孝就是忠,母子间有着旁人无法理解的默契。每次离别时,罗阳在楼下都要抬头仰望住在 5 楼的老母亲;每次离别时,老母亲都要趴在 5 楼的窗口向儿子挥手。住在这个干休所的人们全都记住了母子俩的这个经典姿势。

或许是母子的心灵感应,25 日的那个下午,老母亲感觉到心里不安,不停地往儿子家打电话,总是无人接听。入夜,电话总算打通了,接电话的不是儿子,也不是儿媳,是一个陌生人,老人家更加不安了。

那晚,老母亲彻底睡不着了。她开灯,起床,摸摸索索从抽屉里找到了儿子罗阳的出生证,又找出两张"三好学生"奖状,这是罗阳在北京航空学院上大学时,学校邮给家长的。妈妈顺着儿子成长的轨迹,渐渐进入梦乡。

罗阳是 1978 年参加高考的,那时刚刚恢复高考不久。当时考大

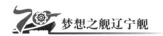

学的机会不容易,加上高考复习非常紧张,罗阳很珍惜学习的机会,把心思全部扑在了备考上,后来罗阳高考得了高分。填报志愿的时候,罗阳班主任和老师一起找他谈话,动员他报清华大学或北京大学。但是罗阳跟母亲说,他从小热爱飞机、航空,想报考北京航空学院,也就是现在的北京航空航天大学。最终罗阳如愿以偿。

11月26日清晨,罗阳79岁的老母亲,和往常一样打开电视看新闻。手指轻轻一按遥控器,电视画面上,出现了一张熟悉的面孔。

这一刻,老母亲不敢相信自己的眼睛:电视荧屏中被称为英雄的那个人,不就是自己的孩子吗?

噩耗突如其来,老母亲老泪纵横:"孩子啊,你不是说出差去了吗?"

老母亲吴传英说,罗阳每次左手扶车门,右手抬起来告别的样子,仿佛还在眼前。

然而,这一次,只能老母亲来看儿子了——殡仪馆里,儿子表情安详地睡着了,永远睡着了……

17天没回家了,罗阳却以这样的方式回来了。邻居再也听不到清晨罗阳出门的脚步声;妻子夜里再也等不到罗阳拖着疲惫身体进门就喊"希利!希利"的亲切;女儿靓靓再也听不到爸爸那宠爱的呼唤:"小靓靓,来亲亲爸爸呀!"

在外人面前,罗阳是英雄。可在妻子王希利那里,罗阳永远都是个"负债人"——他答应她退休之后一起做的许多事,都无法实现了。

王希利说,她和罗阳也有很多梦想,也期待着抽空出去走一走,转一转。每次提到这个话题,罗阳总说"等退休以后吧"。有一次王希利急了："你要是这么说的话,我就盼着咱俩快快老了……"

平时晚上九十点钟回家,罗阳会坐在电脑前,听一听舒缓音乐,看看网上的围棋对局,这是他难得的放松。妻子将切好的水果端到他面前,他会深情对视："谢谢老婆,你太好了!"

"他是一个对生活要求低,很容易满足的人。"王希利说,"比如我的厨艺这些年也没有什么大的长进,罗阳却从来都不挑。有时候我自己都觉得难吃,他却吃得津津有味,还一个劲儿地夸我做得好。"

这些年,罗阳就像上紧的陀螺越来越忙,根本顾不上家。

一次,罗阳加班到凌晨回家,累得腿发软。妻子王希利看着心疼："真想不明白,你怎么天天这么忙?"罗阳说："你到车间看看,许多工人比我还累。"

这些天,妻子王希利再也听不到丈夫深夜回家的脚步。她说："以前听到他上楼回家的脚步声,就知道他这一天心情是好是坏,知道工作顺不顺利。"

到现在,妻子王希利还在懊悔："那天接他电话,怎么就没嘱咐他注意自己身体呢?"

罗阳辞世后,他的老母亲只向沈飞公司提了一个请求："孩子平时工作那么忙,我也不知道他都忙些啥,能不能将他取得的成绩和荣誉整理整理,给我看看?"

听到这话,在场的人无不动容。沈飞公司加班加点,给英雄的母亲制作了一本纪念画册。

"航空报国英模""航空工业航空报国金奖"……翻阅着这本画册,老母亲看到了一个"全新的儿子"——原来,这些年儿子做了这么

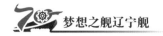

多重要的事,得了这么多重要的奖……

如今,在罗阳妈妈家中最显眼的地方,悬挂着一幅"十字绣"作品——《旭日东升》。那是在罗阳牺牲后开始绣的,老母亲一绣就是3年。想罗阳了,老母亲就会盯着那上面巍峨起伏的山脉出神,眼中闪过晶莹的泪光。

她说,就是罗阳让她爱上"十字绣"的。那时,罗阳父亲刚刚过世,罗阳怕妈妈沉溺悲伤,便劝她绣"十字绣"来打发时间、驱除孤独。最初绣的那幅《翠竹人家》,就是罗阳帮她挂到墙上去的。罗阳一边挂,一边夸赞:"妈,您绣得太好了,真了不起!"怕妈妈累坏眼睛,罗阳又总不忘叮嘱她:"妈,不着急,慢慢绣!"

《旭日东升》,老母亲真的绣得很慢很慢,慢得仿佛时间都停在了某一个夜晚。那是她看见罗阳的最后一个夜晚——星空很亮,亮得就跟罗阳送上蓝天的一架架银鹰的颜色一样。

疼痛的光阴就像手中的绣线,绣着绣着就短去一截。每到罗阳牺牲的日子,罗妈妈就会哽咽地说:"可惜,罗阳走得太早了。如果再多给他些时间,让他为国家再多做一点事,再多尽一点力,该多好!他还年轻,如果我能换他,该多好……"

(三)

才见霓虹君已去,英雄谢幕海天间。

2012年12月5日,罗阳牺牲后的第10天,一架刚刚下线的战机进行试飞。

凛冽寒风中,战机展翅,呼啸蓝天,完美着陆。

现场,一切一如往昔,唯独少了一个熟悉的身影、一张亲切的脸庞。

走下战机那一瞬间,空军试飞大队时任大队长、试飞员李国恩不由自主地将目光投向了指挥塔台下——那是罗阳以前经常站立的地方。

5 年来,只要他在试飞现场,飞机成功着陆后,他都要给试飞员一个有力的拥抱。如今,他猝然离去,再也不能和大家一起分享这份喜悦。

"战友,想念你那有力的拥抱!"那一刻,李国恩泪花在眼眶里打转。

11 月 23 日上午,歼 – 15 舰载机在辽宁舰上成功起降。试飞员李国恩很激动,当时就给罗阳打了个电话,可电话占线。没想到,第三天,自己手机响起,传来的却是罗阳去世的噩耗……

无论时间过去多久,李国恩都忘不了罗阳那一次激情如火的拥抱——

那一天,国产歼 – 15 舰载机进行首次试飞。如战场出征,现场气氛紧张。歼 – 15 舰载机首次飞行成功与否,不仅关系到沈飞集团公司和航空工业沈阳所辛苦耕耘 12 年的创新成果,更关系到国家航母事业进程的推进。

飞行前,作为歼 – 15 舰载机研制现场总指挥的罗阳,悄悄走到李国恩面前,拍了拍他肩膀:"兄弟,等着你回来。"

发动、轰鸣、冲刺。阳光下,歼 – 15 战机腾空而起。观摩台上,罗

阳一边拍手鼓掌,一边抬头仰望,眼睛直直盯着空中的飞机……

心,悬在半空中!

"嘭!"战机安全着陆,轮胎与地面接触摩擦,冒出3股白烟。这时,罗阳"唰"地从椅子上站了起来,拼命地鼓掌。

试飞大队时任政委张保库回忆当时情景说:"我上去祝贺握手,发现罗阳手心全是汗水。"

试飞员李国恩从飞机上一下来,罗阳就上前紧紧拥抱住他。泪水,几乎同时从两个男子汉眼眶中奔涌而出。

这泪水,是喜极而泣——从这天起,中国有了自己的舰载机!当时罗阳说,那天激动的心情,就像是看到自己的孩子出生一样。

过去5年里,罗阳当了多次"父亲",实现了多型飞机的首飞——这创造了中国航空人的一个又一个纪录。

试飞场,是让罗阳心情最紧张的地方,也是带给罗阳最多快乐的地方。

试飞员曹建彪对记者说:"每次罗总和我们在一起时,笑起来的声音很亮、很脆,那笑声分明透着内心的喜悦。"

"罗阳牺牲前,始终在舰上忙着记录和分析飞机状态,他离飞机最近距离不超过20米。"试飞员李国恩最能体会罗阳当时的感受:在那么近的距离,飞机起降的巨大轰鸣声,会震得人耳朵生疼,心脏发颤。

可张保库政委记得,罗阳有一次对他说,坐在办公室里,能时常听到飞机的轰鸣声,感觉心里特别踏实。

如今,面对熟悉的飞机场,李国恩感慨万千。屈指一算,他和罗阳已经并肩战斗了10年。这10年,他们经历了太多的惊心动魄!

老去的是青春，不老的是使命。李国恩说："罗总走了，我们还要继续飞行，这是使命，也是责任。"

追悼会那天，试飞大队所有试飞员一大早就赶到了，他们站在离罗阳遗体尽可能近的地方，目送这位战友最后一程。

试飞员丛刚忘不了，罗阳曾给他的那个真诚而温暖的拥抱——

那天，丛刚执行某新型战机试飞试验任务。返回降落时，飞机起落架不知为何打不开。情况紧急，大家的心都提到了嗓子眼儿。

正在开会的罗阳马上中止会议，赶到了试飞场。在地面人员技术支持下，丛刚冷静地操作，终于打开了起落架，平安降落。

丛刚一走下舷梯，罗阳就上前将他一把搂在怀中，激动地说："谢谢！太谢谢了！"

回忆此事，丛刚说："那一刻，一股暖流涌上了心头。"

飞行虽然最终没有出事，可罗阳回到会议室发火了："我们一手托着国家财产，一手托着战友生命，我们为什么不能做得更好些呢？"

紧接着，他马上组织相关人员对战机故障进行全面排查，在最短时间消除了隐患。

在质量问题面前，罗阳从不会降低一丁点标准。试飞员毕红军给笔者讲述了罗阳一个故事——

某型战机液压装置出现渗油，排查原因是一个用于密封的胶圈质量出了问题，驻场军代表将问题反映到罗阳那里。

没想到，罗阳将同一规格、同一批次的胶圈全部集中在一起，当众销毁！

那一天，上千名职工在现场观看，公司领导和中层干部手拿剪子，

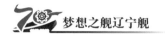

将价值上百万元的胶圈挨个剪碎。在现场,他语重心长地对大家说:"我们生产战机,既关系到试飞员的生命安全,更关系到部队的战斗力,质量上不能有一丝一毫的纰漏。"

那年,首架歼-15战机下线仪式已定,然而,装配现场发生了一起技术故障。当时,有人建议:下线仪式日期已报给上级,如果推迟影响不好,反正飞机也不飞,下线后再排除故障也不迟。

罗阳坚决不答应,他说:"我们是做事的,不是作秀的,我们要对国家负责。"他顶着压力,推迟了下线日期,直到彻底排除了技术故障。

提起罗阳,试飞员曹建彪说:"罗阳不是军人,但抓工作雷厉风行那劲头,跟军人上战场打仗一样!"

2011年列装某新型战机的空军某部提出请求:能否搞一个远程信息化保障系统。罗阳当场拍板:行!

男儿一诺千金。仅仅10天后,罗阳就督促有关部门开发研制出这个系统。如今,这套保障系统已经在空军某部航空兵团得到应用。

11月26日,罗阳牺牲的第二天,张保库政委远在黑龙江老家72岁的老父亲,专门打来电话询问:"这人是你们那地方的吗?了不起!"

深圳工作的同学也打来电话:"罗阳是你们单位的吗?太悲壮了!"听到这,张保库忍不住在电话里哽咽起来。

张保库说:"罗总平时对我们试飞员亲如兄弟,试飞员家里大小事情他都清楚。他这么走了,我们能不伤心吗?"

试飞大队的新办公大楼时间很快就建成。这是罗阳倾力支持的结果——为给试飞员提供一个好的工作环境。新大楼里专门修建了一个集篮球、排球和乒乓球为一体的体能训练中心。

罗阳不止一次地对公司保障部门强调："飞机性能不仅是设计制造出来的,更是试飞员冒着生命风险飞出来的。"

罗阳多次对试飞大队试飞员们表态："你们有啥事,到我这,马上办!"

试飞大队搬新家那天,罗阳带着公司整个党委班子成员来庆贺。看到体能训练中心崭新的排球场时,酷爱排球的他禁不住手痒痒,当场对大家说,找机会组个队跟你们试飞员练练。

"可一直到他走,也没有机会闲下来,到这场地打球。"说到这,张保库鼻子一酸,眼泪又涌了出来。

李国恩说,罗阳还有一大爱好,就是下围棋。

2011 年底,罗阳破天荒约他下棋,这让李国恩有些"受宠若惊"——因为罗阳实在太忙了。公司党委书记谢根华也喜欢下棋,曾和罗阳约定一起下棋,可很难凑到一起,结果 4 年里也只下过 4 盘棋,其中还有一盘是在网上。

那天,罗阳说是找李国恩下棋,其实是商量新年度的试飞任务,一边对弈,一边畅谈。李国恩回忆,那一晚罗阳对他说:"我们肩上担子都很重,可如今航空赶上了好时候,我们一定要抓住,辛苦就辛苦一点吧。"

"罗阳离世后,很多人都说他是累倒在歼 – 15 舰载机这个任务上。其实,这只是他工作的一小部分。"试飞员宛炳盛对记者说,就在参加珠海航展前,罗阳完成了另一新型战机的首飞任务,其压力可想而知。

窗外雪花纷飞,又到了年终岁尾,又到了召开庆功会的时候。

过去的5年里,庆功会上,罗阳都要和试飞员们举杯畅饮,相拥而庆。

如今,李国恩说:"罗总走了,庆功宴上,我们要把第一杯酒敬给天上的他!"

(四)

网友这样评价:"罗阳走了,把思考留下:多元时代,个人选择、个性表达无可指责,但总有些价值需要坚守,如家国情怀和社会责任。潇洒的看客心态,精致的利益权衡,换不来美丽中国。"

在常人眼中,罗阳是位了不起的英雄。沈飞集团公司党委书记谢根华却如是评价:"罗阳就是一个普通的人,是我的好搭档、好伙伴。"罗阳的妻子王希利也说:"要是罗阳不走,他和大家是一样的。"

走近沈飞,走近航空人,笔者深切体会到这两种说法其实都是对的——罗阳既是一名英雄,又是千千万万为建设强大国防默默奉献的航空人中的普通一员。

一颗星星陨落了,但天穹依然群星灿烂。有人说:如果罗阳不是倒在成功那一刻,他的事迹也许不会这样感动亿万国人。然而,当笔者走近航空人,回眸中国航空发展的历史,类似罗阳这般令人唏嘘的事情,已多次发生——

黄志千,歼-8飞机的总设计师,因飞机失事献出了自己的生命。那一年,他也是51岁。

孙新国,航空工业沈阳所飞机设计专家,大年初二去办公室加班,心脏病突发倒在了工作岗位上。

杨宝树,歼－10飞机研制现场总指挥,身患癌症的他在生命垂危时还喃喃自语:"飞起来……"

感怀往事,正如媒体评论所言:国防航空工业是一条"生产"英雄的流水线,一直不断生产着"罗阳式"的干部和专家。

正如歼－15舰载机总设计师孙聪所说:"飞机不是一个人的作品,是集体作品。"更多的航空人,是以默默无闻的平淡方式,为祖国航空事业奉献着自己的人生。然而,他们的精神同样动人心魄——

航空工业企业文化部部长刘洪德说:"许多航空人退休前都表示,能不能再多干两年,不要报酬都行。"

沈飞集团公司高工姚志诚,退休10多年了,依旧坚持到办公室帮助工作。如今,在上班的路上,老人家的身影已成为一道风景。

采访中,刘洪德部长告诉笔者:某新型飞机的负责人身患肾癌,接受手术治疗后,现在依旧奋战在科研一线。

笔者追问:"能透露他的名字吗?"

刘部长回答:"不行,他的工作保密。"

也许有一天,他也会像罗阳一样广为人知、被人赞颂,但更多的"也许",他可能会永远隐藏在天幕之后,不为人知。

如果有记者问沈飞集团公司职工:"罗阳什么地方最打动你?"

许多人都会回答:"平凡。"

罗阳不讲究吃穿,浑身上下找不到一件名牌。他平时穿得最多的衣服,就是沈飞集团公司的蓝色工作服。罗阳住的房子,还是20世纪90年代在航空工业沈阳所工作时的老房子,室内家具很简单。更让

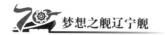
人没想到的是,作为一家年产值上百亿元的大型企业"掌门人",罗阳出差还经常住旅店的标准间。

在很多沈飞集团公司职工的眼中,罗总太普通了。"扎在人堆里,很难把他给找出来。"职工李长久说,"我怀念他,不是怀念他这个总经理,而是怀念他这个人啊!"

当上企业领导后,罗阳在赶任务同时,总不忘对职工们多一分关心。试飞站岗位关键、条件艰苦、工作强度大,站长张晓强几乎每周都能看到罗总来到现场。"深夜看到大伙加班,他操起电话,叮嘱后勤一定要给现场加餐;进入冬季害怕工人冻手,他又让公司给外场人员每人配发了一个暖手宝御寒。"

很多人认为,当领导必要时在下属面前摆摆架子、耍耍威风,才能压得住阵脚,而罗阳却与这一想法相去甚远。秘书任仲凯找罗阳批材料,罗阳签字很小,任仲凯不得不提醒,写得这么小,让副总们怎么写,但他却不以为然。集团公司领导合影时,作为主力厂"一把手"的罗阳总是往旁边站,秘书提醒他应该往中间靠,他却说:"这种事情,站在哪里还不都是一样?"

自古言"慈不掌兵,情不立事",罗阳却很少训人。有一回沈飞发生安全生产事故,很多干部职工都惴惴不安,认为"这回领导一定会拍桌子,处分人"。没有想到的是,第二天安全生产会议上,罗阳竟然细细讲解起从八个方面抓生产、保安全的方法。

罗阳,就是这样一个真实而平凡的人。然而,他对工作的执着、对事业的热爱、对岗位的坚守,在这个个别人信仰缺失的时代,尤为难得。

身处巨变的社会，有些人曾经的理想、信念、价值，常常随着飞奔的生活被抹去、被遗忘，以至于忘记了出发的方向。

但罗阳的梦想从未改变。从 1982 年进入航空工业沈阳飞机设计研究所，他在航空工业奋斗了整整 30 年，也曾有过"造导弹的不如卖茶叶蛋、造飞机的不如卖烧鸡"的岁月。然而，"航空报国"的信念始终未忘，鼓舞着他在萧瑟的日子里前行，在忙碌的岁月中奋斗。

沈飞流传着罗阳这样一件事——

早些年，罗阳在航空工业沈阳所任党委书记，经常骑自行车上下班。一天傍晚，罗阳骑车回家，一边慢慢骑一边想事情。单位一名干部开车着急回家，看到前面有人骑车挡道，就不断按喇叭。

结果，他仔细一看，骑车人居然是罗书记。他连忙下车道歉，罗阳毫不介意，笑了笑说："没事，你先走。"

罗阳的平凡，让前来采访的记者们都很"头痛"，经常是缠着他生前的同事们问了半天，也没有什么收获。

沈飞集团公司党委书记谢根华这样评价："罗阳和大多数人一样，没有传奇故事，只有踏实工作。"

或许，罗阳的这种平凡，正是航空人可贵品质的共性。航空工业沈阳所党委书记褚晓文说："在航空事业中，每个人都是一滴水，汇聚成海洋，人们看着就震撼了！"

在沈飞集团公司航空博物馆里，笔者看到这样一组让人震撼的数字——

一个家庭，三代人，23 名成员先后在沈飞集团公司工作，工龄加起来超过了 600 年。

正是这些平凡人的默默奉献,支撑起了中国航空事业的蓝天。

那日,笔者来到罗阳生前的办公室,一切都如他生前时一模一样——

书柜里,各类书籍装得满满的;陈列架上,各种飞机模型摆得满满的;办公桌上,摆放着一叠厚厚的文件,旁边是一份"12月份工作计划",水杯也放在原来的位置……

"直到现在我还觉得,罗总没走,就像出差了,过几天还能回来。"他的秘书任仲恺说。

"不单是小任,在很多员工心里,罗阳都没走,也永远不会走。"沈飞集团公司党委书记谢根华说。

长期以来,国防工业的特殊性,决定了航空人的生活状态:必须面对超常的工作强度,面对质量安全的沉重压力,因为他们"一手托着国家财产,一手托着战友生命"。

秘书任仲恺说,罗阳每次从外地出差回来,无论多晚,都要先到飞机生产组装车间看看,然后才回家。

在沈飞集团公司,不仅罗阳在忙,所有人都在忙。大多数时候,他们的家人并不知道他们究竟在忙什么。

罗阳的事迹被媒体公开,给许多航空人提供了给家人解释的机会——

程梅,航空工业沈阳所综合航电部原党支部书记。她80岁的老父亲住在长春,可她一年也难得回去看一次。父亲不理解,打电话问她:一年到头老加班,到底在忙啥?

那一天,歼-15舰载机成功着舰。老父亲打来电话说:"梅啊,这

◎ 歼－15舰载战斗机列阵辽宁舰飞行甲板（李唐 摄）

回爸可知道我女儿在忙啥了！"

说起这事时，程梅在记者面前泪流满面……

采访中，记者还见到这样一些年轻一代的"沈飞人"——

一次，为了完成一项紧急任务，技术装备中心的员工们连续奋战70多个小时。

一次，为了加快某新型飞机研制进程，一位年轻的妈妈昼夜坚守科研攻关一线，4岁的孩子生病住院，她唯一能做的，就是在电话里对孩子说："坚强点，不哭啊……"

如今，罗阳走了，更多的"罗阳"依旧在岗位上战斗。

深夜，某型飞机整机装配生产车间依旧灯火通明，一派繁忙。

笔者看到：一面巨大的五星红旗，悬挂在车间墙壁上，"一手托着

国家财产,一手托着战友生命"的醒目标语下,工人师傅们在流水线上神情专注地忙碌着。

这一刻,感动在笔者心中升腾——战友们,当你们驾驭战机翱翔蓝天的时候,请你们记住这些俯首奋斗、默默无闻的航空人。

祖国,终将选择那些选择祖国的人! 祖国,终将记住那些奉献祖国的人!

罗阳追悼会所在的回龙岗革命公墓一墙之隔,就是沈阳抗美援朝烈士陵园。62 年前,人民空军第一次亮相在朝鲜战场。孟进、孙生禄等志愿军飞行员血染长空。

如今,不一样的时空,却有着同一种慷慨赴死的悲壮,深怀同一种民族自立自强的梦想。

>>> 第五章
春天传奇

我的名字叫巴特尔,生长在茫茫的大草原,那奔腾不息的马背哟,给了我宽阔的心田。如今我是一名骄傲的水兵,巡航浩瀚的蓝色草原,那飞扬的飘带像敖包风旗,驰骋在大洋就像骑马征战。

……

2013年央视春节联欢晚会上,伴着歌曲《甲板上的马头琴》那悠扬的旋律,我国第一艘航母辽宁舰的雄姿闪烁在央视舞台的大屏幕上,闪烁在全国电视观众面前。歼-15战机从航母辽宁舰滑跃甲板上一飞冲天的热血画面,再一次引爆广大国人心中的那份自豪和骄傲。

对于中国航母工程来说,一个目标的实现,是又一个新目标的起点。

在2013年阳光明媚的春天里,中国航母建设抛出的新闻如一枚枚"重磅炸弹",在国内外舆论圈引发强力冲击波——

2月27日上午,中国首艘航空母舰辽宁舰首次靠泊青岛某军

港,标志着中国航母军港已具靠泊保障能力。59天,从交接入列到歼-15舰载机上舰;66天后,又首次进驻母港,中国航母的发展速度"超乎寻常"。

4月19日,海军某舰载机训练基地首次对外正式曝光。据悉,该基地是亚洲唯一、世界第三个舰载机试验训练一体化平台,是舰、机、场高度融合的综合性枢纽,是舰载机飞行员培养的摇篮,对中国航母建设进程具有重要作用。

5月10日,经中央军委批准,海军首支舰载航空兵部队在渤海湾畔正式组建,人民海军战斗序列又增添一支新型主战力量,标志着航母部队战斗力建设进入了新的发展阶段。从第一批舰载机飞行员首次起降航母到一支全新兵种的组建,这一过程人民海军仅仅用了6个月的时间。

这个春天,中国航母建设的脚步之快,让国人惊喜。

这个春天,中国航母建设的铿锵足音,让世界瞩目。

这个春天,航母辽宁舰第一次被写进国防白皮书《中国武装力量的多样化运用》——随着辽宁舰等一系列新型舰艇投入使用,中国海军的武器装备水平实现了新跨越。按照"机动作战、立体攻防"的战略要求,发展远海机动作战能力成为人民海军提升战斗力的主要内容。

这个春天,人民海军迎来了自己64周岁的"生日"。来自世界64个国家的75名武官应邀参加海军成立日纪念活动。

纪念活动以中国航母的建设发展为主题。活动期间,时任海军副参谋长宋学、辽宁舰舰长张峥对外披露的每一句话都是中国航母建设的"最新动态",每一句话都"含金量十足"——

"中国首艘航母辽宁舰目前不配属于海军的三个舰队,由海军直接指挥管理。"

"中国航母舰员培训经过了院校培训、新装备培训和在厂培训三个阶段,在此基础上,按航母使命任务组织相关的军事训练。目前,航母舰员已具备独立操纵武器装备的能力。"

"我们将根据维护国家海洋权益的需求,确定航母的发展规模。我们将拥有不止一艘航母。辽宁舰满载排水量5万多吨,下一艘航母我们希望能造得更大,因为这样可以搭载更多的飞机,战斗力会更强。这是我们的目标。"

"航母编队由驱逐舰、护卫舰、潜艇、保障船等多兵力组成。在目前这个阶段,我们根据任务选择配属,既可从三个舰队抽组,也可以由海军直接配属组成。航母上除搭载舰载战斗机,还将配属反潜机、电子侦察机、电子战飞机、勤务飞机等多型飞机。"

◎ 2013年2月27日上午,航母辽宁舰首次靠泊青岛某军港,标志着中国航母军港已具靠泊保障能力(李唐　摄)

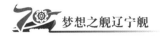

下面,让我们一起细细聆听中国航母在2013年这个春天里演绎的"传奇故事"。

（一）

夜幕降临,航母舰岛上的灯一盏盏亮了起来,和夜空的星星相映生辉。

透过码头值班室的窗口,军港保障队下士张璐向外张望。

"今天4月9日,是航母到'家'的第49天。"下士张璐指着窗外码头这温馨的夜景对笔者说:"看,航母在家里待得多舒服。"

49天前的那个早晨,辽宁舰庞大的舰体在浓雾中与军港码头紧紧地拥抱在一起,是下士张璐拧紧并固定好航母专用舷梯的最后一根螺栓。

"历史必将铭记这一重要时刻,而这伟大的一刻留下了我的身影。"回忆这一细节,下士张璐语气里充满着骄傲和自豪。

辽宁舰首次靠泊青岛航母母港,这是中国航母发展史上的一个重要里程碑。海军军事学术研究所专家张军社说:"辽宁舰离开造船厂进驻军港,表明航母在舰体、动力系统、电子设备、舾装等方面已经达到要求,不再需要造船厂调试。同时,航母进驻专用基地也标志着我国新建成的航母军港已经具备航母靠泊保障能力,可以在航母靠泊期间为其提供水、电、气、油等后勤保障。"

辽宁舰的"家"最终落户在这里,这可是反复考量的选择。据张军社介绍,外国航母母港的选址标准:航母母港应具有良好的自然地理环境和条件,便于航母编队的日常补给和保障,同时还要考虑国家安全战略需要、战略防御方向、一定的防御纵深、武器装备发展水平等因素,航母母港是深水港,可允许 10 万吨级舰船进出港湾,不仅要为航母提供给养和维护,还要支撑包括驱逐舰、护卫舰、潜艇、综合补给舰等舰船在内的整个航母编队。

眼前军港之夜的美景,让航母码头建设部队的政委黄毅更加陶醉。为了建设我国首个航母军港,2008 年初黄毅告别北京的家人,一头扎进了军港建设中。40 年前,黄毅就是从黄海之滨的这片土地开始军旅生涯的。离开这里 40 年之后,使命再一次把黄毅和这片土地系在了一起。

地形复杂,时间紧迫。工程建设面临的第一道难题,来自征地搬迁——石板河村、后小口子村、前小口子村等 6 个村庄 1400 多户人家需要整体搬迁,4000 多座坟墓需要迁移,500 多艘渔船需要拆解转港……

从革命战争年代"不拿群众一针一线"到如今要让群众告别故土、搬家迁坟,甚至让出数百年来赖以生存的海岸线,绝不是一道简短的行政命令所能够解决的。

"搬迁难搬迁难,把群众挂在心上就不难。"凝视着办公室墙上的一张建设规划图,黄毅说,在当地老百姓支持下,他们仅用 13 个月就完成了 13600 余亩土地的和谐搬迁任务。

黄毅忘不了,2009 年 4 月 4 日是清明节,按照当地的风俗,迁坟集中在清明节前两天,而且都是在夜间完成。为此,军地双方出动 100 多名干部,动员 1000 多辆汽车、农用车帮助群众迁坟。"4000 多座坟墓全部顺利迁移,为航母码头国防工程建设的开展赢得了宝贵时间。"

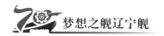

黄毅回忆说,这是"搬"出来的深蓝梦。

站在高处俯瞰,航母码头仿佛正把辽宁舰如孩子般轻轻地揽在身边。防波堤外,海浪翻腾;防波堤内,海面平静如镜。防波堤有效抵挡了风浪,为中国首艘航母辽宁舰提供了良好的驻泊条件。

这道防波堤,是航母码头建设工程中的难中之难,是官兵们必须啃下的"一块硬骨头"。

防波堤要在海水激流中扎根,需要大量石料。石料供应能力的高低,直接决定了防波堤建设的进程。数九寒冬,官兵们顶风冒雪、翻山越岭,现场制订方案,最终将石料的开采供应能力成倍提高。

那年夏天防波堤建设进入攻坚阶段,如果不能抢在台风到来前完工,将会严重影响航母工程建设的整体进程。背水一战,官兵们在创新中寻找"制胜方案"。他们施工日夜不间断,争分夺秒赶进度。

烈日下,官兵的皮肤被晒得脱了一层又一层;海水中,防波堤悄然地延伸了一米又一米。终于,防波堤抢在台风来临前完工。那天,台风如期而至,新建的防波堤如钢铁长城,在狂风巨浪面前巍然屹立。看到这一幕,官兵们幸福地笑了:"我们吃的这些苦,挺值!"

"航母军港防波堤国内最长,能抵御百年一遇的台风。"黄毅说,"自建成以来,它已经经受了4次强台风的考验。"

航母军港机场建设需要进行大体积混凝土浇筑,然而随之产生的裂缝,是一道困扰世界的工程建设难题。

"再难,也要拿下!"海军水工专家张宏武、任锐带领大家迎难而上。经过上千次的反复对比试验,攻关小组摸索出大体积混凝土浇筑裂缝控制的配方。随后,他们科学制订施工方案,每一步都严谨细致。

在进行大型混凝土浇筑的最后阶段，官兵们在浇筑体上铺设薄膜和棉被，像照顾孩子一样精心养护建设工段。

黄毅说，为了保证工程质量，航母军港新建了全国最大的砂、石储备库，使砂、石在任何气象条件下湿度和温度均保持稳定；10余种混凝土近20万批次样品全部送交权威机构检测；经过上千次试验，摸索出大型混凝土浇筑裂缝控制配方，获得国家发明专利。

5年的风吹日晒，黄政委变成了"黑政委"；5年的日夜鏖战，参加航母码头建设的官兵变成了满身泥灰、又黑又瘦的"建筑工"。

5年前，这里是小渔村，是荒野，是滩涂。5年后，这里变成了中国首个航母军港——水、电、气、油等保障设施完备，大型塔吊、万伏高压变电站、能量站、大型储油设施一应俱全。

在辽宁舰的论坛上，笔者看到军港5年前的照片，荒山野岭、断瓦残垣，与现在有天壤之别。

5年里，官兵们先后攻克了超大沉箱预制、水下安装等40多个世界性技术难题，创造了中国码头建设史上一个又一个施工"奇迹"。

航母码头工程的每一寸进度，都是官兵用心血和汗水浇筑而成的——

年过五旬的高级工程师解红军，每天超负荷工作，有时一天干十几个小时，因劳累过度，多次晕倒在施工现场；贾挺平患直肠囊肿，不顾医生劝阻，术后尚未痊愈便重返工地；杨鑫为加快施工图纸整理速度，摘掉防腐手套徒手整理图纸，双手被腐蚀性药物灼伤也全然不顾。

刚刚大学毕业的干部张晓在检查某部位钢筋焊接质量时，蹲在狭窄的基坑下面，十几个小时保持一种姿势，千余个接点一个个用手探

摸,手指被钢筋刺得鲜血直流。

这群年轻的官兵们,冒着北方冬天的严寒,用干涩的眼睛目测着夯距,用冻僵的双手一遍遍记录着夯点;长时间在高盐、高寒环境下施工,一些官兵患上高血压、关节炎等疾病,但没有一人叫苦退却。

"工地就是战场,决不能让航母码头工程留下半点遗憾。"官兵们做到了! 可是,他们的人生有的却留下了无法弥补的遗憾。施工二处处长赵江的家,距离工地不到 20 千米。母亲去世时,他却没能在第一时间赶回去见上母亲最后一面。

一名老兵退伍,黄毅政委问他有啥要求没? 他只提了一个要求:等码头建好了,能不能回来看看?

"目睹航母进驻码头的那一刻,我激动得流泪了,脑海里浮现出那名老兵的身影。"黄毅对笔者说,"不知道他那一天在电视上是否看到了这一切?"

航母码头建成之日,黄毅欣然写下了一副对联——"鏖战工地六载,海天间托起古镇口战略母港;报效国家一生,风云里挥写大珠山豪迈诗篇!"

一年之后,黄毅到龄退休。解甲之时,他心里不舍:"今后还能为部队做什么事呢?"受当地政府之邀,黄毅出任军民融合创新示范区的顾问,继续为航母事业发挥余热。

傍晚,海风习习,月朗星稀。码头上,军港保障队队长乔艳鹏依旧在办公室里忙碌。

"航母进了自己的'家',咱要尽可能创造一切条件让它待着舒服。"航母进驻的这些日子,乔艳鹏从没在零点之前睡过觉。

◎ 军港里的辽宁舰(李唐 摄)

与普通军港保障相比,航母军港保障具有规模大、种类多、环节复杂等三大特点。

笔者在现场看到,为了满足航母保障需要,军港码头上修建了铁轨,安装了大型塔吊,新建了大型万伏高压变电站、能量站、大型储油设施……正是通过这些设施,补给的物资和能源才能源源不断地被输送到辽宁舰上。

航母码头保障的难度,超乎想象——

辽宁舰吨位大,靠泊时水的保障就多达六七种;航母上搭载多型战机,其使用的航空煤油、滑油、机油就多达数十种,各种保障的电缆多达几十根;每天消耗的油、水、电、气等能源物资是常规水面舰艇的

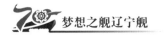

许多倍。

笔者白天在航母码头看到，为了防止补给油、水时出现错乱，码头上的管线阀门接口都被涂成醒目的不同颜色，以示区分；在码头附近的能量站中，仅消防功能一项就被区分为多种模块。

夜幕下，海浪亲吻着码头。"常人不知道，航母保障中的每一个问题解决起来都特别难。"乔艳鹏对笔者说，就拿航母污水接纳处理为例，为了研制全新的大容量污水接纳船，我们联合科研单位反复攻关，最终才实现了"航母一滴污水也不会排到海里"。

此时，远处保障基地的办公楼，也一样灯火通明。基地机关人员正在加班开会，为航母下一步的保障梳理工作思路。

"航母码头目前已初步实现了'靠得上、待得住'两大目标，下一步要全力推进保障能力的深度拓展。"乔艳鹏说，"航母保障毕竟是一个全新领域，没有任何经验可循，还有很多的事需要去探索。"

推开办公室窗户，听着海浪拍打着礁石，乔艳鹏说："累的时候，我喜欢看码头上灯光通明的航母舰岛，它真美！"

（二）

和往常一样，清晨五点半，三级军士长关城雷就起来了。

初升的霞光，均匀地洒在眼前这条笔直的飞机跑道上。一手扫把，一手簸箕，关城雷快步走在前面，笔者紧紧跟在他的身后。

尽管已是春天，可这里的风吹在脸上，依旧生疼。

一声哨响，关城雷和战友们便开始了对飞行跑道的清扫。他弯着腰,扫得异常认真,任何一点颗粒杂质都不放过——因为他脚下的这条飞行跑道,不是一条普通的飞行跑道,而是专门用来放飞歼－15舰载机的。

"你知道吗?那天成功在航母上降落的歼－15战机是从这里起飞的。"关城雷一脸自豪对笔者说。

顺着关城雷手指的方向,笔者看到:跑道的尽头是高高翘起的模拟14度滑跃起飞甲板,这条跑道完全就是把航母辽宁舰飞行甲板"搬"到了陆地上。飞行跑道的表面,也和航母飞行甲板一样,涂抹了特殊的防滑涂料。

此刻,笔者脚下所站的这片土地就是海军某舰载机综合训练基地,该舰载机综合训练基地向外界揭开自己神秘的面纱——

这里,是航母"Style"的诞生地;这里,是航母特种装置的试验场;这里,被誉为舰载战机飞行员培养的摇篮。

登上基地飞行指挥平台俯瞰。这个亚洲唯一、世界第三个舰载机试验训练一体化平台的全貌尽收眼底。高高翘起的滑跃甲板,三面临海的降落跑道,宛如置身于劈波斩浪、驶向深蓝的航空母舰。为了提升训练效果,训练场完全按照1:1复制了辽宁舰起降平台上的全部设施。

作为舰、机、场高度融合的综合性枢纽,工程建设的难度和强度都前所未有。

时间紧,任务重,难点多。承担该舰载机综合训练基地建设任务的某工区政委徐建国这样回忆:自从工程启动,整个建设部队没有一人休过完整的假期;零下20多摄氏度,海边寒风似刀,许多年轻人手

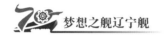

冻伤了、流脓了依旧坚持施工;有的官兵连续 3 个春节都在工地上度过,有的官兵进工地 2 年没回过一次家;有的战士入伍就到工地,一直干到退伍那一天……他们用忠诚和智慧、拼搏和奉献,让一项项工程按节点目标顺利完成并通过验收,为航母部队新装备按节点进行试验、训练提供了可靠保障。

从开建到竣工,他们仅用了短短的 5 年时间。该基地建设先后攻克 37 项技术难题,取得 21 项科研成果。其中,7 项成果填补国内空白,1 项成果获得国家专利。

建基地难,把基地用好,难上加难。

巨大的偏流板、光学助降装置以及阻拦索……辽宁舰上所有用于舰载机起降的特种装置,在这个基地都有"克隆版"。这些特种装置,只有在这里进行反复测试检验质量合格后,才能"移植"到航母辽宁舰上实际使用。

对于官兵们来说,"移植"的过程,是一个全新的挑战。全新的领域,全新的专业,全新的装备,他们无经验可循,无模式可鉴,无教材可学,怎么办?

没有翻不过的火焰山,没有蹚不过的流沙河。他们大胆探索,主动作为,派人到装备厂家跟班见学、跟岗培训、带岗锻炼。

为了验证核心设备阻拦索的性能指标,飞机需要进行反复大推力冲索试验。在飞行甲板下的机坑里,飞机发出巨大的轰鸣声,官兵耳膜仿佛被针刺破一般,测量显示最大噪音接近 200 分贝。环境如此恶劣,官兵们依旧无怨无悔,坚持在各自战位上操作特种装置,收集试验数据。

头发花白的甄兴仁,是特装保障大队大队长。看着老,其实他才四十出头。这些年,他天天带领官兵忙碌在试验保障一线,太累了。妻子远在山西长治,电话中老甄每次都说,忙完这段时间就回家看看。妻子既抱怨又心疼他:"这话说了几十次,却不见他回来一次。他这个人,不累倒是不知道回家的。"

他们的不懈努力,最终换来了不可思议的速度——首批特种装备和首批测试装备的交付使用,迅速在当年就形成保障能力,开创了航母特种装备保障的先河。

此刻,太阳已高高升起,气温迅速回升。汗珠,挂在关城雷和战友的额头上。

看着关城雷弯腰清扫的辛苦状,笔者问:"为啥不用机械设备进行清扫呢?""可以是可以,但不如人工清扫彻底,心里也不踏实。"关城雷扶着腰说。

对于自己工作岗位的理解,这位普通的士官有着哲学家般的深刻认识:"舰载机起飞着舰,这事难;扫地,这事简单。可这简单的事却关系着这难事的成败。"

他的这一认识,也是该舰载机训练基地广大官兵心中最真实的想法:"决不能因为自己工作的失误,影响到歼-15舰载机的飞行。"

"我国舰载战斗机的发展一切从零开始。为了减少试验风险,舰载战斗机上舰前的所有课目研训,都在这里展开,待技术成熟后才依次展开海上舰机协同的研训和起降训练。"基地时任政委姚丹江对笔者说。

"专家和飞行员正是凭借这里汇总的数据,逐一攻克了精准降落

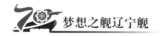

技术、最优着舰航线选择等道道难关。"姚丹江说,"战斗机需要在航母上逆风起降。为了提高训练效率,工程设计人员调阅多年基地所在地区的气象资料,优化设计方案,能满足舰载战斗机试验试飞需要。"

下蹲屈身,右手臂迅速上扬……该基地特装保障大队起飞中队中队长田伟潇洒地完成了放飞的动作。舰载机起飞,需要多个战位人员的紧密配合。由于甲板噪音巨大,手势成为战位人员交流的唯一语言,必须能清晰、明确地传达每一个信息,每一道指令。田伟在陆基模拟航母飞行甲板上,解释了一些动作的设计规范由来。

"这就是风靡网络的'走你'标准版。"田伟说,"其实开始时的动作设计是右臂迅速触地,示意放下止动轮挡,飞机起飞。但考虑到航母甲板的震动,可能会造成飞行助理动作变形,因此才改为右手臂上扬。"

"每一道动作的设计,都需要与飞行员、不同战位的操作人员反复磋商、反复研练,才最终确定下来。"田伟说,一次起飞保障,需要完成数十个流程。每一个流程都必须及时准确到位,容不得丝毫闪失。在国外就曾发生过由于保障人员没有及时完成动作流程,导致飞机动力不足坠海等事故。

地方大学特招入伍的士官陈孜晗,担任机场驱鸟员。这里靠海,海鸥等鸟类很多。每次歼-15舰载机飞行训练,他都要从早上站到天黑。长时间的强光暴晒、风沙,让他的右眼视力急剧下降。连队想给他换个岗位,谁知,他不干:"我情况熟,万一有意外情况我能处理。"

2012年11月23日,歼-15舰载机首次在航母上着舰。谁想,22日这里突然下雪。官兵们全部出动进行清扫作业。吹雪,去冰,烘干……整整干了一个通宵。驾驶吹雪作业车的班长周增磊,累得早饭没吃就睡着了。

"当成功着舰的消息传来时,大家高兴地抱成了一团。"勤务保障大队大队长刘周说起这事眼眶发红。

在战友眼中,保障队司机、一级士官孙技峰是"幸福的人",因为他离大家崇拜的偶像舰载机飞行员距离最近。他每天的任务就是将舰载机飞行员送到飞机旁。为了不影响飞行员的情绪,小孙每天小心平稳地开车,即使没事也从不主动对飞行员说话。

谈起自己的愿望,小孙说:等到退伍的时候,一定要和舰载机飞行员们合个影。

和小孙一样,四级军士长肖大坤的愿望,也一样质朴简单——

作为通信保障士官,他现在需要天天和航母"保持联系"。可到现在他从没有见过航母。他对笔者说:"要是退伍前,能有机会到航母上看一看,那该多好啊!"

望着跑道尽头的滑跃平台,大队长刘周说:"我们是航母人,不过,也许一辈子也没机会上航母……"

"谁不向往飞翔? 就像一只雄鹰,振动羽翼掠过秀美的山河。谁不向往远航? 就像一条蛟龙,翻腾波浪驶向湛蓝的大洋。"

有的海军战士,可能永远上不了战舰,可能一辈子没出过海,可能永远也驰骋不了大洋。

他们,是寒夜里守护航母码头的哨兵;是烈日下为歼-15舰载机训练"保驾"的驱鸟兵;是沙尘中依旧奋战在工地的工程师……这些鲜为人知的背影,正是推进中国航母事业快速前进的幕后英雄。

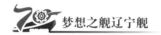

有一种誓言,叫"请祖国放心"。航母是一个"巨系统"工程,难度空前,需要广大战友和各行各业的大协作。在航母事业的大舞台上,我们既要为像舰载机飞行员那样的"主角大腕"喝彩,也要为许许多多像跑道清扫员关城雷那样的默默坚守的"无名小卒"鼓掌。

"什么也不说,祖国需要我。"他们坚守在各自平凡的岗位上,用默默无闻的奉献,为中国航母起航贡献着力量。昔日"两弹一星"国家工程,老一辈共和国精英们提出"干惊天动地之事,做隐姓埋名之人";今天,航母事业中,这一精神火炬传承依旧。

(三)

海明威曾经说过:"谁都不是一座岛屿,自成一体。"同样,没有哪种兵器是孤立的。

航空母舰,顾名思义就是"航空"与"母舰"的结合,"舰"与"机"的结合是航母战斗力生成的关键。

有人这样比喻:舰载机是航母的"手臂",是航母的"拳头",是航母的"刀刃",直接关系到航母建设的成败利钝。航母要真正形成战斗力,必须培养出一批成熟的舰载机飞行员。按航母常规配置,一艘航母至少应配属 2 个飞行团的兵力。

2013 年 5 月 10 日,中国海军首支舰载航空兵部队"毫无征兆"地出现在国人和世界面前。

这一天,新华社、《解放军报》同时对外刊发了一则消息——

经中央军委批准,海军首支舰载航空兵部队 10 日正式组建。人民海军战斗序列又多了一支新型主战力量,标志着航母部队战斗力建设进入了新的发展阶段。

舰载航空兵部队作为航母战斗力建设的核心部分,是海军新型作战力量建设的代表,是海军战略转型的先锋,在发展航母事业、建设强大海军全局中具有十分重要的作用。舰载航空兵部队装备有舰载战斗机、教练机和反潜、救生、警戒等多种舰载直升机。

海军首支舰载航空兵部队自 2011 年 2 月开始筹建以来,坚持边组建、边试验、边训练,圆满完成了舰载战斗机阻拦着舰、滑跃起飞等试验任务。

一支军队的自信,需要用胜利来建立。

一支军队的未来,需要用创新来书写。

一支全新兵种的诞生,意味着人民军队的成长壮大。细细品味这则新闻,不仅可以感受到国家强盛的"心跳",还能感受到这支军队一次次主动求变的强劲"脉动"。

对于拥有光荣历史传统的中国人民解放军来说,海军首支舰载航空兵部队既是"最新的成员",也是"最锋利的刀刃"——

该部队官兵是从全军飞行部队中优中选优、精挑细选而来,其中近三分之一来自海军战功卓著、赫赫有名的"海空雄鹰团",传承了"海空雄鹰"的血脉和基因。其中舰载战斗机飞行员经过了技术关、心理关、生理关等层层筛选,都飞过至少 5 个机种,飞行时间超过 1000

小时,三代战机飞行时间均超过 500 小时,且多次参加过军兵种联演联训、重大演习任务,是原所在部队的种子飞行员和重点培养对象。通过筛选后,舰载机飞行员还进入海军大连舰艇学院,进行了为期三个月的舰艇理论、航海知识、海洋法、海洋气象等 16 门学科舰员资格培训,在考核合格后随舰驻训生活、航海实习,并取得相关证书。

舰载战斗机飞行训练,特别是舰载战斗机着舰训练属于世界性难题,对飞行员、飞行指挥员的素质要求极高。

"2012 年,我们取得了 5 名舰载战斗机试飞员一次性着舰成功的巨大成绩,初步掌握了舰载机飞行、着舰技术。"在舰载航空兵部队组建大会上,中国首艘航母辽宁舰试验试航总指挥说:"我们要认真总结

◎ 辽宁舰舰载战斗机飞行员群体(李唐 摄)

◎ 海军某舰载航空兵部队飞行员走向训练场(李唐 摄)

前期试验试飞中的经验教训,科学分析阶段特点,进一步理清发展思路,更加注重风险防范,努力探索具有我军特色的舰载战斗机飞行训练模式。"

时任舰载航空兵部队司令员介绍,该部队由舰载机飞行部队、机务保障部队等组成,装备有歼－15战斗机和教练机以及多种型号的多用途直升机。由于舰载机技术含量密集,起降程序复杂严密,飞行风险大,要成为一名合格的舰载战斗机飞行员,必须经过舰艇补差训练、教练机飞行改装等环节,并熟练掌握在航母上的起降技术,对舰载机飞行员身体、心理素质和技术考验很大。

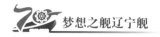

"海军舰载航空兵部队成立后,将在提升整体作战能力上下功夫,把舰载机飞行员和飞行指挥员培养作为中心工作,建立起科学化、系统化、人性化的培养机制;把机务人员培养作为重要基础,形成全系统机务保障能力;把探索舰载机飞行训练作为重要任务,努力缩短舰载机战斗力生成周期。"张少兵说。

"航母战斗机英雄试飞员"戴明盟,担任这支新型作战力量部队的副司令员,主管战斗机训练。他不仅仅是一个教练型的优秀飞行员,更是舰载机部队的"灵魂人物"。用戴明盟的话说:"我不仅要时刻关注自己的飞行技术,更要每天摸爬滚打,带好这支队伍!"

从部队成立那一天起,戴明盟就开始了成批培养舰载机飞行员的艰难探索,成立飞行教员组、制订方案、编写大纲……白天,他除了上天试飞,还要给新飞行员讲课;晚上,他要对新飞行员进行讲评,有时一个细节要反复抠上几十遍。

"航母形成战斗力刻不容缓,新飞行员培养一天都不能等,技术上的风险我来解决。"在戴明盟的强力推动和大胆创新下,新飞行员培养周期被进一步缩短。

◎ 戴明盟带领参加阅兵的歼–15舰载战斗机飞行员进行地面模拟训练(胡锴冰 摄)

戴明盟的想法很朴实:"咱都是老百姓家出来

的孩子,父母的艰辛都知道。咱要算一笔账,缩短周期,保障飞行安全,少练几个架次,为国为民省不少钱呢。老百姓汗珠子摔八瓣供养着咱军人,这可都是血汗钱,能节约一点是一点。"

从部队成立那一天起,跟戴明盟一样,这支部队的每名官兵都在"冲刺跑",争分夺秒、全力以赴,让中国第一支舰载机部队早日形成战斗力。

一路风雨,一路追赶。

一路斩关,一路夺隘。

2年后,2015年9月3日,抗日战争七十周年胜利日大阅兵,海军舰载机部队受阅梯队惊艳亮相——蔚蓝天空下,5架歼-15舰载战斗机组成的三角形编队,宛如一个巨大的"V"字,豪迈掠过天安门城楼。

◎ 歼-15舰载战斗机飞行员们驾驶"飞鲨"进行陆基训练(李唐 摄)

◎ 舰载机涂装从亮黄色变成"海军灰"

　　昂首飞越沸腾的长安街，"飞鲨"战机第一次以崭新的"海军灰"涂装亮相。而在许多人的记忆中，着舰时编号 552 的舰载机则是亮黄色涂装。亮黄色涂装的飞机是舰载试验飞机，飞机上的设备性能需要通过试飞员试飞成功后才能正式列装部队。如今，涂装颜色的改变，意味着舰载机已经完成试验试飞阶段，正式列装部队，穿上了"军装"。

　　歼－15 舰载战斗机的两个垂直尾翼上涂有两个飞跃而起的鲨鱼形象。将绰号涂注在战斗机机身，在我军历史上也是不多见的。"飞鲨"战机这种自信的展示，透射着我舰载战斗机部队捍卫祖国海疆的坚定意志。

◎ 舰载机受阅梯队（范江怀 摄）

此刻，"飞鲨"战机放下了着舰尾钩，如同军人举起的右手敬礼。这是"飞鲨"战机用独一无二的礼仪，向祖国和人民敬礼，向祖国和人民郑重报告——我国实现了固定翼战斗机从岸基到舰基的跨越！

"飞鲨"战机受阅梯队中，驾驶长机的是"航母战斗机英雄试飞员"戴明盟。他的身后，是他的"王牌团队"。战机间隔仅 20 米，队形稳定，像钉子一样钉在天空，米秒不差通过天安门上空。

这是中国海军舰载战斗机部队首次接受祖国和人民的检阅！

这更是歼－15 舰载战斗机所代表的中国海军航母作战力量首次接受祖国和人民的检阅！

>>> 第六章
寻常一日

有人说,选择一种职业,就是选择一种生活方式。

那么,选择了几乎与世隔绝的航母这座"海上城市"工作,这群年轻官兵究竟选择了一种怎样与众不同的生活方式呢?

2013 年 4 月 19 日,辽宁舰进驻青岛母港后的第 59 天,笔者走进了航母,亲眼看到了这群年轻官兵的"航母生活"。

◎晨曦中的中国海军辽宁舰(李唐 摄)

清晨,冉冉升起的朝阳,将整个飞行甲板铺上了一层明亮的金色。不远处的海面,海鸥在欢快地翱翔。舰艇甲板的护栏上,几只小海鸟落在上面,悠闲地踱步。

同一时刻,航母舱内,呈现眼前的场景却是一片忙碌:广播里,不时传达着各种命令;通道里,官兵们往来穿梭,脚步匆匆。

这一天,和以往一样,辽宁舰以一种"争分夺秒"的方式开启。

这一天,是中国航母官兵的寻常一日。

这一天,是中国航母官兵的"艰难一日",是中国航母官兵的"成长一日"。

透过这一天,我们可以看到中国航母官兵过去的每一天,还能看到中国航母官兵未来的每一天。

对他们来说,在这里,每一天都是全新的——"时间不够用,我们还有很多事情需要去干,必须争分夺秒。"飞行甲板上,辽宁舰副航空长王雪亮一脸激情地说,"咱老百姓都想来自己的航母上看看,作为军人,我们更多地是想如何在航母上战斗。"

对他们来说,在这里,每一天都是沉甸甸的——"我们不是想象中的超人,但我们拥有共同的不可战胜的信念。"辽宁舰副舰长刘志刚一脸郑重地说,"让中国航母挺进深蓝是我们必须完成的使命,我们每一个人的双手都是推动航母早日挺进深蓝的双桨。"

对他们来说,在这里,每一天都是闪着光的——"从天山脚下来到航母之上,我必须努力,因为我不仅在完成个人的梦想,也在实现父辈的梦想、国家的梦想!"维吾尔族女兵迪力胡玛尔一脸幸福地说,"这个世界上,还有什么比追逐梦想的日子过得更快乐呢?到老的时候,我会把自己的航母青春讲给孩子们听。"

青春,是一首歌。

◎ "飞鲨"列阵航母甲板,静待指令(张雷 摄)

◎ "飞鲨"从辽宁舰滑跃起飞(李唐 摄)

听,战舰劈波斩浪的回响声,"飞鲨"一飞冲天的轰鸣声,战位铿锵有力的口令声⋯⋯航母上的青春,正在演奏一首激情飞扬的时代"咏叹调"。

(一)

08：00　航母飞行甲板

相同的地点,见到了相同的身影。

3号起飞位,笔者再一次见到了"航母 Style"原型之一、起飞助理陈小勇。同上次歼－15舰载战斗机着舰时见面相比,他的脸被晒得更加黝黑。

"甲板上的寒风穿透力太强,骨头都被冻酥了。"说起冬天在海上保障试验试航的经历,陈小勇嘴角微翘。时任辽宁舰政委梅文对陈小勇当时每天在甲板上一跑就是十几个小时的情景记忆犹新:"作为首批航母舰员中的佼佼者,他是'跑'出来的。"

"整套航母手语有30多个动作,意味着一套复杂的工作程序。"陈小勇说。不论是烈日肆虐,还是寒风刺骨,陈小勇和战友们每天都保持至少1小时以上的指挥动作训练。

此时,甲板上正在进行一项科研试验,陈小勇和战友已经在这里坚守了两个多小时。

"走你"这一招牌动作,让陈小勇一夕成名。

"火爆网络之后,对你有何影响?"笔者问。陈小勇回答:"没有,我依旧是我。"一旁的副航空长李晓勇插话:"有,现在他对工作的标准更高了!"

航空部门是航母的第二大部门，甲板上统管人员的工作服装颜色就达6种。人们在网络视频上能欣赏到的，是他们潇洒的动作，看不到的则是他们坚守在这个岗位上的艰辛。

夏天，热浪滚滚；冬天，寒风似刀。飞机来了，他们要忙，起早贪黑；飞机不来，他们需要反复训练，依旧要忙，从早到晚。

李晓勇指着手中色彩酷炫的头盔说："烈日下，常人戴着头盔站一个小时就会满头大汗，头昏眼花，而我们一站经常就是半天。"

累归累，可每当看到跑道上那一道道战机起降时留下的胎痕，李晓勇又觉得"特别有成就感"。

坚守在这里，有时候需要勇气，因为航母飞行甲板被称作"世界上最危险的4.5英亩"。

战机全加力准备起飞时，偏流板升起，巨大的引擎声震耳欲聋，发动机喷口的红色火焰喷到偏流板上，温度可达2000多度。1989年11月，苏联"库兹涅佐夫号"航母在试验试航期间止动轮挡出现故障，功勋飞行员普加乔夫驾驶战机在全加力状态下多滞留了10秒，战机起飞位瞬间被冲天的冷凝水蒸气所笼罩，被高温熔化吹散的偏流板覆盖面像纸片一样沿甲板乱飞……

李晓勇说："自1986年以来，仅美国就有28名飞行助理牺牲在岗位上。而且，我们的舰载机还处于试验阶段，风险比国外同行更大。"

坚守在这里，更多的时候，则需要一种毅力，因为再苦再累，他们也丝毫不能降低工作标准。

此时，摘掉通信头盔和防风镜，二级军士长张乃刚走下战位，他自豪地对笔者说："每次按下按钮，心都会随战鹰一起飞。"

◎起飞助理向"飞鲨"飞行员发出起飞手势

他是辽宁舰航空保障部门起飞区队区队长,负责操纵止动轮挡,被称为航母"放鹰人"。

有人不解地问他:"不就是按几个按钮吗? 有什么复杂的?!"

"放飞舰载机的过程必须精确到秒,看似简单的按钮动作,背后却是一套复杂的技术原理和工作流程。"每次参加演练,张乃刚都要全神贯注地持续训练近两个小时。他的大拇指每天模拟演练要按下数百次,一个个操作动作如今已练成了肌肉记忆。

中国航母起飞系统的多项第一,就是在张乃刚的手上诞生。放飞人员的就位位置、撤出路线、止动轮挡释放时机……为了优化、完善舰载机起飞保障流程,他和战友夜以继日攻关,最终形成了一套科学高效的起飞保障流程。

"看到我们放飞的战机腾空而起,从头上呼啸而过,那种震撼的感觉难以用言语来表达。那一刻,我们觉得所有的付出和努力都是值得的。"张乃刚动情地说,"在我眼里,辽宁舰的滑跃甲板是世上最美的建筑,舰载机的轰鸣是世上最动听的旋律。"

"这几年太忙,没时间顾家,亏欠家人太多。"张乃刚内心深处埋藏着对家人的愧疚。对于张乃刚的父母而言,儿子的工作一直很神秘。

每次打电话回家,张乃刚只说忙,就是不说忙什么。直到辽宁舰交接入列当天,张乃刚才郑重告诉父母自己的战位。有一次张乃刚执行

◎ 身穿各色服装的辽宁舰空管人员(张凯 摄)

海上试验任务时，母亲突发脑梗住院，病情危重。由于保密原因，妻子联系不上张乃刚，只身带着儿子赶回老家照顾母亲。10 多天后，辽宁舰靠上码头时，张乃刚才得知母亲病危的消息。

◎ 身着不同颜色工作服的辽宁舰空管人员进行战机飞行保障演练（张凯　摄）

不久后，张乃刚妻儿登上辽宁舰参观。走在宽阔的甲板之上，10 岁的儿子欢快地跑着。"爸爸，你看我！"单膝跪地、凌空一指，儿子展示出一个帅气的"航母 Style"。那一刻，张乃刚和妻子相拥而笑，但泪花也湿润了眼睛。

"15 分钟后，战机飞行保障演练开始。"此时，广播响起，他们闻令而动，向各自战位跑去。身着不同颜色工作服的官兵们，在航母飞行甲板上绽放成了一朵美丽的花。

（二）

09∶30　航母机库

乘坐升降平台，笔者从飞行甲板来到机库。

此时，利落的口令声传入耳边，官兵们正在机库里进行飞机系留训练。所谓系留，就是航行中防止飞机滑动，用钢铁系留索具将其固定在

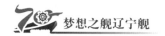
机库地板上。

系留索,被涂成了粉红色,这让人从视觉上感觉它很轻。其实,每根铁链都重达40千克。

挂链,旋转,加固……战士两人一组,仅仅1分半钟,他们就完成了。

"这不是最快速度,他们能做得更好,也必须要做得更好。"辽宁舰副舰长刘志刚说,航母上大小专业数百个,每一个环节的训练都要精益求精,航母这个战斗力大系统才能高效运转。

机库的另一端,穿着蓝色T恤和蓝色马甲的三级军士长翟国成,正在琢磨着他的技术革新。他的马甲上写着"设备"二字。他所带的区队,有10余个专业,涉及20余种车辆装备,要进行10余个飞行甲板保障课目。区队所有的专业、装备与课目,翟国成全部精通,是全舰官兵公认的航母保障"创新达人"。目前,他的3项成果正在申请国家专利。

上航母前,他先后保障过4型飞机。可上了航母,他感觉"自己成了新兵",啥也不会。

咋办?从头学起,用心琢磨。翟国成向技术人员求教,向一线施工工人学习,多方吸纳专业知识,先后记录学习笔记20多万字,绘制各类图纸近百张……功夫不负有心人,如今,他不仅能对歼–15舰载机实施舰面保障,还掌握了其他飞机的技术保障。

2012年4月,辽宁舰进入专业设备的最后试用期。翟国成带着区队维护班检查甲板上供给盖时发现,厂家提供的开盖扳手重量大,官兵感觉使不上力气,影响保障效率,一不小心还容易擦伤手。

"一定要解决这个问题。"翟国成心疼战友，更着急战斗力的提升。凭借自己多年的机务保障经验，老翟连续熬夜加班，设计出了重量轻、费力小的新式扳手。经过多次试验试用，安全高效的"立式开盖扳手"最终定型，并且获得了国家专利证书。如今，每个保障小组都配备了这种扳手，战友们称它为"翟国成扳手"。

他还全程参与修补飞行甲板和机库防滑涂料数万平方米，编写了辽宁舰飞行甲板铺装和保养细则，这是辽宁舰交接入列后首份关于飞行甲板维护保养的规范文书。

谁能想到，这位航母创新达人，仅仅有高中学历。

谈起心得，翟国成对笔者说："要想征服航母，首先战胜自我。"

这位老兵的自信，传递着航母官兵应对困难的信念。

这位老兵的角色转变，也是航母官兵完成自身"升级更新"的生动写照。

这位老兵用自己的实践诠释着黑格尔的那句经典名言："假如没有热爱，世界上一切伟大的事业都不会成功。"

对于航母官兵来说，因为热爱，所有的苦他们不觉得苦，所有的累他们不觉得累，所有的难他们不觉得难。

对于航母官兵来说，他们的幸福，就像那一粒粒汗珠，无声无息地洒落在航母甲板之上；他们

◎ 航空部门舰面中队支持设备区队长翟国成（张凯 摄）

◎ 三级军士长机电部门消防中队士官长房少华（右）在飞行甲板消防值班（张凯 摄）

的快乐，就像战舰劈波斩浪时一声声巨响，轰轰烈烈地回荡在海天之间。

机库的另一边，安全部门的消防课目训练正在紧张进行。

模拟战机前，班长房少华给新战友一边演示、一边讲解扑灭流淌火的程序要领。

为了练就过硬消防本领，班长房少华和战友不断给自己"加码"——

进行平地消防耐力训练，穿着笨重的消防服，别人走 3000 米，他们足足行进了 6000 多米；背着气瓶扛着水龙带，别人爬了 30 层，他们坚持爬了 50 多层；进行烟热室训练，别人检查 30 分钟就受不了了，他们足足坚持了一个多小时；体能考核一万米，他们扛着仿真人冲在前面……

在航母上的日子，班长房少华和战友日复一日地训练着，时刻整装待发，心中的那根弦须臾不敢放松。房少华说："我们永远在角落里待命，航母上用不着我们，是我们最大的心愿。"

（三）

11：00 航母厨房

这个时候，航母的厨房里菜香四溢。

今天掌勺的大师傅，是三级军士长魏强。此时，他开始着手最后一个菜"素炒上海青"。

满满一筐上海青，魏师傅只是倒了一小部分进锅里。他一边炒一边对笔者说："舰上人太多，又没法做大锅菜，只能小锅分炒。"不一会儿，他就炒好了6锅。

"与在驱逐舰上相比，航母上做饭累吗？""不累，感觉比以前还轻松。"魏师傅的回答实在出乎意料。要知道，航母上保障的人数可远比驱逐舰上多多了。

笔者很纳闷，陪同的军需中队中队长刘正才忙解释：一方面是因为航母上的厨房设备更加先进，另一方面则是管理运行机制更加高效，让保障人员忙而有序。

刘正才，相当于航母"饮食总管"。主食加工区、面点制作区……在他的"导游"下，笔者参观了航母饮食保障整个流水线。从蒸馒头到洗菜，每个环节环环相扣，他们力求用最少的人员在最短时间内实现最高效的保障。

吃，在航母上可是大难题。为了让战友吃好，吃出战斗力，刘正才领着保障部门煞费苦心——

按照中西结合、粗细搭配、营养均衡的原则，他们推出了21天循环食谱；考虑季节和训练强度，推出了正餐、间餐、夜餐的全时保障模式；舰上还专门配了营养师……

"以前舱内搬运给养需要40人，现在通过流程优化和技术改进减少到了12人。"刘正才自豪地对笔者说。

四级军士长李志彬，是辽宁舰上的炊事班班长，国家高级西式烹

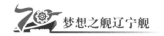

调师。在寸土寸金的舰艇上,李志彬的工作间却有40平方米。李志彬为这个"奢侈"的工作间起了一个温馨的名字——"航母小橱"。

"为什么叫'航母小橱',而不叫'航母小厨'?"笔者问。

李志彬憨厚地笑着说:"之所以决定用'橱'而不用'厨'。是因为我认为,这个岗位和橱窗一样,是展示我们航母形象的一个窗口。"

蛋挞、提拉米苏、曲奇、泡芙、比萨……如果不是亲眼所见,很难想象这30余种西式面点,都会出现在辽宁舰官兵的日常餐单上。更想不到的是,这些西点都出自李志彬一人之手。

"航母蛋糕",是李志彬最引以为豪的得意之作。依据辽宁舰外观,李志彬自己动手做了一个可以食用的蛋糕舰模,雪白的奶油覆盖的辽宁舰在水果海洋里驰骋,鲜红的"八一军旗"在巧克力长城上迎风飘扬……从舰体到甲板,从舰岛到雷达,每一个细节李志彬都费了心思。

如今,每逢舰上举行重大节日庆典,"航母蛋糕"都会是餐桌上必不可少的亮点。"单做蛋糕不难,最重要的创意,要凸现咱航母部队的特点,让大家吃一次记一辈子。"李志彬说。

其实,"航母小橱"算上李志彬本人,也只有5个人,为了供应全舰官兵的西点,他们每天早上5点就要开始忙碌,时常熄灯前还在准备第二天的食材。"看着大家吃着开心,累点也值!"上了航母至今,李志彬从没请过一次假。

此时,厨房的空调风扇突然出了故障。刘正才连忙下令:"赶紧叫老阮来!"

老兵阮万林,负责辽宁舰的空调系统维护,人称"温控一哥"。他这江湖名号,可是凭着一身过硬本领"挣"来的。刚上航母,这位当了20年的老水兵居然"迷了路"。面对前所未见的新设备,老阮瞬间觉得自己"多年修行的武功尽失"。

阮万林不服,白天上舰摸系统、查管路,晚上挑灯夜战绘制系统图。3个月后,他所负责的区队完成了所属系统和装备系统图的绘制。

那晚,夜色如墨,辽宁舰劈波斩浪。值班新兵孙耀东发现某冷藏装置报警停机,冷库温度上升。

"如果不尽快恢复制冷,大量的蔬菜和肉制品可能会腐烂变质。"阮万林从床上爬起来,穿着短裤背心就往战位跑,故障很快被排除。"阮哥真牛!"这下,战友们都彻底服了他,从此也坐实了辽宁舰"温控一哥"的位子。

为了让大家明白航母机电空调系统的重要性,他笑着跟新战友说:"没有空调制冷,大厨再牛也做不出'航母沙拉';没有空调给机舱降温,机电长再厉害也得热晕在机舱。"

老阮及时赶到,他一出手,厨房空调风扇立马"听话",恢复了工作。

一顿丰盛的午饭,很快全部准备妥当。

(四)

12:00　自助餐厅

没想到,一顿饭吃出来这么多"没想到"。

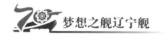

航母上的这顿自助午饭,给笔者留下了深刻印象。因为一不小心,笔者脸红了两次。

细节一:喝饮料。

口渴,笔者从餐台上取了一盒纸包装的凉茶饮料。喝完,笔者随手将它扔在了一边。没想,坐在对面的宋美燕参谋开玩笑地对笔者说:"你要是我带的兵,可就要挨批了。"

为啥?宋参谋说:"我们航母上喝完纸包装饮料,必须将吸管取出,然后把纸包装压平,这样方便回收存放。"说完,她还亲自给笔者做了示范。

细节二:倒残渣。

吃完饭,笔者跟大家一起到垃圾回收处倒餐盘残渣。

垃圾回收处分为三部分:残渣台,不可回收,可回收。笔者不小心将用过的餐巾纸扔进了残渣台。旁边站着的服务官兵看到了,连忙将餐巾纸捡起,放进了可回收处。

宋参谋对笔者说,航母上执行严格的垃圾分类。每一次出海,官兵们都将可回收的垃圾集中卖出,所得资金捐给希望小学,这样做一举两得,既环保又公益。

细节决定成败。一顿饭让笔者看到:航母官兵的高素质,正是通过这些日常生活中的点滴规范出来的。

航母上,管理的标准究竟有多高?窥一斑而知全豹:笔者连续看了3个住舱里的不锈钢垃圾桶,外表锃亮,没发现一点污渍。

辽宁舰舰员来自全国29个省区市、13个民族,来自海军潜艇、水面舰艇、航空兵、陆战队、岸防五大兵种。

在航母上,你虽然可以听到来自大江南北的不同方言,但能看到的做事标准却只有一个——《航母管理条令》。

在航母上,你可以领略到海军五大兵种的特质,但这些特质都被融合成了同一种航母文化——"在舰上,只有我们,没有你们,更没有他们"。

在辽宁舰,笔者还看到一项特殊的考核指标:诚信。政委梅文说:"一个没有诚信的士兵,不可能是一个优秀的士兵。"

午餐闲聊,笔者听说这样一件事:一名战士到码头上倒垃圾。当时天色渐黑,海风很大,他打开垃圾箱时,一张车票大小的纸片被刮了出来。他马上转身去追,追了近百米抓住纸片重新扔进垃圾箱后,才回去。

这就是航母官兵的原则:自己的事必须彻底做好,不管有没有人在场监督。

那天深夜,笔者看到一个战士执勤归来。当时,整个机库没有其他人,但他依旧昂首挺胸、一丝不苟地走着齐步,手臂摆动擦裤缝的嚓嚓声,有节奏地响着……

(五)

15:00 航母"心脏"机电舱

"虽然工作在没有阳光的舱底,也要像向日葵一样绽放。"

初次见面,机电部门值班室里,区队长刘辉便用诗一样的语言"震"住了笔者。当时,他刚刚从底舱检查完电站,耳朵里还回荡着机

器的轰鸣声,手套上还沾着油污。

机电部门是航母"心脏"守护者,航母片刻也离不开他们的保障。刘辉对记者说:"每时每刻,机电部门都有几十个人坚守在岗位上。"

机电部门的工作场所,高温高噪,都处在主甲板以下的底层舱室。航母上,主甲板以下层次越深,就意味着条件越艰苦。

对于一名真正的军人,该如何定义属于他的幸福和快乐?

刘辉21年的军旅生涯大多数时间都是在各类舰艇机电舱度过的,可他从未叫苦叫累。如今,到了航母上,他成了战友心中的"阳光使者"。

为啥?因为他有阳光般的幸福心态。

"心态很神奇,你对它笑,它也对你笑,你对它哭,它也会对你哭……"作为技术骨干、老兵,他将自己的工作心得发在航母内网论坛上,引发了广大战友的共鸣。

心里充满"阳光",干活就充满能量。动力中队教导员肖磊说,刘辉加班从来都不需要上级要求,清明节期间动力系统装备检修,他和战友连续几个晚上都干到凌晨三四点。

在刘辉看来,战友跟他一样辛苦。他主动邀请笔者:"跟我下去看看,就知道轮机兵有多可爱了。"

跟着刘辉的脚步,笔者走进了水线之下的机舱里。

这里,是航母最艰苦的战位之一。这里,感受不到扑面而来的雪山似的海浪,看不到舰载机威武升空的矫健浪漫;这里,长年见不到阳光,有的只是一股股机油的味道,充斥在灰白色的钢铁世界中,高分贝噪音和高温热气翻滚而来。

穿梭在这狭小的空间中，游走在错综复杂的高温管路之间，机电兵们的身影永远是那么忙碌……

飞行甲板往下8层，是航母的"心脏"——主机锅炉所在地。下士于志东熟练地戴上防高温手套，微笑着向笔者挥挥手。此时，舱壁上的温度计显示51摄氏度，汗珠从他的额头上渗出来。在震耳欲聋的主机轰鸣声中，他又拿出一副特制的耳塞仔细戴上。

"这么热，够辛苦！"笔者忍不住感慨。

"这是属于我们的'重金属时代'！下了更去冲个澡，就一个字——爽！"

把辛苦看得如此洒脱的，不止于志东一个人。

"出海的那些日子，狭窄的空间，严格的管理，长时间见不到家人和陆地，人很快会厌倦和疲惫。"说到这，三级军士长、机电部门动力中队锅炉一班班长张华提高了嗓门："可越是这样，我们越得打起精神来！"

张华永远也忘不了自己第一次随航母出航。当蒸汽轮机迸发出澎湃动力，驱动这艘钢铁巨舰驶向深蓝，他凝望着锅炉里的熊熊烈焰，浑身的血液似乎也在燃烧："全中国有多少人有机会、有能力烧好这样的锅炉啊？！"

虽在舰艇部队工作多年，张华却很长时间都没对亲戚朋友说过自己是具体做什么的——"一说是烧锅炉的，都觉得没啥技术含量，多没面子……"

"现在，我写锅炉两字，比写我的名字还漂亮！"张华笑着说。

然而，"锅炉"两字还能写多久？张华自己也不知道。机舱钻久了，听力下降、风湿等职业病总会困扰着机电老兵。想到这里，张华坚

◎ 机电部门动力中队锅炉一班班长张华（张凯 摄）

定地说："航母给了我第二次青春，我要珍惜在此工作的每一天……"

跟张华怀有着同样人生感悟的，还有44岁的一级军士长、机电部门动力中队锅炉一区队区队长刘德波。

"我刷得干净，让我来。"此时，一位皮肤黝黑的老兵从一群年轻战士中间走出来，语气中透着不容置疑的坚定。只见他身手敏捷地一个俯身，就钻进了伸手不见五指的锅炉气筒。

清刷锅炉是舰上最脏最累的工作，可是刘德波却偏偏喜欢抢着干。他平时话不多，是战友们亲切的老大哥，不过一旦执行任务，他就不由自主地变得严肃起来，那专注的眼神就像星星一样明亮。只见刘德波在气筒中屏住呼吸，小心翼翼地挪动着，一寸寸地清刷着，顾不上那阵阵锈灰扑面而来。待他大汗淋漓地从气筒中爬出，脸已漆黑如炭，接过战友递上的毛巾，他大笑着说自己成了"包公"。

"刘德波专业厉害,但最令人佩服的是他工作劲头特别足,好像每一天都在争分夺秒。在他身上我看到的是一名军人强烈的使命感。"刘辉说起他满是敬佩。

1999 年,刘德波作为种子舰员被派往国外进行培训,学习新型驱逐舰锅炉系统。半年内,他整理出 10 多万字的一手资料,较全面地掌握了动力装备 10 多种机械的操作和维修保养技术,外方教员被这个勤奋朴实的中国士兵所打动。

当共和国第一支航母部队吹响集结号时,年近 40 岁的刘德波收拾起简单的行囊,追逐着"当海军、上大船"的梦想,成了航母上的一名"新兵"。

辽宁舰上的锅炉系统尤其庞大复杂。航母续建初期,面对众多的技术难点,刘德波急得天天睡不着,他再次拿出当年的拼劲:天天加班到深夜,就连吃口饭脑子里想的也是装备知识。有一次,他在食堂吃着午餐,突然灵光一现,想明白一个技术难点,兴奋得站起身直跑向锅炉舱……

航母锅炉自动化程度高,一个人的能力有限,他带着区队人员集中攻关,利用业余时间完成近百份图纸的绘制,完成一套装备文书和一套锅炉系统保养流程的编写,终于啃下了这个"硬骨头"。

一次,刘德波难得从底层锅炉机舱走上宽阔的甲板,可他还没来得及享受片刻海风的吹拂,就盯上了烟囱里冒出的烟。

"这烟怎么有点泛白,颜色不对劲!是不是水位下降了?"刘德波立刻警觉起来,他迅速向机舱跑去,和战友们埋进排除故障过程中。在他的努力下,顺利排除故障,战友们都服了老刘的"火眼金睛"。

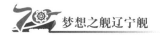

航母上干锅炉,有了过硬技术,还必须具备"四不怕"精神——不怕脏、不怕累、不怕难、不怕险。一次备战备航,故障突发:"锅炉风门无法拉开!"紧急情况下,刘德波迅速戴上手套,连检修服都没有换就毅然钻进了锅炉。

此时锅炉夹层温度接近70℃,超出了常人可以忍受的极限!

他顾不上个人安危,蜷缩在夹层狭小的空间,忍受着异常高温的恶劣环境,用扳手一点点排除故障。走下战位,他浑身都湿透了,像刚从水里爬出来一样,可那张黑红的脸上看不出一丝疲惫,而是满满的自豪。

老兵不善言辞,战友们印象最深的就是他一次次走向底舱深处的身影,步伐轻快但坚定,平淡却流畅。那里,不但是航母的"心脏",也是一片荡漾着老兵蓝色梦想的"心海"。

◎ 一级军士长、机电部门动力中队锅炉一区队区队长刘德波正在检查设备(张凯 摄)

机电部门舱段中队气供区队区队长张常晓,被战友称为"音乐家"。

管路通道基本位于深舱,摸排难度大、工作强度高。没有通信设备,张常晓带着战友每排查完一段管路,就通过敲击舱壁传递信号。有一次,为了缓解疲惫,他突发奇想地用敲击舱壁的方式,带着大家共同演奏了一段段打击乐……那一张张沾满粉尘的脸,就这样陶醉在深深的"水线"之下。

"生活不止眼前的苟且,还有诗和远方的田野。你赤手空拳来到人世间,为了找到那片海不顾一切……"这,是机电兵张常晓最喜欢的一首歌。

抹去脸上的油污,他露出了两排洁白的牙齿:"这里,就是我要找的那片海!"

此刻,辽宁舰行驶在大洋之上,舰艏激起了铺天盖地的浪花。

◎ 机电部门舱段中队气供区队区队长张常晓(张凯 摄)

（六）

19：30　辽宁舰网络中心

夜幕降临,忙碌的辽宁舰渐渐安静了下来。

肖磊也结束了一天的工作。回到住舱,他习惯性地打开电脑,登录辽宁舰论坛。

"哪位有××型号的充电器?"论坛里,网友"孤雁"发布了求助帖。

肖磊化身网友"西门吹雪"回应:"我这有,舱室号××,速速来取。"

"多谢了老铁!"留下这句回帖,网友"孤雁"就下线了。

几分钟后,当从肖磊手中接过充电器时,这个网名叫"孤雁"的士官才知道,网友"西门吹雪"原来是舰政工办主任。

此时,辽宁舰论坛照例进入了一天中的活跃期。航母是一座规模庞大的"海上城市",网络成了官兵的"交流纽带"和"连心桥梁"。

辽宁舰论坛"火"起来,是因为一条求助帖。

前不久,网友"刷油漆的渔夫"发布了一条请求信息:"舰上持续进行油漆作业,我们的作训服上沾满了油漆,洗不掉,请首长考虑下,能不能给我们再发一套作训服?"

没想到,这样一条"隔空喊话"的帖子,当天就收到舰领导的线上回应。第二天,全舰官兵都收到了一套崭新的作训服。

这条帖子的处置效率成为辽宁舰论坛关注度飙升的催化剂。

从那以后,论坛上各种意见建议多了起来。网友"挺进大洋"发帖建议增加一个"军事沙龙"版块,网友"吃猫的鱼"建议论坛增加搜索功能,网友"ocean - mice"发布《我对升旗有话说》,网友"后来的我们"发帖对早餐提出建议……很快,舰员们在论坛上发出的合理化建议几乎全部被采纳。

许博超是辽宁舰最受欢迎的"专栏"写手之一。

工作中,他是动力中队教导员;休息时间,他是网友"飞行的屠夫",辽宁舰论坛"铁血"版块的版主。他发布原创帖,谈军事讲军史,分析国际形势,解读周边安全动态,每篇帖子都有超高人气。他负责的"铁血"版块,俨然成为舰上"形势战备"教育的第二课堂。

最近读到描写朝鲜战场的《铁在烧》这本书,许博超被浴血奋战的先辈们深深震撼。他找来这本书的电子版,每天在论坛里更新几章,并附上自己的见解和感想。这种在线分享立即受到战友们热捧,几乎每天都有战友在线"催更"。

"能不能关心一下我们这些常年工作在深舱的舰员,让我们了却多年来想看舰载机起降的心愿?"一年退伍季,舰上一名炊事员在"舰员心声"版块发帖说,自己在航母上服役多年,没有亲眼见过舰载机起飞。

帖子很快在论坛引发热议。事实上,除了舰面保障、起降调运、油料弹药等少数几个直接保障舰载机的专业外,机电、通信、舰务等许多战位上的官兵,几乎都没有现场看过舰载机起降。一时间,论坛网友纷纷顶帖,处于"潜水围观"状态的舰领导也"浮出水面",表达了对这一提议的支持。

时任舰长张峥和政委梅文,第一时间亲自推动这一建议的具体落

实。从此之后,辽宁舰定下"规定":歼－15舰载战斗机起降训练时,当年满服役期的全体老兵都被请上了舰岛舷台。

当歼－15舰载战斗机挟着雷霆般轰鸣声腾空而起时,所有老兵不约而同地抬起右臂,向着高飞的战鹰敬了一个长长的军礼。那一刻,热泪涌出了这群老兵的眼眶。

那一天,多位老兵在辽宁舰论坛写下了肺腑之言。

有炊事兵留言:"我的岗位很渺小,但看了歼－15舰载战斗机起飞后,我更加确信,我们每一个平凡的岗位都很重要。"

一名机电兵写道:"在歼－15舰载战斗机起飞的那一刻,我终于明白,我们干的工作原来这么有意义!"

这件"网事"后来被演绎成小品《班长的心愿》,搬上了某地方卫视的春晚舞台。航母官兵质朴的情怀感动了众多观众,并在辽宁舰论坛上再次刷屏。

(七)

23:30 生命力巡逻更

向下,向下,再向下……

沿着舱内迷宫般的通道,笔者带上红色安全监察袖标,拿着防爆手电,跟随舰上"生命力巡逻更"进行安全巡查。

"安全是航母的生命。"安全长米峰对笔者介绍说,"生命力巡逻更"是航母上特有的安全巡查机制,巡查人员由部门联合组成,不同的组每天在不同的路线上进行安全巡查,以消除安全隐患。

当天带队的是监察中队一班班长、上士林远锋。左转，右拐……跟着他走了没一会儿，笔者就完全失去了方向感。每条通道，都布满了各种阀门和仪表，在笔者眼中模样都差不多。

航母太大了，对于常人来说就是迷宫。可对于班长林远锋来说，这一切他太熟悉了，航母上几千个舱室，他和战友都用脚步丈量过。"只要给出舱室代号，1分钟之内马上能确定具体位置；6分钟之内，能从航母上任何一点赶到指定现场。"

走过一处仪表盒，林班长突然停住了脚步。他将手轻轻放在仪表盒的外壳上，那情景就好像一位父亲将手放在孩子的额头上，看看是否发烧。

"怎么样？""温度在安全范围内。"林班长肯定地回答。笔者随后用温度计进行了验证，果然如此。

紧接着，林班长向笔者透露他们安全巡查的"四秘诀"——

闻：有没有异味焦味；

听：设备运行声音是否正常；

摸：设备温度是否合适；

看：用手电观察不留死角。

巡查到一处消防泡沫站，林班长钻了进去。里面管道交错，空间狭小。他猫着身子，打着手电，看了好一阵才出来。

"这是重点检查部位，任何一处细节都不能放过。"林班长抹着额头上的汗水说，"如果因为我的疏忽出现了安全问题，那我就成了历史罪人。"

笔者翻看舰员住舱的管理手册，每一条规定都非常具体。比如，用电必须使用水密插头，房内不准晾晒湿衣服等等。

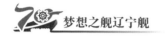

左转,右拐……夜巡组来到位于 2 甲板舰艏的锚链舱。与机电舱的热形成鲜明对比,这里冷得就像"冰窖"。值班的下士韩云鹏穿着厚厚的棉大衣,戴着皮手套。他告诉我们,夜间通常每半小时就要观察一次锚链方向,如果风浪大,则随时观察,确保锚链始终处于良好状态。回答笔者问题的时候,韩云鹏依旧紧绷神经,丝毫不敢懈怠。

不知不觉,我们到了位于 10 甲板的二号电站机舱。此刻,是 0 时 30 分。此刻,大多数人都酣然入梦。

10 甲板,就是航母主甲板下负 10 层。甲板数字越大代表离舰面飞行甲板越远,意味着条件越艰苦。

此刻,上士葛呈华正专心致志给装备部件刷油漆,如果不是值班战友提醒,他压根没察觉到我们的到来。

这里是航母的电源"心脏"之一,机舱内噪音震耳,温度高达 40 摄氏度,人和人说话即便贴在耳边也很难听清楚,连比画带猜才能进行沟通交流。

"为什么晚上干活? 累不累?"小葛抹一抹脸上的汗水,凑近笔者耳朵大声说:"机电兵干活不分白天黑夜,一天三班倒,除了吃饭休息就是值更干活。习惯了,感觉不到累。"

这时,舱内电话响了。笔者循声看去,为了抵消噪音,机舱电话上居然加装了扩音器。小葛凑近电话,边拧扩音器音量开关,边大声喊着回话。真没想到,打电话居然变成了如此辛苦的事。

随后,我们来到机电集控室。这是全舰夜班最集中的地方,集控室按工作职责划分为动力、电力、舱段三大功能区,值更官兵各司其职。机电值更官刘冬说,这里就像是"应急抢修中心",一旦出现问题他们要以最快的速度解决。

去舰岛部位巡查，途中路过夜餐餐厅。虽然已是凌晨 1 时，这里依然聚集着 10 多名吃夜餐的官兵，他们大多是换班的执勤人员。

打卤面、蔬菜粥、蛋炒饭、饺子……夜餐很丰盛。四班炊事员李振向笔者介绍，他们 4 人负责做夜餐，从晚上 9 时一直忙碌到次日凌晨 5 时，保障数百人用餐，工作量很大。

"只要把值夜班的战友保障好，我们累一点没关系。"李振用自信的表情告诉记者，虽然炊事班不能执掌核心装备，但却是航母战斗力整体链条上不可或缺的一环。

笔者看表，不知不觉中已经巡查了一个半小时。顺着舷梯向下，终于来到此次巡查的最后一站。在舱室角落里，悬挂着一个不锈钢小牌。林班长记录完巡查情况，将不锈钢小牌取下，而后又从自己口袋中取出另一个不锈钢小牌挂上。

"换牌就意味着此次巡查任务的结束。"林班长说。当我们结束巡查时，另一组"生命力巡逻更"紧接着又出发了……

此刻，海面上，海风呼啸。灯光下，甲板警戒巡逻更穿着厚厚的大衣，在寒风中穿行，察看着甲板上的航空设备……

航母之夜并不宁静，从底层的机电舱，到飞行甲板，再到舰岛的上层建筑，每个战位都有官兵在默默坚守——

那一个个枕戈待旦的身影，是这座"海上钢铁城堡"最忠实的守护者。

大地睡了，森林还醒着；夜空睡了，星星还醒着。不必说军人辛苦，那是军人的职业；不必说军人寂寞，那是军人的情怀；不必说军人危险，那是军人的使命。

◎ 辽宁舰高级士官群体"全家福"（张凯 摄）

>>> 第七章

"宅男"出海

公元2013年6月12日,农历五月初五,是中华民族怀念屈原的端午节。

两千多年前,屈原在著名诗篇《天问》中发问浩瀚苍穹:"圜则九重,孰营度之?"

两千多年后的今天,先贤的这一叩问,飞向浩瀚太空的中国"神舟十号"航天员,用精彩的行动作答——

这一天中午,航天员聂海胜、张晓光、王亚平共同举起一块写着"端午节快乐"字板,通过电视直播镜头,向全国人民、全球华人送去来自太空的祝福!

这一天中午,航母辽宁舰正航行在大洋之上,开展科研试验和训练任务。"太棒了!"目睹太空祝福这一幕,海军中尉毕思齐按捺不住心中的兴奋之情大声喊了出来。他的这一声喝彩,就像是手雷上的导火索,"点燃"了整个餐厅的气氛。顿时,大家的掌声、欢呼声响彻了整个餐厅,回荡在这座"海上城市"里。

九天之上,中国"航天梦"。大洋之上,中国"航母梦"。这一

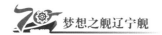

天,两个伟大梦想交织碰撞产生的激情和豪迈,成为推动辽宁舰官兵前进的强大动力:万马奔腾将国报,一路高歌向大洋。

就在此一个多月之前的中国国防部例行记者会上,国防部新闻发言人在回答记者关于辽宁舰何时择机远航这一问题时,引用了"海阔凭鱼跃,天高任鸟飞"这句古话。他表示,航母不是"宅男",不可能总待在军港里面,因此将来航母肯定是要去远航的,但何时远航、到哪个海域、组成何种编队,要根据各方面情况综合考虑。

如今,答案已揭晓——航母辽宁舰这个"宅男"已出发,走在远航的路上。

"家有男儿初长成,中流击水向大洋。"从黄海到南海,从宫古海峡到台湾海峡,从第一岛链到西太平洋……这些年来,笔者多次跟随辽宁舰远航,亲眼见证了辽宁舰驶向深蓝的快速成长。

这一天晚上,海军中尉毕思齐心情依旧处于亢奋之中。熄灯后,他躺在床上辗转反侧。凌晨,这位22岁的年轻人从床上一跃而起,满怀激情地挥笔写就一首词——

> 何处论英雄?少年南海行。
>
> 莫等候,迟日匆匆。
>
> 水远天高景色好,邀月魄,对苍穹。
>
> 新舰任驰骋,劈波斩浪惊。
>
> 试奔流,豪气汹汹。
>
> 万里长沙寒夜冷,擎四海,看辽宁!

◎ 航母辽宁舰在远航(张凯　摄)

(一)

汽笛声声,打破了港口清晨的宁静。

2013 年 6 月 9 日,航母辽宁舰解缆起航,驶向大洋深处,开展科研试验和训练。这是辽宁舰自 2 月底停靠青岛母港之后首次出海训练。

这一次科研试验任务,辽宁舰将进行多项航母战斗力建设的全新探索:舰机适配性试验,舰载机飞行指挥与保障作业流程训练,舰载机着舰技术恢复性训练等。

这一次,歼-15 舰载战斗机将首次在辽宁舰上进行驻舰飞行训

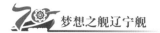

练,首次进行 105 米短距离滑跃起飞。

　　"驻舰飞行",顾名思义,就是歼－15 舰载战斗机这一次远航要在舰上飞行甲板"住下来"。此前的试验训练,歼－15 舰载战斗机只是辽宁舰上的"匆匆过客",一落一起就回到陆地上的"家"。如今,要在海上招待好这位"贵客",可不是件容易的事。油、水、气、电如何保障?日常如何对战机维护保养?舰面转运作业如何精确高效展开?舰上指挥流程如何进一步科学验证⋯⋯这一连串问号,都需要航母官兵们自己用行动来"拉直"。

　　此前,飞行员驾驶歼－15 舰载战斗机,都是在辽宁舰的长跑道起飞位进行滑跃起飞的。除了在长跑道起飞位,辽宁舰飞行甲板上,还

◎ 航母辽宁舰离港(杨帆 摄)

有 2 个短距离起飞位。实战中,起飞距离越短,战机起飞速度越快。短短几秒钟,平时毫不起眼,战时可能决定胜负。由于对航母甲板合成风的要求很高,战机在飞行甲板上的短距离起飞,在陆地上是无法进行模拟训练的,只能在大洋上"实打实"地实施。对于飞行员和歼－15 战机来说,这一挑战无疑是巨大的。第一次短距离起飞,飞行员需要克服巨大的心理压力,歼－15 战机需要保持出色而稳定的机动性能。

资料显示:法国"戴高乐"核动力航母 2001 年 9 月正式入役,入役之后,它的舰载机"阵风"是 2002 年上舰的,直到 2004 年 6 月法国海军才宣布它具备战斗力。俄罗斯航母上的苏－33 舰载机,因为缺乏经验以及军费限制,所以真正形成战斗力前后大概用了十年时间。

窥一斑而知全貌。舰载战斗机和航母平台实现深度融合的难度,远远超出了普通人的想象力。

此刻,距离歼－15 战机首次成功起降航母,时间仅仅过去了半年。

这一次,两个"首次"——首次驻舰飞行、首次短距离起飞,若能成功,就意味着我舰载战斗机和航母平台实现深度融合,意味着辽宁舰已初步具备搭载舰载战斗机的能力,意味着中国航母向着形成实战能力的目标又迈出了"一大步"。

建非常之功,待非常之人。

这一次,指挥辽宁舰破浪前行的,依旧是舰长张峥。这一次,张峥依旧和以往一样,对航母全体舰员说"打起十二分精神,全国人民都看着我们的"。

这一次,带领舰载机飞行员的,依旧是"海空雄鹰"戴明盟。这一

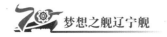

次,戴明盟依旧和以往一样,对战友说"如果我出事,你们接着飞"。

漆黑的夜里,辽宁舰依旧像一座"繁忙的城市",每一个战位都在忙碌,每一个人都在思考,想着如何解决自己面临的战斗力难题。

迎着海上的风浪,飞行员驾驶歼-15战机呼啸升空……此刻,再生动的文字,也难以描述舰载机飞行员们所经历的重重危险和惊心动魄。

一次次挑战极限,一次次面对危险,一次次杀出血路。他们,又一次成功了!

2013年7月1日,中国共产党诞生92周年纪念日。

这一天,辽宁舰飞行甲板上,中国首批舰载机飞行员和着舰指挥员资格认证仪式隆重举行。

蓝天白云作证。戴明盟、徐汉军等飞行员,顺利通过航母认证,成为中国首批舰载机飞行员和着舰指挥员。

这,是一个耐人寻味的偶然巧合——这些叱咤海天的时代骄子,还有着另一个相同的身份——精忠报国的优秀共产党员。

中国首批舰载机飞行员和着舰指挥员资格认证,是按美、俄等航母国家的通行标准进行考核的——

通常一名飞行员要完成500架次以上陆基模拟着舰和海上低高度绕舰飞行、触舰复飞、拦阻着舰、滑跃或弹射起飞等课目,并连续完成6次以上舰上起降,数据打分和"LSO"打分达到上舰飞行标准,才能通过航母资格认证。

上舰飞行资格证章设计大气精美:上部为一对飞翅、下部为圆形飞鲨图章。这是中国飞行员队伍中最耀眼的徽章。

胸戴上舰飞行资格证章、手拿航母资格证书的那一刻,戴明盟和战友们禁不住热泪盈眶。

事非经过不知难。从岸基飞行到舰基飞行,从优秀的飞行员到中国首批舰载机飞行员,戴明盟和战友们完成这一军旅人生的角色转换,用了整整7年时间。完成这段漫长的征程,不仅需要智慧和勇气,更需要坚韧,需要信念。常人无法想象,戴明盟和战友们经历了怎样的艰辛,经历了怎样的风险。

对于戴明盟和战友们,这不是人生辉煌的顶峰,而是他们飞行生涯中又一个新起点。在航母资格认证总结会上,航母试验试航总指挥、海军副司令语重心长地嘱咐戴明盟和战友们——

◎ 一名获得航母资质认证的舰载机飞行员驾机离开辽宁舰(张凯 摄)

"现在可以说,你们是成熟的舰载战斗机飞行员了,要珍惜荣誉,报效国家。上舰飞行很特殊……丝毫都不能懈怠,要把每一次拦阻着舰永远当第一次对待,方可保你们一生平安。"

2 天后,《解放军报》对外刊发消息《海军辽宁舰顺利完成试验和训练任务返回母港》——

今天上午,我国第一艘航空母舰辽宁舰顺利完成预定科研试验和训练科目,返航停靠青岛某军港。自 6 月 9 日出海以来,辽宁舰在为期 25 天的舰机适配性海上试验和训练中,组织歼－15 舰载战斗机完成了多人、多架次舰上连续起降训练,成功进行了歼－15 舰载战斗机首次驻舰飞行训练和首次短距滑跃起飞,我国首批舰载战斗机飞行员和着舰指挥员通过了航母资格认证。

辽宁舰海上试验和训练期间,海军精心组织歼－15 舰载战斗机飞行指挥与保障作业流程演练、飞行员着舰技术恢复性训练,扎实打牢舰上飞行基础,随后集中进行歼－15 舰载战斗机首次驻舰飞行训练,在母舰开展转运作业、机务保障、油水气电保障、飞行讲评等工作,驻舰期间多名飞行员驾驶歼－15 舰载战斗机进行了多架次舰上飞行训练,舰载战斗机飞行指挥与保障作业流程得到全面验证,人、机、舰运转顺利,母舰平台和舰载机实现深度融合,表明辽宁舰已经具备了搭载舰载战斗机的能力……

辽宁舰的这则消息当天"引爆"网络。字数虽不长,但信息量非常大。国外有关军事专家通过分析这则消息,掌握了中国航母建设"最新进度"——

这次试验试航的顺利完成,标志着中国已经完全掌握了舰载战斗机舰上起降技术;标志着中国自力更生探索出了一条有中国特色的舰载战斗机飞行员培养道路,标志着中国成功构建起了航母舰载战斗机飞行员训练体系。

"波涛汹涌为我欢呼赞美,跨越极限我在呼啸惊雷。旗帜飘扬为青春导航,铁血男儿我从甲板上起飞。我从甲板上起飞,身披太阳光辉。"中国,自此成为世界上少数几个具备自主培养舰载战斗机飞行员能力的国家。

一个月之后的 8 月 15 日,辽宁舰再次解缆起航,开始了 2013 年度第 3 次出海科研试验和训练。"此次出海,辽宁舰将继续组织舰载机海上试飞和母舰相关系统试验。"

(二)

挥师南下惊骇浪,无畏舰员试闯关。

在辽宁舰水兵王超的军旅记忆中,2013 年 11 月 28 日,是一个令他感到特别自豪和骄傲的日子。

这一天,出海远航的辽宁舰,第一次通过台湾海峡。

当时,正在值更的王超,透过舷窗向外望去。"尽管也看不到什么,除了海水还是海水。"王超说,"可当时自己心里就是禁不住地兴奋

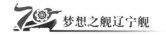

和激动。"

如今,航母辽宁舰已多次穿越台湾海峡,"第一次通过时的心情"让王超终生难忘。水兵王超的心情,也是航母辽宁舰许多舰员的共同感受。

这一天,更多的国人则是通过国外的网站和台湾媒体的报道了解到此事的具体细节——在导弹驱逐舰沈阳舰、石家庄舰和导弹护卫舰烟台舰、潍坊舰的护卫下,辽宁舰航母编队首次通过台湾海峡,进入南海。

23 天前,2013 年 11 月 26 日,新华社对外发布权威消息《辽宁舰赴南海海域开展科研试验和训练》——

中国第一艘航空母舰辽宁舰今天从山东青岛某军港解缆起航,在海军导弹驱逐舰沈阳舰、石家庄舰和导弹护卫舰烟台舰、潍坊舰的伴随下赴南海,并将在南海附近海域开展科研试验和训练。

这是辽宁舰入列后首次进行跨海区试验和训练,目的是检验辽宁舰装备性能。辽宁舰舰长张峥表示,跨海区航行是试验和训练工作的一个必经阶段,主要有 3 个方面的意义:一是通过长时间跨海区航行,对装备性能进行连续工作情况下的考验;二是对部队训练水平进行考验和锻炼;三是对不同水文气象条件下的装备性能进行进一步试验,为后续装备试验和训练任务打下更加良好的基础。

辽宁舰交付海军一年多来,各项试验和训练活动稳步推进,先后完成了舰载战斗机阻拦着舰和滑跃起飞、驻舰飞行、短距滑跃起飞、舰载机最大重量起降、复杂气象条件下连续起降、舰载战斗机飞行员和着舰指挥员成功通过航母资格认证等试验与训练,取得了一系列成果,为后续试验和训练打下了坚实基础。

目前,辽宁舰仍然处在科研试验和训练阶段。这次赴南海试验是辽宁舰试验和训练计划内的正常安排。

当天的国防部例行记者会上,有国外媒体记者直接问:"中国航母首次跨海区远航训练,海军派出了两驱两护随同出海,是否可以将编队视为一个初具规模的航母战斗群?"国防部新闻发言人委婉表示,航母编队的组成是要根据它所担负的任务来确定的。

中国航母首次跨海区远航训练,即使再"低调",也会引起世界各方的广泛关注。

一般说来,一艘航母要完成从单舰磨合到舰机融合、从编队航行到编队作战这一过程,通常需要 5 年左右的时间。这其中,航母战斗力生成的关键——舰载机形成战斗力通常在 2 - 3 年间。更为漫长的应该是航母编队间的战术协同配合。要执行对空、反潜、反舰、对地攻击和电子战等多重任务,航母编队一般还编配巡洋舰、驱逐舰、护卫舰、潜艇等多种舰艇。这些舰艇的编成、战术运用以及训练方式等众多环节,必须长时间反复进行协同训练,才能确保航母编队舰机密切配合、无缝链接,才能形成航母编队有效作战能力。即便是美国海军这样十分熟练的航母使用者,一艘新航母形成编队战斗力也需要 2 年

左右。

据此,西方有的军事装备专家谨慎分析:对于此前从未接触过航母的中国海军来说,"这个过程可能会很长,挑战会更多,难度也会更大"。

如今,中国航母编队穿越台湾海峡的"新闻",让世界看到:中国航母建设的"时间表"远非常理可以推测出来。"中国人做事,效率似乎总是能超出常规。"一位外国记者发出如此感叹。

风口浪尖编队来,远征南海通三亚。辽宁舰一路过黄海、东海、台湾海峡,于 11 月 29 日首次靠泊三亚某军港。这座海军自行设计和建造的大型军港,由此第一次揭开了自己的神秘面纱——各种设施一应俱全,可满足包括航母在内的各种大型水面舰艇靠泊需要。

进行简单补给后,辽宁舰随后继续赴南海海域,开展相关试验和训练。

在海军中尉陈忠友心里,跟随辽宁舰在南海远航训练的日子"美好得无法复制"。"虽然很忙很累,但很充实。每天傍晚夕阳西下时,漫步在航母甲板上,欣赏着南海美丽的海景,那种感觉太棒了。"陈忠友说:"追梦的日子,每一天都是闪着光。"

2013 年 12 月 26 日,人民海军赴亚丁湾、索马里海域执行护航任务 5 周年纪念日。

这一天,辽宁舰航母编队正在从南海返回青岛母港的归途上。

谁也没想到,这一天举行的海军新闻发布会上,辽宁舰航母编队成了记者关注的话题。有记者问:"中国海军是否有派遣航母执行护航任务计划?"

"辽宁舰正在试验和训练,形成作战能力还要有一段时间,因此目前没有派遣航母编队到亚丁湾、索马里海域护航的计划。"海军时任副司令员平静地回答,"中国执行的是防御性战略,发展航母不是进攻谁、威胁谁。世界发展航母,已有百年历史,世界上有8个国家曾经建造过航母,有15个国家曾经拥有过航母,目前还有9个国家拥有航母,所以中国拥有航母,不是最早的,也不是最多的,更不是最先进的。有人拿中国航母说事,是企图干扰中国海军发展,我们不会为之所动。"

2014年1月1日,新年的第一天,辽宁舰沐浴着明媚的阳光,顺利返航靠泊青岛母港。

37天,全体参试官兵们团结一心,攻坚克难,连续作战,中国航母首次跨海区远航训练圆满结束,取得了累累硕果——

完成了辽宁舰在高海况条件下的舰艇运动参数、舰体结构应力等总体适航性试验,深水条件下航速测量;

完成了近似实战条件下航母作战系统感知能力,指挥能力,目标指示能力,综合通信、导航、气象保障能力,空域管理能力等百余项试验和训练课目;

进一步验证航母平台作战系统、动力系统及舰艇适航性能等各项战技术指标;

首次组织了作战系统综合研试,首次组织了以辽宁舰为核心的编队航行训练,达到了预期目的;

此外,海军相关部队出动了多个型号的飞机、水面舰艇和潜艇,有效配合了此次远航试验,同时带动了部队实战化训练……

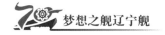

军旗猎猎,将士凯旋。中国航母取得的这一连串最新战斗力的建设成果,就是官兵们奉献给祖国最好的"新年礼物"。

(三)

在昔日唐代诗人李贺眼中,有一种壮美是——大漠沙如雪,燕山月似钩。

在四级军士长梁锦生眼中,有一种壮美是——白雪映祥云,航母披银装。

2014年2月5日,农历大年初六,青岛,大雪纷纷扬扬下了整整一夜。清晨,推开舱门来到甲板之上,呈现眼前的景色让梁锦生和战友们惊呆了:停靠在码头的辽宁舰,披上了银色戎装,冷峻巍峨,气势磅礴。

清扫航母甲板时,梁锦生和战友们一开始"不忍动手,不愿破坏了这难得一见的美景"。"现在想一想,当时没能拍个照留个影有点遗憾。"梁锦生回忆说。

瑞雪兆丰年。此刻,神州大地沉浸在春节喜庆祥和的氛围之中。

2014年,对于高速发展的中国来说,是一个非常重要的年头,是一个具有多重历史意义的时间坐标。

聚焦国运,2014年是改革关键年——全面深化改革的开局之年。此前,党的十八届三中全会绘制了全面深化改革的蓝图,吹响了新一轮改革开放的进军号。

"江河之有锐气,故成万千气象;树木之有锐气,故成浩瀚林海;土石之有锐气,故成嵯峨大山。"在这样一个重要历史关头,国人心中憋着这么一股劲——那十足的闯劲、干劲与韧劲,众志成城,锐意进取,推动中国这艘"巨轮"快速驶向复兴的梦想。

聚焦国防,2014 年是国耻坐标年——中日甲午战争 120 周年。甲午一战,"蕞尔小邦"轻松地推倒东方"泥足巨人",使大清帝国彻底沦为帝国主义列强的"盘中之餐"。

120 年前,北洋水师,这支当时堪称亚洲第一、世界第六的庞大舰队,这支当时世界上少数完成环球访问的舰队之一,这支曾出访日本扬大清国威的铁甲舰队,在日本海军的猛烈炮火中,灰飞烟灭。

这,是"人类历史第一次以蒸汽为动力的铁甲舰队所进行的一场大海战"。中国输了,输了这场海战,也输了"整个世界"——第一次鸦片战争前,清朝的 GDP 总量约占世界三分之一;甲午战争前,GDP 总量是日本的 9 倍。可是,战争之后,中国割地、赔款,彻底沦为"东亚病夫"。

这种痛,华夏儿女刻骨铭心;这种痛,中国军人如鲠在喉。

"有一种痛,虽然结上了厚厚的岁月疤痕,却依然让人痛彻心扉。每次随辽宁舰驶过黄渤海,在那片 120 多年前的古战场,甲午硝烟无时不在我脑海中升腾激荡。"时任辽宁舰政委梅文在一篇文章中这样写道。

丘吉尔说:"你能看到多远的过去,就能看到多远的未来。"反思甲午,要"向后看",甲午战争给国人的启示却是"向前看"。

威海,刘公岛,甲午海战之败的屈辱见证地。这里,距离中国青岛航母母港很近。这个春天,航母辽宁舰的官兵登上了刘公岛。

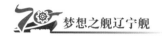

凝视这段历史,辽宁舰官兵心中翻腾的那份国殇情感,比常人不知道要浓烈多少倍。海军上校杨繁军在春节大年初二的深夜写下了这样的诗句——

百廿春秋转瞬间,甲子轮回又经年。

黄海波涛烟云里,不堪回首不堪言。

有海无防国力微,列强争食叹苍天。

中华崛起建海防,不叫四海起狼烟。

梅文在课堂上给大家讲述了这样一个悲壮的甲午故事——

1894 年秋天,黄海海域。海面上吹来的微风,让支离破碎的船板、尸体、衣物,随着海浪起伏,缓缓漂浮。海面上,一只幸存的黄犬咧着舌头,四处游弋,正在寻觅着什么。终于,它发现了自己的目标—— 一个在水面上漂着的人影,那是它的主人。它飞快地游过去,一下衔住主人的手臂。主人显然也发现了它,可他似乎不接受好意,一把将它推开。黄犬并没有放弃,又冲上去咬住主人的辫子。一来一回,最终,震撼人心的一幕发生了。此人挽住自己的爱犬,一同消失在凌乱的海面。

此人叫邓世昌,中日甲午海战中的致远舰管带邓世昌。此前,他率领致远舰冲向敌军吉野舰,但管内鱼雷爆炸,全舰覆没。在致远舰下沉的时候,因为有救生圈在身,他暂浮海面。不久,有支援的浮水艇赶紧开过来救他,结果被他断然回绝:"致远舰官兵都已沉没,我没有权力偷生。义不独生,我要与致远舰共存亡。"

眼前是波涛汹涌的大海,思绪却在历史的隧道里穿行。"邓世昌的故事,让不少官兵红了眼眶。"四级军士长梁锦生至今还记得政委梅文最后总结时说的那句话:"作为军人,最大的价值不是牺牲,而是胜利!"

2014年3月2日,全国"两会"召开的前一天,辽宁舰徐徐驶离青岛某军港码头,执行试验和训练任务。

这一天,《解放军报》在二版右下一处不起眼的位置,刊发了一则很短的消息——

3月2日中午,中国海军首艘航空母舰辽宁舰徐徐驶离青岛某军港码头,执行试验和训练任务。这是辽宁舰根据年度试验和训练计划确定的。

此次试验和训练为辽宁舰新年度首次出海。辽宁舰自2012年9月25日交付海军以来,各项试验和训练活动稳步推进,先后完成舰载战斗机阻拦着舰和滑跃起飞、驻舰飞行、短距滑跃起飞、舰载机最大重量起降、复杂气象条件下连续起降、舰载机飞行员上舰飞行的资格认证等试验和训练,首批舰载战斗机飞行员和着舰指挥员成功通过航母资格认证等试验和训练,并完成赴南海试验和训练任务,取得了一系列成果。

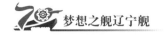

正因为如此刻意的"低调"，辽宁舰新年度首次出海几乎没有引起大家的注意。即便是网络上，也只有极少数一直关注航母的军事发烧友注意到这个信息，转发了一下辽宁舰离港的照片，配上了"大家伙，加油！"的留言。

2014 年 8 月 5 日，美国海军第七舰队"蓝岭"号两栖指挥舰，在舰长麦考马克海军上校率领下驶抵青岛，进行为期 4 天的友好访问。

"蓝岭"号作为第七舰队旗舰，是美海军第一艘作为舰队专用指挥舰的舰艇，舰长 193 米，主甲板宽 33 米，最大排水量 19200 吨，续航力 13000 海里/16 节。

"蓝岭"号之大，当年曾给刘喆留下了终生难忘的印象。刘喆，海军大校，2016 年 5 月接任辽宁舰舰长。他的成长经历很传奇，从中国人民公安大学毕业，到陆军部队，再到海军舰艇部队，他用 4 年时间走完了一般人需要 8 – 10 年的舰长之路。

上一次，"蓝岭"号来华访问时，博士毕业 3 年的刘喆，担任排水量 2000 多吨的国产新型护卫舰舰长。那天傍晚，"蓝岭"号举行盛大的甲板招待会。刘喆和"蓝岭"号舰长端着红酒站在军舰舰艏。夕阳西下，浦江两岸美景尽收眼底，平静的江面被夕阳映得通红。当时，刘喆很自豪，他举起酒杯对"蓝岭"号舰长说："让我

◎ 时任辽宁舰舰长刘喆

们为这美景干杯!"不料,这位"蓝岭"号舰长说:"也为你的军舰干杯,它虽然很小,但很漂亮。"

"从两万吨的舰艇上看两千吨的舰艇,真的是好小好小,我恶狠狠地一口把酒干了。"几年后,站在央视的舞台上,刘喆向国人打开了自己的心扉:"当时我心里就在想,以后如果我们有了比你大的舰,我们有了航母,我一定要去当舰长,一定要出这口气。"

如今,刘喆的梦想变为现实——2014年夏天"蓝岭"号再次访华时,刘喆已可以站在自己的航母上欣赏美景。"我很幸运,如果没有碰上这一全新的大时代,我的航母舰长梦是无论如何也实现不了的。"刘喆说。

2014这一年,神州大地,改革浪潮涌动,一项项有力举措,一项项创新政策,一项项科学制度,落地生根,惠及民生。

2014这一年,神州大地,甲午反思浪潮涌动。一件件战争遗物、一篇篇反思文章、一个个网络热帖、一部部影视作品,一次又一次撞击着国人的心灵。

搜索2014这一年,除了春天出征那条短短的新闻,再也没有任何辽宁舰的信息。突然之间,辽宁舰淡出了公众的视野。

很多时候,离我们越近的历史,呈现出来的面貌越是模糊。如今,我们已无法拼出辽宁舰在这一年的"工作全貌"。但有一点,我们是肯定的,航母辽宁舰官兵一刻也没有放慢他们前进的脚步,他们前进的脚步会比之前更加铿锵有力——因为普通老百姓的心里对甲午国殇有多痛,人民海军肩上的忧患意识和使命意识就有多重,远航的航母官兵奋起直追的脚步就有多快。

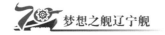

2014 年底,航母辽宁舰舰员诗歌作品集《我的名字叫辽宁》出版了。诗集以"梦"为线索,分为寻梦篇、筑梦篇、圆梦篇三个篇章。打开淡蓝色的封面,第一代航母舰员的心路历程和精神脉络跃然纸上。品读这本诗歌集,笔者看到了一个个炯炯有神的目光,看到了自信、执着、信念、义无反顾的开拓进取精神。

在时任辽宁舰副舰长刘志刚所写的诗中,笔者也真切地"看"到航母官兵在 2014 年所付出的汗水和艰辛——

真正最美的诗,

不是貌似技巧娴熟的婉转莺啼,

而是我们双手为犁耕耘人生时,

呐喊出的荡气回肠。

真正最美的诗,

不是看似华丽辞藻的凌乱堆砌,

而是我们双脚为舟踏破疾苦时,

用心、用泪甚至用血,

凝结成的——沧桑和激昂。

差不多神秘消失了 2 年,航母辽宁舰再一次回到公众视线中。

2015 年 12 月 25 日,《解放军报》在头版显著位置刊出消息《海军航母部队舰机融合训练顺利推进》:

今天,海军辽宁舰在渤海某海域进行舰机融合训练,新一批歼-15舰载战斗机飞行员驾机完成触舰复飞、阻拦着舰等多个课目训练。中央军委委员、海军司令员吴胜利,海军政委苗华率海军党委班子成员在辽宁舰参训并指导舰机融合训练。

记者在现场看到,在飞行员的熟练操纵下,一架涂有海军军旗和"飞鲨"图案的歼-15舰载战斗机准确进入着舰航线,放下尾钩,对正跑道中线,"嘭"的一声,尾钩牢牢抓住第三根阻拦索,成功阻拦着舰。随后,多架歼-15舰载战斗机依次完成触舰复飞、阻拦着舰等训练课目并驻舰。

吴胜利等领导攀舷梯、进舱室、上战位,详细询问航母部队舰机融合训练的情况,看望慰问部队,并与辽宁舰、舰载航空兵部队领导就加快推进航母作战能力建设问题进行座谈。中午,吴胜利等领导在辽宁舰士兵餐厅与官兵一起就餐,并详细了解官兵的工作、生活情况。

据了解,年初以来,航母部队围绕早日形成战斗力和保障力这个目标,瞄准难题和短板狠抓试验训练,战斗力建设取得了明显进步,舰载机驻泊数量、单日飞行架次、起飞和回收效率均有进一步提升,多批歼-15舰载战斗机飞行员成功完成舰上起降并通过航母资质认证,标志着舰载战斗机舰上起降技术从探索研究向部队应用取得了关键性突破。同时,他们还结合舰载机海上试飞和训练任务,着眼航母、舰载航空兵等新型作战力量建设,深入总结

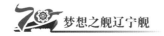

装备试验和部队训练中的经验做法,取得了100余项专题研究成果。

12月24日,歼–15舰载战斗机在辽宁舰进行阻拦着舰训练。

这篇不到一千字的消息,将2015年辽宁舰的"年度工作"进行了高度浓缩。国外军事专家那灵敏的鼻子,迅速"嗅"到了中国航母在过去一年的实战能力建设取得的长足进步。

5天后,2015年的最后一天,中国航母建设的"主动爆料",再一次引起世界瞩目——

在当天的国防部例行记者会上,国防部新闻发言人表示,中国有着漫长的海岸线和广阔的管辖海域,保卫国家海上方向安全,维护领海主权和海洋权益,是中国武装力量的神圣职责。有关部门综合考虑各方面的因素后,启动了第2艘航空母舰研制工作,正在自主开展设计和建造。

据国防部新闻发言人介绍,这艘航母完全由我国自主开展设计,正在大连进行建造,排水量约为5万吨级,采用常规动力装置;搭载国产歼–15飞机和其他型号舰载机,固定翼飞机采用滑跃起飞方式;舰上将配有满足任务需要的各型设备。第2艘航母的设计和建造吸收了辽宁舰科研试验和训练的有益经验,在许多方面将有新的改进和提高。今后关于这艘航母建设的相关进展情况,我们将陆续发布。

"这是最好的新年礼物。辽宁舰有了自己的兄弟,从此不再孤单。"当天,网友们在网上留言:"啥时才能看到中国两艘航母同框?真

◎ 2015 年 7 月 19 日,辽宁舰发射防空导弹(张凯 摄)

◎ 歼－15 舰载战斗机即将阻拦着舰(李唐 摄)

的好期待！"

这一年,国务院新闻办公室发表《中国的军事战略》白皮书透露中国海军已经启动新一轮的战略转型——

> 中国海军按照近海防御、远海护卫的战略要求,逐步实现近海防御型向近海防御与远海护卫型结合转变,构建合成、多能、高效的海上作战力量体系,提高战略威慑与反击、海上机动作战、海上联合作战、综合防御作战和综合保障能力。

军事科学院国防政策研究中心专家对此发表评论:这是曾经长期以"近海防御"为战略要求的中国海军近年来的第一次转型。"近海防御与远海护卫型结合"的新要求意味着,中国海军走向远海将成为常态,与之相应的执行远海多样化任务的能力也将得到着力提升。

挺进深蓝,向海图强。

2016年10月15日,已经退役的我国第一艘核潜艇在拖船的拖带下,缓缓靠上海军博物馆码头。这艘游弋大洋40余载、屡建功勋的核潜艇,将作为展品供世人参观。

这意味着,我国核潜艇也进入了新老接替的新阶段。

这一天,航母辽宁舰正在大洋上航行,加快了推进实战能力实现的脚步。

看到两则新闻,有网友发帖:"中国海军的'肱二头肌'越来越强壮。"

○ 2016年12月26日，中国海军航母编队在海上航行(莫小亮 摄)。

≫ 第八章
“最美”女兵

天地之间，大美无言。

在我们的日常生活中，总是不断闪动着“最美”身影——最美妈妈，最美乡村教师，最美医生，最美扶贫人，最美公交司机，最美快递员……这一个个“最美”的称呼，是人们发自内心的由衷敬意，是这个时代拨动人心的明亮音符。“最美”，也成为网络上流行多年的热词，是一个国家向自己普通公民致以最高的敬意。

◎ 荣获“全国三八红旗集体”荣誉的辽宁舰女舰员团队（王松岐 摄）

"最美"的他们，来自各行各业，普普通通；来自大江南北，平平常常。人们敬仰，为"最美者"平凡中蕴藏的伟大，为"最美者"对职业操守的执着坚守、刻苦钻研，为"最美者"瞬间迸发的人性光辉和一辈子的无悔奉献。

当人们把目光投向航母辽宁舰时，蓦然发现这里有一群"最美"女兵——辽宁舰女舰员团队2014年荣获"全国三八红旗集体"荣誉称号。

在航母辽宁舰这片"流动的国土"之上，活跃着近百名朝气蓬勃的女水兵，她们来自9个民族，岗位涵盖航母全舰8个部门、35个专业，并全部通过岗位资格认证。

"辽宁舰所有的作战岗位，都向女舰员开放。"舰长张峥说。作为人民海军第一个成建制上舰的女兵集体，先后成长了海军第一代女操舵兵、女机电兵、女雷达兵、女损管兵等特殊战位女舰员，实现了由岸基向深蓝、由短期驻舰向长期驻舰、由保障岗位向战斗岗位的漂亮转身。

中国航母女兵，是她们用自己绚烂的青春书写在蔚蓝海天之间的共同名字。这份沉甸甸的荣誉，凝结着她们鲜为人知的艰辛付出，凝结着她们为梦想流下的汗水泪水、呐喊声和笑声。

维吾尔族女兵古丽帕丽·乃比江清晰地记得，第一次登上辽宁舰时，舰长对她们说："你们，如今是这艘宏伟巨舰最年轻的主人。"

对于宏大历史事件来说，其意义只有离得足够远，才能看得真切。但是，对于中国航母女兵这个群体来说，只有走得足够近，才能感受到她们所有的绚烂。

有人这样描绘她们——"你原本是一个普普通通的女生,习惯了在父母面前撒娇耍性,脑子里装满了七彩的梦,一本爱情小说常让你哭得稀里哗啦。如今,白色的海军军装,平添了你几分帅气。航母女兵的称号,浸透出一种军人的凝重。父母眼中你依旧还是孩子,百姓心中你俨然是风景。"

有人这样赞美她们——"她们行走在大海波涛之上,她们穿行在钢筋森林之中,她们纤细的双手在驾驶着中国第一巨舰,她们柔弱的肩膀扛着中华民族的梦想。当外界为她们的亮相欢呼时,她们已十分淡定,因为她们早已和航母融为一体,成为一颗'穿婚纱的螺丝钉'。"

然而,她们这样评价她们自己——"能上航母,我们真的很幸运很幸运。这既是一件浪漫的事,也是一件值得用青春去拼搏的事。"

如今,有这样一句青春励志的话广为流传:"你所站立的那个地方,正是你的中国。你怎么样,中国便怎么样。你是什么,中国便是什么。"

士官长张明珠也很喜欢这句话。她说:"穿上这身海军蓝站在航母甲板上的那一刻起,我知道:自己从此有了和别人不一样的青春历程,也就注定多了一份常人没有的奋斗,同时也多了一份常人无法拥有的荣光。"

这,既是士官长张明珠的个人心声,也是中国航母女兵的"官宣"。

（一）

生命，就是实现梦想的旅程。

2013年3月8日，对于维吾尔族女孩茹克娅来说，是梦想花开的日子——这一天，经过严格新训表现优秀的她，光荣地成为航母辽宁舰上的女舰员。

这事，像风一样迅速传开，传回了她遥远的新疆家乡，传遍了大江南北。

茹克娅，是新疆"库尔班大叔"的重孙女。如今，她实现的不仅仅是个人的梦想，还是"库尔班大叔"这一家子四代从军的梦想。

"库尔班大叔"是谁？对于如今的年轻人来说，这个名字可能是陌生的。可在20世纪六七十年代，神州大地恐怕无人不认识这位"来自新疆和田、要骑着毛驴去北京看毛主席"的库尔班大叔。

"库尔班大叔"全名叫库尔班·吐鲁木，前半生非常悲惨。他从小失去父母，成了地主家的奴隶，没有谁把他当人看。当时，他只有两件可以称得上物件的家什：一块破毛毡，一个破铜壶。然而，共产党来了，新疆解放了，他不仅有了土地和房子，而且还享受到应有的平等和尊严。翻身做了主人的库尔班大叔知道是毛主席给他带来的幸福生活。他非常敬爱毛主席，无论见到谁总是说："能让我亲眼看看毛主席，我这一辈子就心满意足了。"

库尔班大叔从来没有走出过和田。他不知道和田到北京的距离有多远，村民们笑他，简直就是异想天开。但库尔班大叔铁了心："北京在地上，只要我的毛驴不倒，一直走，就一定能走到北京。”于是，1955年，他打了上百斤的馕饼，骑上毛驴跋山涉水出发了。

不久，这件事传到了时任新疆维吾尔自治区党委书记那里，为了满足库尔班大叔的心愿，特批他跟随国庆观礼团乘飞机来到北京。1958年6月28日下午，75岁的库尔班大叔在中南海受到了毛主席的亲切接见。库尔班大叔紧紧握着毛主席的手，不舍得松开。摄影师定格下这经典一刻，成为民族大团结最生动的时代写真。

时光流逝，血脉传承。如今，茹克娅，库尔班大叔的重孙女，“没有让自己爷爷的心愿落空”，在新时代用自己的行动续写了新的传奇。

从小生长在沙漠边缘、根本没见过大海的她；这个新兵自我介绍时因汉语表达能力差急得哭鼻子的她；这个新兵队列训练总比战友慢半拍的她，最终脱颖而出，成为驰骋在大海之上的航母女兵。

维吾尔族女兵古丽帕丽·乃比江，和茹克娅一样幸运。

作为航母女兵，古丽帕丽见证了中国航母许多的“第一次”。古丽帕丽说：“我有两次出生：一次和大家一样，从妈妈的肚子里生出来；还有一次，是作为海军女兵登上辽宁舰。妈妈给了我生命，让我看到了多彩的世界，而辽宁舰给了我魂魄，给了我一生不变的信念。”

在电视节目《我是演说家》的舞台上，已经从辽宁舰退役的古丽帕丽，给大家深情讲述了她们家三代人19岁的变迁故事——

古丽帕丽说：“姥姥的19岁，是1966年，那一年生下了我妈妈；妈妈的19岁，是1985年，那一年妈妈和爸爸开始约会；我的19岁，是2013年，我上大一，那一年我登上了辽宁舰。姥姥的19岁，意味着稳定；妈妈的19岁，意味着改变；而我的19岁，意味着远方，意味着

梦想……"

站在时光之河上眺望,一代人有一代人的青春。每一代人的青春,都需要在时代的大舞台上去放飞梦想。没有时代大舞台的支撑,人生的许多梦想是可望而不可即的。从这个意义上说,遇见好时代,是上天对一个人的眷顾。

2014 年 7 月 11 日,中国"海军军官摇篮"的海军大连舰艇学院,2014 届学员的毕业典礼如期举行。

在雄壮的《军威进行曲》中,来自优秀士兵提干队的迪力胡玛尔从学院院长姜国平海军少将手中接过了毕业证书和佩剑。

这一刻,迪力胡玛尔创造了一个历史——她由此成为海军第一位维吾尔族女军官。

这一刻,迪力胡玛尔笑容格外灿烂:"我现在想的就是回到辽宁舰,做一名优秀的军官,不能给这个'第一'丢脸。"

在辽宁舰上,笔者曾与迪力胡玛尔进行过深入交流。

见到她的那一天,辽宁舰正在组织新一轮舰员资格认证考核,迪力胡玛尔为此紧张地"奋战"了一整天。晚饭后,一天里难得的闲暇时光,迪力胡玛尔终于露出了轻松的笑脸。

"在航母上习惯吗?"笔者关心地问。

"没啥不习惯的,我首先是水兵,其次才是女性。"满脸稚气的她认真地回答道。

迪力胡玛尔来自新疆喀什,气候、饮食与这里差异甚大。她对笔者说:"我的名字汉语意思是'心灵的陶醉',来到航母上,我才真的实现了心灵的陶醉,我找到了值得为之奋斗的梦想。"

她的父亲是一名老兵,曾戍守在帕米尔高原边防,如今,她又来到了祖国的航母上。迪力胡玛尔说:"我必须努力,因为我不仅在完成个人的梦想,也在实现父辈的梦想、国家的梦想!"

2011 年新疆大学毕业时,迪力胡玛尔看到海军的征兵海报,动了心思。因为有个当兵的爸爸,迪力胡玛尔从小也有个军旅梦。

"从大漠到大洋,从边疆到内陆,这么大的变化,你能不能适应?"爸爸很犹豫。

"让我去吧,这条路是我自己选的,吃吃苦也好!"瘦瘦小小的她坚定地对爸爸说。

背上行囊,迪力胡玛尔从干冷的新疆来到气候潮湿的南方,成了一名海军新兵。寒冬腊月,还是满眼鲜绿,从未接触过的环境让她心里充满了新鲜感。可是,当来自海军陆战队的班长像"训爷们儿一样"带她们时,迪力胡玛尔实在忍不住了,偷偷抹过几次泪。战友劝她放弃,她擦掉眼泪:"自己选的路,再苦也要坚持下去!"

新兵 3 个月,她超越了自我,被分到了辽宁舰!

在辽宁舰上,迪力胡玛尔迅速成长为一名优秀的下士。2013 年,她通过全军士兵提干考试,来到大连舰艇学院进行为期 1 年的培训。

然后,从女战士到女军官的这一路,对于她来说,每一步都走得异常艰辛。

迪力胡玛尔外表像水一样温柔,内心却蕴含强大力量。教员们提起她,都会说:不服输,好学。14 门专业课和 11 门考察课,共 25 门课,作为雷电专业的学员,她在 10 个月时间里,又自学了通信、火炮等专业的基础知识。

2014 年 6 月的航海实习中,风大浪高,迪力胡玛尔晕得下不了床。战友看到虚弱的她心里直发紧,但她拎着呕吐袋顶在战位上完成了实习考核,舰员们都为她竖起了大拇指。

迪力胡玛尔在这一次的出海手记中这样写道:"风平浪静的大海,造就不出勇敢的水手,只有亲身去体验狂风大浪,才会更加坚强,才会更有毅力!"

其实,在航母女兵的心中,辽宁舰是她们永远的"家"。在辽宁舰上的每一天,都将成为她们生命中最难忘的记忆。

少数民族女兵,是航母女兵的缩影;航母女兵,是中国女军人的缩影;航母女兵,也是中国海军进步发展的时代符号。

从天山脚下到黄海之滨,从西北边塞到碧海蓝天,新疆少数民族女兵们的"航母梦",如此不可思议,如此让人称羡。

◎ 多才多艺的维吾尔族女兵与汉族战友同乐(王松岐 摄)

"你的每一段痛苦经历,都是你人生中优美的风景!"她们每一个人的梦想成真,都是当今青春奋斗的励志坐标,都是诠释新时代的传奇故事。这样的人生传奇,只有在中国航母时代才会发生。今天,随着中国航母事业的发展,这样的故事仍在上演;未来,这样的故事还会继续……

<h2 style="text-align:center">(二)</h2>

在航母辽宁舰女兵群体中,如今名气最大的,当属韦慧晓。

在航母辽宁舰女兵的诸多传奇故事中,这位来自革命老区广西百色的壮族女军官的经历可谓传奇中的传奇——

入伍前,她是人们眼中经历多彩的"斜杠青年":中山大学的博士,

◎ 韦慧晓远眺獭山港

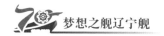
深圳华为公司的白领,当上志愿者到西藏支教,远赴阿里做地质勘查,在水立方志愿服务北京奥运。

入伍后,这名航母女兵"一路飞奔",短短 6 年多就成长为郑州舰实习舰长。如今,她是党的十九大代表。不出意外,她很快就创造历史——成为中国海军的首位女舰长。

年少时,韦慧晓曾笃定"这三个职业将来自己一定干不了"——教师、医生和军人。因为,"教师重复劳动很辛苦,医生要面对解剖很吓人,军人则要流血牺牲"。

时间,会改变一切。韦慧晓入伍前 5 次参加军训的经历,让这个瘦弱的女孩不知不觉间开始向往迷彩军营。

韦慧晓的这 5 次军训,两次是高中和大学入学的"规定课目",另外 3 次则是韦慧晓"自讨苦吃"得来的——

初中期间,参加"无线电测向"运动,她带着指北针漫山遍野奔跑,接受了准军事化的体育训练;高考结束后,她勤工俭学,应聘一家酒店的礼仪人员,虽然工作被大学录取通知书打断,半个月的军训却一天没少;大学毕业后,她参加一个电视台举办的"生存大挑战"项目,远赴新疆军营,接受"魔鬼营训练",队列、拉练、野营、射击、跳伞训练,军事课目一个接一个……

韦慧晓入伍前,经营着一个博客,蓝底白字的页面朴素得有些简陋,但博主晒出的简历,赢得了众多访客点赞。

简历上,露出两排整齐牙齿盈盈浅笑的博主可谓优秀:做学术,专业期刊发表的论文列了一大页;练体育,参加了全国大学生定向越野竞赛;学文艺,获得了选美比赛十佳;当志愿者,被共青团中央表彰为

"中国百名优秀志愿者"……

在这个差不多与改革开放同龄的姑娘身上,成堆的荣誉和丰富的社会活动恰似这一代人多元人生选择的写照。

韦慧晓的父亲是一名老党员。自她记事起,一身正气的父亲像极了影视作品里的正面人物,家里每晚都在《新闻联播》音乐声中开饭。

她攻读研究生期间,地球科学系有个老系主任,搞了一辈子地质研究,一些项目经费不多、不够热门、难度很大,但对国家有用,他到去世前都在推动。2008 年,参加一个寻访冠军人物的采访活动时,韦慧晓把老系主任选为了自己心中的冠军,并以榜样的精神自勉:"如果有些事情本来应该有人做,但目前没有人做,我愿意去做!"

有人说,每一个看似不合逻辑的故事背后,都应该有一个合理的逻辑。韦慧晓将很多选择归结于自己的天性,这些选择在常人眼里并不合常理——大企业里的白领干得不错,非要跨专业考研去攻读并不热门的地球科学;研究生读得好好的,却要休学去西藏支教;已经 34 岁即将博士毕业,又立志要参军……

做没人做的事情,免不了不被理解。当年高考,从小热爱自然的韦慧晓填报的第一志愿就是地球科学,招生的老师不理解这个分数足以上清华的小学霸为啥选这么个冷门学科,便出于"好意"帮她改成了气象学。博士毕业,她笃定心思想要当个军官带兵打仗,导师支持她的选择并写了推荐信,但推荐语里仍然"推荐其到科研院所工作"。

除了不被理解,艰辛也少不了。2006 年,韦慧晓到西藏地勘局区域地质调查大队当志愿者,成为大队首个到阿里、那曲地区考察的女队员。一路上,她在无人区多次遭遇陷车危险,蹚过齐胸深的激流时

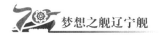

险些被卷走,在矿区考察时差点跌落陡崖……

有时候付出艰辛,也难免失败。韦慧晓在博士阶段成立过一个爱心抗癌志愿者联盟,救助患重病的大学生。坚持了多年过后,她不得不承认,由于骨干流失等原因,这个项目目前停滞不前。

即使成功了,也难说没有遗憾。2007年6月,父亲因病去世,韦慧晓在西藏做志愿者,病榻上的父亲没等到见她最后一面。第二年,北京奥运会开幕前三天,母亲也去世了,她请假回去料理完后事,便匆匆赶回水立方的志愿者岗位。

常人眼中的一道道坎,成了淬炼她心志的一团团火。

在一篇题为《如果这是我生命中最后一天》的日志里,韦慧晓认真地写道:"如果今天是我生命中的最后一天……我应该还是做跟平常一样的事情,因为我每天都在做自己想做的事情,哪怕离开了,也不会有什么遗憾。"

她甚至选了一张照片作为"遗照",那是汽车坏在无人区时她自拍的。照片中,她嘴唇干裂,笑容依旧,眸子倒映着西藏的天空,如湖水般湛蓝。

到西藏当志愿者的经历,韦慧晓得到了两点最重要的收获:一是知道了幸福感从何而来,二是知道了自己希望从事更艰苦、付出更多、却更有意义的职业。

快到博士毕业的时候,她开始认真思考自己想要做什么。她觉得老一代的地质工作者很伟大,她还知道,"付出更多的就是军人"。

2010年八一建军节前夕,韦慧晓写了一篇题为《期待第六次军训》的文章,"省察自己对军营的向往之情"。她写道:"五次军训,五次磨炼,我没有畏惧,反而对部队令行禁止的严格纪律产生了越来越强烈的向往和期盼。"

她开始寻找进入军营的大门。她坚信,一个人投身最喜欢的事业,虽然"起点不能选择,但走哪个方向、怎么走是可以选择的"。

摆在韦慧晓面前的选择并不多。她查阅政策得知,博士毕业入伍已是自己最后的机会。

她制订了扎实的体能训练计划,从2009年下半年起,每天跑四五公里;2010下半年起,她又把数量翻了一倍,每天跑10公里左右。

她从网上找到了一份5年前部队接收普通高校毕业生的文件,逐一拨打文件上的联系电话,有的打不通,有的打通了则被告知早就不负责这项工作了。

日常与人交往中,她毫不讳言自己对军营的向往。有人给她泼冷水,也有人帮着她牵线搭桥。她曾打通某部的一个电话,接电话者得知她是学气象的,热心建议她联系专业技术对口的某总站。她却有些犹豫——她内心的理想,是做一名能够冲锋陷阵的指挥员。

韦慧晓最初向往的地方是内蒙古草原。生长于炎热南国的她,打心底喜欢那幅在严寒中策马扬鞭、保家卫国的画面。

于是,高考结束后便向4所心仪大学写过自荐信的她,决心也给部队相关部门写自荐信。

那不是传统意义上薄薄几页的信笺。她在自荐信中除了表达自己对军营的向往,还详细剖析了自己具备成为合格军人的条件、自身的优势,还附上了自己被报道的剪报,获得的奖项、证书,发表的各类文章,等等。她把这些认真装订成册,足足200多页,就像是她30多

岁人生的一本传记。

就在向海军寄出自荐材料的第3天,她接到了来自海军机关的电话。半个月后,海军派人到中山大学对她进行了考察。

2012年1月,韦慧晓如愿穿上海军军装,戴上了"一道杠"的学员领章。更为幸运的是,她被分配到了航母部队,参与辽宁舰接舰工作。

从那天起,还没学会游泳的韦慧晓伴随中国海军首艘航母,开始了踏浪蹈海的征程。也是从那天起,她开始向往每艘战舰上都有的那个最高指挥岗位——舰长。

女舰长,是中国海军历史上从未有过的一个名词。

当前,海军舰艇部署女军人日渐成为各国海军的普遍做法,部分国家海军也有女性担任舰长。但在我国,直到2012年9月,才有首批27名全课目女舰员走上舰艇战斗岗位。

2012年,英国海军迎来500年来第一位女性战舰舰长——39岁的海军少校莎拉·韦斯特,400多年都没有女兵的英国改变了它的刻板形象。美国不甘落后,2013年"布什"号航母战斗群的一把手首次由一位女性担任,诺拉·泰森少将指挥"布什"号首次部署海外;潜艇也迎来第一批女军官,这是美国海军潜艇部队111年历史上一个引人注目的变化。

韦慧晓知道,自己的"野心"可能有点大,而且自己的起点并不高。

入伍之初,她和新调入的干部一起集训。跟大部分比自己小了约10岁,但与至少都有两年军龄的战友相比,她发现自己对部队、对海军的了解"少得可怜"。

有一次,升旗的哨音响起,舱面活动人员都面向军旗立正,只有她

"不知道他们为啥不动了",仍然继续下舷梯。后来,部门长告诉她,由于没遵守舰艇礼节,她被点名通报了。

不熟悉带来的不适应在所难免,她积极调整心态努力克服。但她不得不承认,驾驭舰艇的知识和技能是她更难跨越的门槛。

海军的指挥员培养有其固定路径。有人做过估算,一名军官从院校毕业后,成长为一艘驱护舰的舰长,大约需要 15 年至 20 年。35 岁入伍的韦慧晓没有时间按照这个节奏成长,她必须加速,必须付出比常人更多的努力。

在辽宁舰,35 岁的她会和十八九岁的女兵抢着擦地板、保养设备,熟悉舰艇上的每一项工作。

在郑州舰,夜间巡查的舰值日员常常看到,韦慧晓的舱室凌晨 1 点还透着灯光——她还在加班学习。到了第二天早上 6 点 25 分,当起床铃音响起,女兵达瓦卓拉一走下舷梯又会看到,韦慧晓已经站在码头,等着她们出操了。

和韦慧晓有过接触的人,都会对她严格的自我要求印象深刻。她至今不使用微信,理由是不想时间碎片化,也担心容易出现泄密。

入伍前,她没接受过舰艇指挥方面的训练,到大连舰艇学院学习深造,她做到了平均成绩优秀;入伍后,她的游泳成绩不太好,舰艇靠港的一段时间里,每天早上五六点,舰值日员都会看到她背着个小包去练游泳。

有规矩就要执行,有标准就要达到。韦慧晓说,这是自己从小养成的习惯,也是对军人这个职业的基本态度:"如果你从来不曾自律过,从来没想过牺牲奉献,那你从来就没成为真正的军人。"

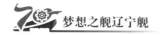

　　她也习惯性地这样去要求身边人。郑州舰官兵都知道,韦舰长有双"火眼金睛",谁没穿制式袜子,谁在换迷彩服时少戴了个臂章,她都会第一时间指出来。

　　郑州舰副政委丁伟评价她说:"目的很纯粹,心地很纯洁,眼里没有灰色地带。"

　　韦慧晓觉得自己这样的性格与父亲的影响有关。父亲一辈子守规则,"对事不对人",23 岁时就是副处级干部,到了退休时还是副处级。但父亲依然相信,这个社会是按照规则来运行的,不能向潜规则妥协。

　　韦慧晓生日,与二战美军名将巴顿同一天。从军 6 年,她发现,自己越来越接近人们对"天蝎座"的描述:个性强悍而不妥协,喜爱纪律,并能恪遵不误。那段描述里还提到,天蝎座的人可能成为优秀的军人或水手。

　　对于韦慧晓来说,逐梦女舰长,路上有光环、有荆棘,还有质疑——参军之初,有人质疑其入伍动机;入伍之后,有人担心她能否适应部队;适应了舰艇部队后,又有人怀疑她到底能走多远……

　　对这些,韦慧晓似乎已经做到了坦然面对。她也知道,自己要走的这条路,可能有点过分引人关注了,对此她有着充分的心理准备。

　　郑州舰上,她住着一间普通的单人舱室。舱室里迷彩挎包、救生衣整齐地挂在墙壁上,床上的白床单平整得没有一个褶儿,一切看不出半点女性的色彩。

　　工作中,她努力少犯错误,不犯重复的错误。当桌上的电话响起,她会在响第一声铃后一把拿起话筒,热情地应答:"你好,我是韦慧晓!"

◎ 党的十九大代表韦慧晓分享参会感受

　　大家都能看到她的进步。郑州舰首任舰长、现为驱逐舰某支队教练舰长的李一刚记得，2015 年，韦慧晓刚来支队时，除了书本上的知识，实际舰艇指挥几乎一片空白；一年后，她能够带着小卡片下达指挥口令；前不久再见到她时，她已经可以比较流畅地指挥各个战位了。

　　前不久，郑州舰出海训练，舰长陈曦也放心地将导弹对海攻击、施放烟幕等课目训练交给韦慧晓组织。

　　这些认可得来不易。不过，韦慧晓说她并不是要证明给谁看，"人的成就感很多是外界给予的，我更看重自己内心的坚定"。

　　"如果你愿意相信，并把它作为目标不断努力靠拢，你就一定能够做到，而你做到了，可以让更多的人相信。"韦慧晓知道，通过自己的努力，既可能实现个人目标，也可能激励更多年轻人追寻自己的梦想，还可能有助于让更多的女军人在新战位上得到认可。

根据训练进度,一年内,韦慧晓将走上舰艇长全训合格考核的考场。那场考核,将决定她能否取得战场"通行证",也将决定她能否成为海军首位女舰长。

结果会是如何?

"面对自己做出的抉择,我真心迎接它带来的所有改变。"说这话时,韦慧晓抿紧嘴唇,眼神凝聚,用力点了点头。

熟悉她的人知道,那是她最笃定的表情。

(三)

人们所看到的,中国航母女兵的美丽是这样的:蓝天白云下,身着笔挺的海军军装,她们个个充满青春活力,阳光而自信。

◎ 辽宁舰女兵队列训练(王松岐 摄)

人们看不到的，中国航母女兵的"美丽"是这样的：在高温、高湿、高噪音、没有灯光的机电舱里摸管路、排故障，她们白净的脸上满是油污；在10多米深的弹药底舱，爬上爬下搬运着器材，她们娇嫩的双手磨出了茧子；在世界"最危险的4.5英亩"甲板上奔波忙碌、战风斗浪，她们巾帼不让须眉。

"辽宁舰上的女舰员来自不同民族，分布在各个战斗部门。"凭海远眺，辽宁舰时任政委李东友告诉笔者，"她们不相信眼泪，不喜欢在自己的头衔前面加一个'女'字，喜欢你称呼她们为'航母舰员'，而不是女军人、女舰员！与男舰员一起并肩战斗，她们处处让人刮目相看。"

海军有句俗语："当兵不当机电兵。"高温、高湿、高噪音的作业环境，令许多男兵都"望而生畏"，更别说对女兵有多大的挑战。"我就

◎ 飞行前气象值班女兵进行风力参数测定（王松岐 摄）

◎ 机务女兵现场作业（王松岐 摄）

是要挑战男兵，超越自我！"正是这股不服输的精神，让袁华坚定地成为一名机电部门损管兵。

袁华敢于挑战机电兵，是有底气的。2013年4月，袁华在海军工程大学安全系进行安全消防专业培训时，3000米考核以11分半的成绩稳居第一。

全舰3000多个舱室，管路遍布各个角落。独立值更后，袁华和男兵们一样上夜班、下机舱，一起摸管路，排故障。特别是下深舱，光线黑暗，没有灯光，每一次爬行，总免不了磕磕碰碰，身上经常青一块、紫一块；每次从管道中钻出来，白净的脸上满是油污，但她乐此不疲。

机器轰鸣，热浪蒸腾，笔者在主机房见到了袁华和她的女兵战友，她们骄傲地说："现在，我们长了'透视眼'，隔着厚厚的铁板，就知道下面是什么管道，在哪拐了个弯，向哪个方向延伸……"

被誉为海上"流动城市"的航母,对于常人来说简直就是迷宫。可对于监察中队监察兵李婷婷来说,这里的一切都太熟悉了。监察兵的职责,要求她熟悉全舰的每一个角落。只要给出舱室代号,马上能确定具体位置;6 分钟之内,能从航母上任何一点赶到指定现场。

航母上下共有 20 多层,不算上各层之间的直梯,光每层通道距离总计就超过 6 千米。要练就 6 分钟内赶到航母任何一个角落的过硬本领,第一条就是体能绝对要好。李婷婷至今还难忘,为了增强体能素质,2012 年 12 月入伍后,她同舰上其他 21 名女兵一起在大连舰艇学院经历的魔鬼式训练:每天晨跑 3 千米、托举杠铃数百次,每日 100个俯卧撑、100 个仰卧起坐……

"把苦和累掺进米饭吃下去,就能咀嚼出甜来!"5 个多月后,包括李婷婷在内的21名女兵发生了脱胎换骨的改变,她们3000米成绩均

◎ 女兵在机舱里紧张操作(王松岐 摄)

在 13 分钟以内,全部达到男兵的考核标准。

在航母女兵看来,她们首先是军人,而后才是女人。她们用来了"不犹豫",留下"不后悔",一次次校正甚至颠覆着人们对女兵的印象:男兵能吃的苦、能干的活,不仅她们也能,而且可能干得更好。

操纵兵吴晓的岗位,在指控平台。如今的她能够熟练地判定区域内飞机和舰艇态势,能对执掌的装备进行各种内部检测。然而,毕业于大专财务专业的她,面对高等数学、计算机硬件和软件等岗位资格认证培训课程,曾经也如读天书。"在军人的字典里,没有后退与后悔。决不能被淘汰!"吴晓开始向艰深的专业课程发起冲击,5 个月的培训,仅学习笔记就记了 8 大本、20 万字,最终以优异成绩通过岗位资格考核。

"女儿不展深蓝志,空负满腔航母情。"这是航空部门弹药统计员郭瑾瑜的励志感言。弹药舱,这听起来更像是男兵的"领地"。郭瑾瑜,这个文静清秀、钢琴水准达到 8 级的女生,日复一日地与弹药"亲密接触",成为辽宁舰第一个穿"红马甲"的弹药女兵。

10 多米深的弹药底舱,她手持弹药信息终端,录信息、查资料、做登记,干得认真细致。为了弄明白弹药信息系统的每一个数据,有段时间她除了值更,就扎进舰上资料室,把跟弹药有关的书籍读了个遍。

"现在,弹药就像我的亲人、朋友,我爱它如生命。"对专业懂得越多,了解得越透彻,就越能发现其中的问题。郭瑾瑜每次都认真地将发现的问题和提出的建议以书面形式交给中队长,其中"软件系统屏蔽"、"弹药储存分系统优化"等多项技术改进意见,被科研院所和工业部门的专家们一一采纳。

吴冬燕是辽宁舰上的首位女士官长。入伍 7 年,这位拥有幼师资格证、英语专业 8 级的大学生士兵,参加海上试验任务 30 个航次,独立值更 3000 余小时,收发报文 5000 多条,始终保持“零错率”。她带领 7 名班员全部达到独立值更要求,所在战位多次被评为“党员示范岗”,还荣获海军优秀士官人才奖、全国巾帼建功标兵等荣誉。这一桩桩成绩让男兵们也竖起了大拇指。“以梦想为航向,以热爱为动力,才能画出航母的壮美航迹。”吴冬燕说。

战斗舰艇指挥岗位,曾经是女舰员的禁区。2013 年 8 月 29 日,是辽宁舰某部门副中队长宋美燕终生难忘的日子。这一天,她成为人民海军第一位女值更官!

值更官考核涉及理论、实作内容,航行、救生、损管等部署纷繁复杂,航行、抛锚、防台等知识及处置时机奥妙无穷。

“男舰员做到的事,女舰员照样能做好!”宋美燕两次赴院校深造指挥专业。

◎ 弹药女兵登记撤收训练弹药(王松岐 摄)

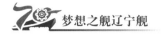

厚积薄发,百炼成钢。经过半年刻苦钻研和大胆实践,宋美燕将数千道习题、处置方法和时机烂熟于心,最终以优异成绩通过值更官考核,完成由管理教育型军官向作战指挥军官的人生跨越。

"为什么要这样好强?"笔者曾多次问辽宁舰的航母女兵们。

维吾尔族女兵苏比努尔这样说:"我们每名女舰员都怀揣着航母梦想来到这里,辽宁舰是共和国的宝贝,我们必须好好干……"

苗族女军官宋美燕这样说:"13亿中国人中,能来航母的有几个? 能来是万幸,来了就当万分珍惜,不然就是有负时代,有辱'第一代航母人'的光荣称号……"

正如冰心所言:"创造新陆地的,不是那滚滚的波浪,却是它底下细小的泥沙。"这些平凡的航母女兵们,她们身披七彩马甲,战风斗

◎ 航母女兵航海值班(王松岐 摄)

浪,在大洋上书写新一代共和国女军人的奋斗航迹;她们悄悄咽下苦涩的泪水,洒下拼搏的汗珠,用青春铺就中国航母的深蓝航迹。

"我们是共和国的航母女兵,守护着海疆万里;我们是共和国的航母女兵,风雨中同舟共济;虽有真心,也有泪滴,初心不忘记。告别五彩缤纷的世界,走进蓝色军营……"这首中国航母女兵自编自唱的歌曲,每一个音符都是她们追梦的足迹,每一句歌词都是她们心底对航母这个大家庭的真情告白。

>>> 第九章
平凡英雄

有一种巧合,令人泪目。

2017年4月27日,中国国防部新闻发言人对外正式宣布:我国第二艘航空母舰日前下水。消息传出,举国振奋,世界瞩目。

这一天,恰好是中国航母舰载机飞行员英雄张超牺牲一周年的日子。

2016年4月27日,张超因飞机机械故障、在陆基模拟着舰训练中壮烈牺牲的那一幕,镌刻在国人的记忆中——

4.4秒,生死一瞬,张超毅然选择"推杆"挽救飞机,放弃了第一时间跳伞。没有留下豪言壮语,只有拼尽全力的执着,张超最终倒在离梦想咫尺之遥的地方——只剩下最后7个飞行架次,他就能飞"上"航母辽宁舰。

这一年,张超年仅29岁。他来不及给年迈的父母、亲爱的妻子、2岁的女儿留下一句话,便匆匆走了。

"无论何时,他的脸上都挂着灿烂的微笑。"这是张超留给战友最深刻的记忆。篮球场上,满场飞奔、笑声爽朗的是他;饭桌上,讲笑话逗大家乐的是他；训练中，面对风险笑容依旧的是他；最后一次飞行，他也是微笑着登上战机……张超走了，战友们才意识到：这微笑的背后，是如山的坚强。

暴雨如泣，英雄回家。张超的中学老师不愿相信"那个品质淳朴、学习认真的阳光男孩"就这样走了；张超的同学不愿相信"那个英俊帅气、有情有义的哥们"就这样走了。妻子张亚喃喃道："超，醒一醒，你给我买的新裙子，我还没穿给你看呢。"女儿的哭声，让送行的人们泪流满面，却没能唤醒"睡着了的爸爸"。看完飞行事故视频，老父亲抹干眼泪："崽，你尽力了，跟爸回家吧。"

张超很平凡，他因为投入到一项伟大的事业中而变得伟大。他用自己年轻的生命，在海天之间"飞"出一道永恒的航迹！

一支军队的胜利，从来都饱含着牺牲。

一项伟大的事业，从来都凝结着鲜血。

"假如有人问我，你的幸福感是什么？我一定告诉他：是鲜红的军旗上有我的血。"八一军旗的辉煌，是无数官兵用鲜血铸就的。今天，这面鲜红的八一军旗上，又增添了一个新的名字——张超。

生死之际，张超用无畏的担当阐述着这样一个深刻道理：作为共和国军人，今天的作为，决定军队明天的命运；今天的牺牲，就是为了明天战场上的胜利。

张超，这个平凡的名字，如今熠熠生辉的时代"航标"——

2016年8月，他被追授"时代楷模"荣誉称号；2016年11月，追授"逐梦海天的强军先锋"荣誉称号；2018年6月，追授"全国优秀共产党员"称号；2018年9月，中央军委政治工作部统一印制张超

◎ 张超首次驾驶歼–15舰载战斗机准备开飞

等10位英模的画像,并下发至全军连级以上单位。

(一)

"飞鲨"歼–15,国之利器,航母战斗力核心。

关于歼–15,在人们的记忆中,定格着这样一份辉煌——

2012年11月23日,戴明盟驾驶"飞鲨"战机首次在航母辽宁舰上起降,用一道完美的弧线开启了中国航母时代。

关于歼–15,在人们的记忆中,还珍藏着这样一份悲壮——

2016年4月27日12时59分,29岁的飞行员张超在陆基模拟着舰训练时,因战机突发机械故障,拼力一搏,他壮烈牺牲,悲憾海天。

惊天一落是英雄,折翼跑道亦是英雄。

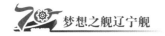

那一天,这一切,来得太突然。

前一秒,看到张超驾驶战机精准着陆,着舰指挥官王亮打出了"优秀"评分。

后一秒,已经接地的飞机竟然传来故障告警!

接下来发生的这一幕,让所有人猝不及防:机头急速上仰,飞机瞬间离开地面,紧接着,高高仰起的机身迅速下坠⋯⋯

"跳伞!跳伞!"时间太短,高度太低,伞还没有完全打开,张超便重重地摔在了地上。

这本该是一次完美的飞行。

飞行员丁阳还记得,出发前,张超向他眉毛一扬:"阳哥,看我的,一准拿个优秀!"

那是当天最后一个飞行架次。之前,张超已连续完成两个架次的超低空飞行。

作为海军超常规培养的舰载战斗机飞行员之一,张超仅用一年就完成了从陆基飞行向舰基飞行的转变。他,甚至得到了他仰慕的偶像——"'飞鲨'第一人"戴明盟的点赞。

滑跃起飞,跃升,建立"着舰航线"⋯⋯张超熟练驾驶战机,起落之间行云流水。

谁能想到,这个架次,竟是张超在天空中飞出的最后航迹!

浓烟中,救护车疾驰而来。忍着剧痛,张超断断续续地说:"我是不是不能再飞了⋯⋯"

然而,一切都来不及了——因伤势过重,张超壮烈牺牲。

回忆这一幕,海军舰载航空兵部队参谋长张叶说:"最后时刻,张超的眼神有对生的依恋,更多的是一种不甘心。"

张超这不甘心的眼神,只有战友才能深刻体会——"上舰"是他渴望已久的梦想。

在生命最后时刻,张超最难以割舍的依旧是这个梦想! 此刻,他离实现这个梦想,仅仅剩下7个飞行训练架次!

"他倒在了距离梦想咫尺之遥的地方。"戴明盟痛心地说,一年多前选拔舰载战斗机飞行员的时候,张超热切的眼神打动了他。

当时,戴明盟问:你知不知道风险? 年轻的张超没有丝毫犹豫,连说了三个"想":"想跟着您飞,想飞舰载机,想上航母!"

每看一次事发视频,战友们的眼眶就要红一次——

短短4.4秒,生死一瞬,张超首先选择了"推杆",拼尽全力挽救飞机。正是这个选择,让他错过了跳伞自救的最佳时机!

生死之界,一念之间。张超拼力一搏,悲憾海天。

戴明盟,这位泰山崩于前而面不改色的试飞英雄,为他落泪了。

男儿有泪不轻弹,只是未到伤心时。同屋室友艾群从小就很少哭,可那几天,他一想起张超悲壮的那一幕,就泪流不止。

面对记者,他哽咽着说:"每一天,我和他都是一前一后出去,一前一后回来。可这一次,我回来了,兄弟却没能回来。我真心地想他。"

在战友的眼中,张超是平凡的——

他和同龄人一样,喜欢在微信里秀恩爱、秀女儿,喜欢分享心灵鸡汤;他喜欢打篮球、喜欢看NBA,喜欢自己的偶像;他也喜欢打游戏,是个"瘾大技术差的家伙"……

出事的头一天晚上,他还对战友裴英杰说:"不知为啥,这几天特

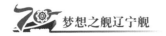

别想念宝贝女儿。"

"如果不是这次瞬间的壮举,张超依旧是平凡的。"海军舰载航空兵部队政委赵云峰说,"他和大家一样,每天默默无闻地为国飞行,默默无闻地追求着航母梦想。"

他走了,但他灿烂如阳光的微笑,定格在战友的记忆中——

"他笑起来,有两个酒窝。"机务班长杨风强说,每次碰到,张超都一口一个"老班长"地喊着。

"批评他,他也笑着。"在团参谋长徐英眼里,张超"脸皮有点厚",等你批评完了,他马上拉着你问这问那,直到把问题弄明白。

"他的笑,感觉很温暖。"战友孙明杰说,有段时间他因陷入飞行瓶颈而苦恼,张超笑着安慰:"不要着急,我当初比你还笨呢。"

在饭堂里,绘声绘色说笑话逗大家开心的是他;训练场上,面对风险依旧微笑的还是他……

张超是作为"插班生"加入舰载航空兵部队的。迎着初春的海风走进部队营区的时候,同班的飞行员已经进行了2年时间的学习训练。

张超,要在1年内赶上战友们2年的训练量。如果他能做到,说明新的训练方案是可行的,这将大大加快人民海军航母舰载战斗机飞行员培训进程。

除了加倍努力,张超没有捷径可走。

舰载战斗机着舰飞行有多难?"我们需要征服的是一座陡峭的山峰,向上攀爬每一步都须拼尽全力。"战友袁伟这样说,来之前他们是三代机的飞行尖子,来到这里连保持平飞都做不到。从思维理念到操作习惯都是颠覆性的,他们必须从零开始,重建信心。

舰载战斗机着舰飞行有多险?"这就像在刀尖上舞蹈,稍有不慎就会机毁人亡。"战友王勇这样说,航母飞行甲板跑道长度不到陆地机场的10%,飞行员在高空看到的飞行甲板就像一片在大洋上漂浮的树叶。

张超用微笑面对这前所未有的"难",面对这前所未有的"险"——作为中途选拔进来的"插班生",短短一年,他和战友成功改装歼-9、歼-15两型战机,探索出一条舰载机飞行员快速成长的新路。

"张超不是超人,他只是付出了超级多的时间、超级多的努力。"海军舰载航空兵部队副政委戚华栋说。

英雄平凡,笑容难忘。战友们都喜欢叫他"超"——

在团政委刘磊眼中,"超"是"赶超"的超。不知有多少次,刘磊在周末看到张超骑着单车去加练模拟机。背影无言,刻在刘磊心里。这个曾经让他担心的"插班生",用一次次进步让他彻底放心。

在战友邓伟眼中,"超"是"超越"的超。"如同一个百米运动员,已经跑出最好成绩了,但他还要不断挑战自己、突破自己。"裴英杰说,"每一次飞行训练,张超都会把皮鞋擦得锃亮。对于飞行,他不允许自己出现任何瑕疵。"

在战友艾群眼中,"超"是"超脱"的超。"收拾遗物,储藏室里他居然没有放任何东西。"艾群说,"他的心思全被飞行装满了,根本装不下其他东西。"

在老乡方振眼中,"超"是"超忙"的超。方振和张超两家仅相距

十几里,约张超吃饭,一次没来,两次还是没来……直到张超出事了,方振才知道这位老乡真的太忙了。送别战友,方振朝着家乡的方向举杯:"老乡,一路走好,我为你自豪!"

加入舰载战斗机部队6个月时,张超追平了训练进度;10个月时,他第一次驾驶歼-15飞机飞上蓝天。所有的课目考核成绩,都是优等。

"张超进步快,是因为他特别用心。"一级飞行员丁阳记得,有一天,飞完教练机,张超有个疑问,先是在餐厅和他讨论了半个小时,觉得还不清楚,吃完晚饭又跟着到宿舍,一直讨论到晚上十一点半才离开。

可丁阳刚躺下,张超又来敲门了,笑呵呵地说着抱歉,"有个问题想不通,睡不着"。两个人站在门口,直到把问题弄清楚,张超才满意地回屋休息。

"相守变永诀只是一瞬间,鲜活的面孔变成了怀念。"团参谋长徐英彻夜未眠,含泪写下长诗追忆这位并肩战斗的伙伴:"那一个地方是你的所在,那里安宁平静天空蔚蓝。"

这一天,注定要被张超和战友们记住——2016年1月19日,他们第一次驾驶"飞鲨"翱翔蓝天!

"那天,天气非常好。"战友孙宝嵩记得,当天晚上,所有人开心极了。

梦想开花的声音,是最美的声音。那段日子,妻子张亚有时会收到张超发来的帅照,"要不是他不允许,我好想在朋友圈发出来跟大家炫耀"。

回望张超的飞行生涯，梦想开花的声音曾一次次响起。

"碧海蓝天，战机穿云疾飞。"裴英杰至今清晰记得，自己第一次战斗起飞时的情景，"当时，张超飞的是长机，我飞的是僚机。"

那一次，张超带他飞过的那条航线，正是当年"海空卫士"王伟战备值班飞过的航线。

张超和王伟的相遇，不是偶然的。那是张超的人生选择———

2001 年，王伟的英雄壮举震撼着正在上中学的张超。从那时起，当飞行员的梦想，便在这个少年心头发芽。后来招飞，第一次没通过；第二年，他又继续……2004 年 9 月，他如愿以偿。

2009 年，作为优秀飞行学员，张超主动要求分配到王伟生前所在部队南海舰队航空兵某团。报到时，张超一句"我就是冲着王伟来的"，让时任团长邱伯川为之一振。

跟着英雄走的人，一定会有英雄的精神———

分到部队，他飞的战机是王伟曾飞过的歼 - 8；4 年之后，他飞上了王伟那一代飞行员梦寐以求的歼 - 11B；两年半之后，他又飞上了中国最先进的舰载战斗机。

翻阅张超的飞行档案，12 年的飞行生涯，他先后飞过 8 型战机！

"飞最好的飞机，把最好的飞机飞得最好！"作为飞行员，张超是幸运的。他赶上了中国航空兵跨越发展的好时代，赶上了参与中国航母伟大事业的历史机遇。

"时代选择了我们，我们绝不能辜负这个时代。"循着张超飞过的航迹，人们看到的是一个个"第一"：改装歼 - 8，第一个放单飞；改装歼 - 11B，提前 4 个月完成，同期第一个放单飞；舰载战斗机飞行员选

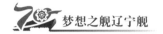

拔考核成绩名列第一……

西沙群岛见证了这位年轻飞行员的惊天之胆——跨昼夜飞行,张超在飞机突发漏油故障的情况下,冷静果敢,准确操作,驾驶战机安全着陆……

南海碧波见证了这位年轻飞行员的凌云之志——战斗起飞,他驾驶战机驰骋长空,用一道道航迹告诉世界"这里是中国的领空",告诉国人"这里有我们守护,请放心"。

诗人艾略特说:"四月是最残忍的季节。"15 年前的 4 月 1 日,王伟牺牲在海天之间。15 年后的 4 月 27 日,张超牺牲在飞向海天的路上。

张超走得很悲壮,宛如胜利前被最后一颗子弹击中的那个士兵。

"我一定要上舰!"在战友丁阳面前,张超不知多少次诉说着自己的梦想。"舰",指的是我国第一艘航空母舰辽宁舰。只有在航母上完成起降飞行训练,取得上舰资格认证,才能成为一名真正的舰载战斗机飞行员。

就在牺牲的前不久,张超在丁阳房间抽屉里看到了丁阳的"航母上舰资质证章"。回忆这一幕,丁阳说:"当时张超看得眼睛发亮,他把证章放在手里摸了又摸。"

"超,送给你了。""我不要你的,很快我也会有的!"说这话的时候,张超的眼神无比自信。

这一次,张超"食言"了。可在战友的眼中,他完全有资格获得属于自己的那枚"航母上舰资质证章"。

这一次,战友们要帮张超实现"梦想"。告别仪式上,全班战友集体送张超最后一程。团参谋长徐英将金色的"一级飞行员"标志,佩戴在他的胸前。

战友们说:"兄弟,等着,我们很快带着你一起上舰!"

此情切切,此情依依。

无数次,妻子张亚在心里一直憧憬这个场景:张超驾驶"飞鲨"战机成功落在航母辽宁舰上,凯旋之际,她和女儿手捧鲜花,在机库等着他……

这,曾是张超和她的约定。

每一次想到这,甜蜜就会涌上她的心头。她怎么也没有想到,曾经谋划的美好"约会"变成了如此冰冷的"重聚"——

殡仪馆里,张超穿着笔挺军装,静静地躺在那儿。

泪水奔涌而出,她不愿相信眼前的这一切。她一遍遍地轻声呼唤:"张超,张超……"

此刻,她多想告诉张超:"那条裙子,你还记得吗? 那是你为我买的生日礼物,我非常喜欢,我还没来得及穿给你看呢!"

此刻,她多想追问张超:"你不是答应我要生二胎了吗? 你为什么要弃我而去?"

此刻,她多想"控诉"张超:"你欠我太多约定,下辈子记得来还!"

剪下一束头发,放进张超的口袋。张亚说:"我不想跟你分开,下辈子我们还做夫妻!"

此刻,远方的女儿赶来了,父母亲也赶来了。

两岁的女儿不知道,那个经常晚上在手机里和她视频聊天的爸爸,永远地离开了。告别仪式上,女儿的哭声,让送行的人们泪流满

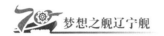

面,却没能叫醒"睡着了的爸爸"。

在张超宿舍,老母亲抱着床上儿子的遗物号啕大哭。张超,这位共和国的飞行精英,在母亲眼里,永远都是"孩子"——那个上小学生病时还要她喂饭的孩子,那个上高中每天要她送饭的孩子。直到现在,母亲仍定期给他寄自己做的辣萝卜干……

2016年清明节,孝顺的张超休假,陪着她回乡扫墓、走亲戚,陪着她一起到菜市场买菜。知道儿子喜欢吃她的拿手菜"烧腊鱼",母亲临走的时候专门给他做了一大锅,装进饭盒让他带回部队慢慢吃。同桌吃饭的徐英说:"那腊鱼真好吃,正是妈妈的味道。"

她和老伴都没有想到,半个月前的那次分别,竟然成了永别!

老父亲特别后悔,那一次他没有坚持把儿子送到车站。父爱无声,他静静地端详着儿子的遗像,回忆着儿子的点点滴滴。过年的时候,儿子照例给了他们一笔钱,他当时想说:"儿啊,你上军校时寄给我们的第一个月津贴,我到现在还留着呢……"

看完张超最后飞行的视频,老父亲沉默片刻:"真的没有更好的办法了?"

战友们摇头,老父亲说:"崽,你尽力了,爸也心安了!"

随后,老父亲问该部队副政委戚华栋:"视频能给我们保留一份吗?等孙女长大了给她看,让她知道她爸爸了不起。"

戚华栋心头一酸:"无论什么时候,孩子随时来随时看。这支部队永远在这里,永远是张超的家,永远是孩子的家。"

接过儿子骨灰的那一刻,这位坚强的父亲老泪纵横:"崽,跟爸爸回家吧!"

（二）

"含含爸－查理"，是张超的微信名。

细细品味，这个乍一看有些奇怪的名字，承载着这位年轻飞行员的生命之"重"。

"含含爸"——含含是张超女儿的小名。张超对女儿的疼爱甘之如饴，他不止一次对战友说，要让自己的女儿成为世界上最幸福的小公主。难怪，他给女儿取的大名叫：张上明珠。

"查理"——张超给自己取的英文名。在世界舰载战斗机飞行领域，"查理信号"是每一个新飞行员梦寐以求想听到的着舰信号。听到它，就意味着他们即将完成第一次着舰飞行，成为一名真正的舰载机飞行员。"飞上航母"，张超的梦想就写在这个英文名中。

两个身份，两个梦想。家与国，就这样扛在这个男人的肩上。

"灿烂星空，谁是真的英雄，平凡的人们给我最多感动……"张超拥有一颗赤子之心，他真心爱国，真心爱家，真心爱战友，真心爱着他生命中所爱的一切。

"文能握笔安天下，武能跨马定乾坤。"这是挂在张超宿舍门前的人生格言，也是这名年轻飞行员的理想抱负。

人已逝，言犹在。张超牺牲后，有人惋惜：他真不该来这里……

不该来的理由有很多，也很充分：论前程，他是原单位领导眼中的重点培养对象，团里已上报提拔他为副大队长；论家庭，妻子特招入伍，一家人刚团聚，女儿不满周岁，正需要父亲陪伴；论风险，歼－11B

于他早已驾轻就熟,飞歼－15却要从头开始……

然而,真正了解张超的人都知道,再给他100次机会,他依旧会选择来。

理由就一条——他要飞歼－15,目的不仅仅是像运动员冲击金牌那样挑战自我,更是为国担当:"祖国需要我们去飞,再大的风险,我们也要上。"

2015年3月15日,张超将这一天看作是自己的又一个生日:他如愿以偿成为一名舰载战斗机飞行员。

张超今天的选择,源自昨天理想的种子。

"先天下之忧而忧,后天下之乐而乐。"在家乡湖南岳阳,张超从小就会吟诵千古名篇《岳阳楼记》。

翻阅那因岁月流逝而微微发黄的档案,我们找到了12年前张超刚入航校时写下的一句话:"一个国家,要国泰民安,最重要的一个方面就是依靠强大的国防力量,特别是空中力量……"

"为祖国去飞行!"这颗种子,其实早就种在他的心田。

入团介绍人刘建老师曾对张超写下这样的评语:"品德高尚,性情淑均,志虑忠纯……"

今天细细读之,不由感佩这位老师的慧眼。用"志虑忠纯"这四个字来评价张超,最贴切不过——

2001年中美撞机事件,时为初中生的他,记住了一个英雄的名字:王伟。

8年之后,已是飞行员的他,到王伟生前所在部队报到时说:"我就是冲着王伟来的!"

"冲着王伟",就是为了报国。祖国终将选择那些选择祖国的人。面对航母事业的召唤,张超岂能不动心!

接到调令当天,他没来得及和战友说声再见,就踏上征程。

舰载机,航母"尖刀"。放飞舰载机,是航母形成作战能力的关键。

他想到过难,却没想到这么难;他想到过险,却没想到这么险。面对前所未有的难和前所未有的险,张超微笑面对,全力拼搏。

他知道,他和战友要为中国航母舰载机飞行闯出一条路。他知道,今天的飞行,是为了明天的胜利,冒再大的危险、吃再大的苦都值。

他没有日记,只有工作笔记,上面没有生命感悟,只有一连串的飞行数据。

无数个清晨,他迎着朝阳,提着飞行头盔,登上心爱的战机,"我们飞出的每一条航迹,都在勾勒中国航母事业美好的未来"。

无数个夜晚,他伏案总结着自己的飞行体会,"我们走过的每一步都要留下足迹,让后面的人沿着我们的足迹向前走"。

仅仅 1 年时间,张超完成了两型战机改装。这不可思议的成绩背后,是鲜为人知的艰辛。战友问,你不累吗? 张超回答,累,但我很快乐!

生命中最后一个架次,张超也是快乐地登上战机。

在生死一瞬,他做出的选择一如以往——国为重,己为轻。

张超,以自己的牺牲为代价,换来战友们的飞行安全;用年轻的生命,为祖国航母事业铺路。

嫩绿的茶叶,在清亮的茶汤中舒展。张超那熟悉的笑容,又在眼前浮现。

"喝起这茶,就想起我们的超。"在飞行员公寓,战友王勇"慷慨"

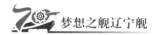

地和笔者一起分享这对他来说极其珍贵的茶叶。

这茶,是清明节张超托人从老家捎来的,战友每人一盒。张超的猝然离去,让王勇心痛,也让他品出了这茶的浓情。这盒茶只剩下了一小半,王勇舍不得喝,总觉得"喝完了就离张超远了"。王勇和战友们商量好了:等成功上舰的那一天,就泡这茶来庆功。

"张超就是这样,有啥好东西总惦念着我们每个人。"2016年春节,艾群被休假回来的张超"惊"到了——他手里拿着一个大大的纸箱,装的全是酱板鸭。

"兄弟,你准备开店啊?""味道真不错,给兄弟们尝尝。"那一天,他把这一袋袋酱板鸭,楼上楼下送到了每一个战友手里。

一盒茶,一袋鸭,礼物轻,情义浓。

这情义的味道,对于战友刘向来说,就是"槟榔的味道"。原本不吃槟榔的刘向,跟着张超久了,竟也渐渐爱上了这个味道。张超走了,嚼槟榔成了刘向"想念超哥最好的方式"。

"张超就是这样,心里啥时都装着战友,处处为别人着想。"战友徐英说,他的真诚不仅体现在生活细节上,更体现在工作点滴中。

一次,徐英问了张超一个技术问题,张超当场认真解答。半夜,张超敲开他的宿舍门,拿出一张纸:"怕有疏漏,我重新查资料整理了一遍。"第二天一早,张超又找上门:"昨晚打电话给战友,发现有个数据错了。"

徐英没想到,他的随口一问,竟得到张超3次答复。这就是张超对战友那份沉甸甸的"真"。

战友手足,携手出征,生死相托。

在战友裴英杰的记忆中,定格着这样一幕:海天之间,乌云翻滚,暴雨如注。7架战机油量所剩无几。危急关头,张超驾机冒险第一个迫降。沿着他闯出的航线,后续6架战机依次冲破雨幕,安全着陆。

在张超眼中,战机也是亲密战友。每次飞行前,他都会轻拍战机:"兄弟,出发了。"这也是为什么生死瞬间,张超的第一反应不是跳伞,而是拼尽全力保护战机。

张超刚牺牲的那几个晚上,同班战友聚在他的宿舍,不愿离去。他们把门打开,把灯点亮,期盼着能再次看到那个熟悉的身影……

然而,张超再也回不来了。"那个浑身透着真诚的兄弟走了。"战友们说,"我们现在特别怀念他那真诚的微笑。"

张超的微笑,是那种"标准的嘴角上扬15°"。航母辽宁舰的飞行甲板仰角是14°,多出来的这一度,就是张超对航母事业的无限热爱。

◎ 张超的微笑,是那种"标准的嘴角上扬15°"

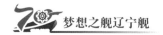

张超对女儿的爱,在战友眼中只能用"极致"二字来形容。"含含,我家的明珠……"每次说起女儿,张超的语气满是骄傲,眼里闪着光。

月上梢头,又到了跟女儿视频通话的时候。拿起手机的这一刻,张超的室友艾群心头一颤,眼泪涌了上来:"以往这个时候,我躺在我的床上跟女儿视频,张超也躺在他的床上跟女儿视频,我女儿比他女儿大 3 天。现在,对面的床空荡荡的,张超远方的女儿,是否还在等待手机视频中的爸爸?"

张超是个非常顾家的男人。每一次飞行结束,他第一件事就是给远方的妻子打个电话,因为他知道,妻子在为他担心。每天晚上,无论他多忙多累,视频里呈现给妻子和女儿的那张脸,永远是阳光灿烂。

每隔几天,张超就要给父母打电话。每一次他必说:"我好着呢,你们别担心。你们身体好,就是对我最大的支持。"

2016 年父亲节,作为儿子,张超不能再给他的父亲打电话了;作为父亲,他也没有机会再跟女儿视频通话了。那一天,妻子在微信朋友圈里发了他们一家三口的照片,下面写着:女儿想爸爸了!

张超走了,他那部承载满满爱的手机也不再响了。那部手机,张超用了 3 年多,外壳原本是银色的,现在边框都磨成了白色。战友徐爱平说:"你个老土,也不换个手机?"张超笑着回答:"用着挺好,还能将就。"

对自己,张超总是"将就"。同班的杨勇说,张超经常穿的一件 T恤,还是好多年前上航校时买的。

可是,对待妻女,张超从不将就。

妻子过生日,他特意买了件 3000 多元的裙子作为生日礼物。战友们说他真舍得,他立马回了一句:"自己的媳妇,自己不疼谁疼?"

对待家人,张超更是心细如发。战友在张超的遗物里发现这样一张小纸片:"爸妈,5000 元,两瓶酒;爷爷,500 元;姨父,500 元,两瓶酒……"

这是春节休假,张超给亲人准备的礼物清单。"军人会爱,只是没有时间去爱。"战友罗胡立丹说,放假对于他们来说是件奢侈的事情,张超每一次回家,都要为家人精心准备礼物。

"一个不爱家的人,怎能去爱国。"聊起这事,某舰载航空兵部队政委赵云峰说,张超是一个会爱的人,是一个懂得感恩的人。

军校毕业,刚领了第一个月工资,他一股脑全部寄回家;家里要盖房子,他二话不说拿出多年积蓄;每次回家探亲,他都陪着爸妈走亲戚……

"此生缘未了,来生再为妻。"那一天,妻子一遍遍亲吻着张超冰冷的脸颊,抚摸着他冰冷的双手,一遍遍呼唤着他的名字。这一幕,就连见惯了生离死别的殡仪馆工作人员都感动不已。

张超曾跟妻子张亚说过,如果有一天他死了,就把骨灰撒进大海。但这次,妻子没有听他的:"超,原谅我,就让我最后任性一次。把你的骨灰撒向大海我舍不得。让我把你带回去吧。"

张超走了,共和国失去一位优秀飞行员,这个普通的家庭少了一座山。

张超,这位能在生死关头做出惊人壮举的英雄,在母亲的眼里,永远是孩子。

安葬在烈士陵园的第一晚,风雨大作,母亲执意来到儿子的墓前,

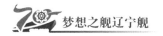

她说:"超儿,你小时候怕黑,妈妈来陪陪你……"

<h1 style="text-align:center">(三)</h1>

张超,一个极其普通的名字。

如果用互联网搜索,这个名字成千上万。

但是加上"舰载机"这一关键词,张超这个名字就是唯一的。

"人海茫茫,你不会认识我,我在遥远的路上风雨兼程……"如果不是瞬间的壮举,张超不会出现在人们的视线中,他依然在海天之间默默为国飞行。

清晨,海军某机场,战机呼啸。

第一个驾驭"飞鲨"的,依旧是他——"航母战斗机英雄试飞员"戴明盟。2016年他已45岁了。综观全世界现役舰载战斗机飞行员,他是名副其实的"老将"。

一切同以往一样,唯独少了一个熟悉的身影——张超。

2012年,歼-15"惊天一落"。举国欢庆之时,舰载机研制现场总指挥罗阳悲壮地倒下了。

2016年,年轻的舰载机飞行员张超,壮烈牺牲在航母事业的征途上。

"这是继罗阳之后,又一次无声的悲壮。"戴明盟说,航母事业对于我们来说是一项全新的事业,我们还有太多的事要探索,还有太多的路要跋涉。

回眸凝望，前进的脚步已经够快——短短 3 年，舰载航空兵部队悄然成军。

这支新生的部队，承载着国家使命、民族梦想。

张超的战友们记得，成立仅 3 个月，习主席便亲临视察，勉励大家再接再厉、深入钻研、勤学精练，早日成为优秀的航母舰载机飞行员。张超的战友们记得，胜利日大阅兵，他们驾驶"飞鲨"飞过天安门时，国人山呼海啸般的欢呼声。

这些记忆，不仅是荣光，更是催征号角：航母事业才刚刚起步，我们与世界的差距摆在眼前。海军某舰载航空兵部队政委赵云峰说："一代军人有一代军人的使命，我们的使命就是'赶路'！"

赶路，就要争分夺秒；赶路，就要风雨兼程。

"为了赶路，张超悲壮倒下。为了赶路，我们不能沉溺于悲伤。为了赶路，唯有擦干眼泪继续前行。"赵云峰说。

这支部队经历了大喜，又经历了大悲，变得更加成熟。在这里，每一个人都知道自己肩头的使命；每一个人都知道，他们的飞行牵动着祖国的目光。

王勇，张超的大队长。女儿出生的时候，他正在来新单位报到的路上。女儿呱呱落地的时刻，成了他人生记忆的空白。母亲病重，他连夜赶回。母亲做完手术，得知病情稳定，他第一时间打电话给单位："我马上赶回来。"

不是他不孝，只是他肩头的担子太重："飞行不是个人的事，事关航母，事关国家。"

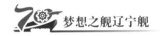

舰载机飞行员公寓里，"利用好时间"的标语格外醒目。在这支部队，时间不是以天计，而是以小时计、以分钟计。王勇和战友们，在短短一年内改装了两型战机，靠的就是日复一日的接力和冲刺。

"黑区"，2米见方，"镶嵌"在机场跑道上。这是张超和他的战友们，用战机创作的一幅"写意作品"，观之让人震撼不已——

这黑色，是战机轮胎着陆时与地面剧烈摩擦留下的；这2米见方的"黑区"，就是他们着舰飞行训练时模拟航母甲板的着陆区。

这"黑区"，分明就是中国舰载机部队探索的"足迹"，是他们艰辛成长的印记。

凝视这片"黑区"，笔者试图寻找张超最后一次驾机着陆时留下的那个印记。

然而，3个月过去了，胎痕交叉重叠，黑点密密麻麻，早已分辨不出哪一道是张超留下的。

"历史也许不会记住我们的名字，但一定会记住我们走过的路！"副团长孙宝嵩说，那一天，他亲眼看到了张超的壮举，目睹了事故时那浓浓的黑烟。

这悲壮的一幕，也让他和战友更加深刻地认识到，航母征程充满着荆棘与挑战，创新路上风险不可预知。

前方，还有风险在等待着他们。但这支部队不相信眼泪，只相信行动。

和张超一样，袁伟是海军超常规培养的舰载机飞行员。他说："过去的一年，飞行训练的起落架次，相当于自己过去六七年训练的总和。

每一次模拟着舰起落,都要承受数倍于以往的超负荷过载,一趟飞下来,从来都是汗流浃背。"

"每一天的飞行,看似重复,其实都是在创新。"舰载航空兵部队参谋长张叶说,这支部队有太多的"空"要填,太多的"坎"要过。

创新是这支部队最迷人的气质。在这里,"首次"从来都不是新闻。他们所干的事,几乎都是"首次"。

哪儿有教训了,他们记下来;哪儿有经验了,他们写下来。飞行员邓伟说:"我们现在所做的工作就是'栽树',方便后人'乘凉'。"

张超结合自己的飞行经验,总结出一套歼-15某型武器教学法。这份3000余字的教案,是他牺牲前为航母部队战斗力生成贡献的最后一份力量。

笔者在即将刊印的部队内刊《尾钩》清样上,看到了张超这篇文章。杂志主编、团参谋长徐英说:"我们一边是探索,一边也是在铺路,要让后面的人踩着我们的脚印,走得更实更快。"

那一天,战机的轰鸣声令人血脉偾张。笔者亲眼看到了他们用忠诚和血性上演的"刀尖舞蹈"。

舰载机飞行员气势如虹的飞行,他们的父母未曾看过,他们的妻儿未曾看过,他们的亲朋也未曾看过。这一震撼海天的"演出",只有唯一的"观众"——祖国。

这一幕,让人联想到20世纪我国原子弹爆炸时留下的那张经典照片——当巨大的蘑菇云腾起时,欢呼的人群、这些"两弹一星"的开拓者们,留给世人的只是一个个背影。

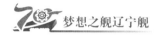

"天空没有留下我们的足迹,但鸟儿已经飞过。"今天,一架架"飞鲨"战机向海天飞去,我们看不到飞行员的面孔,看到的同样是一个个背影。

无名亦英雄!

很多时候,语言是苍白无力的,是无法表达自己心情的。

站在张超父亲面前,团政委刘磊深深地鞠了一躬:"老人家,对不起……"那一刻,刘磊哽咽了,他甚至没有勇气面对老人家的眼神。

向笔者说起这一幕,刘磊又一次眼眶发红:"张超的牺牲,没有让我们胆怯,反而让我们更团结,更执着,更勇敢。"

38天,查明战机故障,他们继续飞行;安抚好父母妻儿,他们继续飞行;为了早一天上舰、早一天让航母形成作战能力,他们继续飞行……

"大胆地飞,科学地飞,安全地飞。"在飞行事业里,第一要素就是勇敢,做不到勇敢这一点,后面的一切都是空的。做不到勇敢,就飞不出属于我们航母事业的那片天空。

"作为第一代舰载机飞行员,我们必须要有勇气面对未知的风险。"飞行员戴兴说,"张超用自己的生命,为我们着舰飞行开辟了通道。"

走进这支部队,你会发现,张超只是其中的普通一员。正如政委赵云峰所言:"张超不仅仅是张超,张超是'我们',张超是'张超们'。"

此时此刻,张超的战友曹先建,还躺在海军总医院。他正努力康复,期冀尽快重返蓝天。

发生特情被战友救回,曹先建见到政委赵云峰第一句话是:"对不起,我给组织添麻烦了!"

去医院救治途中,曹先建见到部队长戴明盟第一句话是:"我还能飞吗?"

什么是人生的境界?什么是军人追求?曹先建这两句质朴的话,给予了我们答案。

"作为飞行员,实现梦想是要付出代价的,有时就是生命。"年轻的飞行员史晋杰说。他的孩子刚过一百天,前阵子休假回家,他一有时间就把孩子抱在怀里,就是"想跟孩子多待会儿"。

为国担当,对家亏欠。铁汉柔情,动人心弦。

战友手足,不舍不弃。前路漫漫,携手同行。

飞行员艾群与张超住同一个房间。团里担心艾群触景伤情,提出让他换房间,艾群却说:"不用,我已经调节好了,能把这份'伤情'变成乐观、变成动力,把他装在心里,到时候带着兄弟一起上舰。"

不单是艾群,张超同班的战友都有这样一个共同的心愿:"无论前路有多么艰难,我们都要带着兄弟一起上舰!"

张超牺牲后的第50天,2016年6月16日,站在张超坠地后的那片草地上,面对全体飞行员,戴明盟的声音沉着而冷静:

"同志们,张超是为人民海军航母舰载机事业牺牲的第一位英烈,他既是一座精神丰碑,更是我们前进的路标。他时刻提醒我们,未来的考验还很多,要走的路还很长。但不管有多少未知,有多少风险,我们都将朝着既定目标勇敢前行!"

迎着无垠的海天，戴明盟第一个，张叶第二个，徐英第三个……滑行，加速，一架架"飞鲨"呼啸起航……

张超牺牲的 4 个月之后，2016 年 8 月 23 日，"带着兄弟一起上舰"这个心愿变成了现实——

那一天，渤海某海域，云飞浪卷，辽宁舰逆风疾驰。

"起落架襟翼尾钩放好，安全带锁紧！"艾群驾驶着"飞鲨"战机向塔台报告。"嘭！"，"飞鲨"战机呼啸而落，尾钩牢牢挂住阻拦索，轰鸣巨响中一道新的着陆胎痕"刻"在了飞行甲板上。

航母甲板上，爬下"飞鲨"战机舷梯，飞行员艾群拿出随身携带的手电筒，郑重地向人们展示："这是张超的。"作为室友，艾群用这种特殊的方式，帮张超圆了上舰的梦想。

◎ 艾群在爬下战机时向人们展示张超生前所用的手电筒，帮张超圆了上舰的梦想（张凯 摄）

那一天，《解放军报》刊发的文章如此评价：

> 我军新一批舰载战斗机飞行员驾驶国产歼－15舰载机在辽宁舰上成功进行了阻拦着陆和滑跃起飞飞行，标志着我海军舰载战斗机飞行员自主培养体系日趋完善，成为海军航母建设的又一重要里程碑。

那一天，战友们第一时间把这一喜讯告诉了张超的妻子张亚。"超，你知道吗？你的同班战友们在航母上胜利着舰了！"眺望海天之间，想到张超未竟的梦想，张亚悲切不已，泪如雨下。

张超牺牲的7个多月之后，2016年11月30日，在中央军委追授张超同志"逐梦海天的强军先锋"荣誉称号命名大会上，从海、空军三代机部队选拔的12名新入列舰载战斗机飞行员，郑重地从舰载战斗机老飞行员手中接过头盔，面向军旗庄严宣誓。我舰载战斗机飞行员队伍再添"新鲜血液"。

张超牺牲的10个月之后，2017年2月，《感动中国》为他写下这样的颁奖辞：

> 那四点四秒，祖国失去了优秀的儿子。你循着英雄的传奇而来，向着大海的方向而去，降落，你对准航母的跑道，再次起飞，你是战友的航标。

昔日硝烟战场上，回响着无名士兵用鲜血书就的豪言："为了你们的明天，我们失去了今天。"

今天,张超献出了年轻的生命,就是为了航母事业的明天,为了共和国军队的明天。

为了梦想,张超走了。为了张超的梦想,为了祖国的航母梦想,张超的战友们在海天之间继续默默飞行。

听,那昂扬的歌声回荡海天之间:"披着清晨第一缕曙光,年轻的'飞鲨'滑跃起航。穿梭在茫茫的海天上,谁在用忠诚书写信仰……"

◎ 海军新型战机编队鹰击长空(李唐 摄)

》》第十章
南下南下

海天之际,一轮旭日穿越厚厚的云层,冉冉升起。

这一刻,深蓝色的海水就像一个巨大的摇篮,包裹着航母辽宁舰。这一刻,远远望去,你甚至都不知道:是辽宁舰自己在"走",还是大海用波浪悄悄地"推"着辽宁舰。

霞光万丈,碧波无垠,海风习习,心旷神怡。此时,大海深处这片世界的美丽,宛若一幅油画,每一个细节都让人陶醉。时间似乎是静止不动的,唯有几朵白云在天空中悠闲地踱着步。

突然,巨大的战机轰鸣声响起。这震耳欲聋的轰鸣声,瞬间"点燃"了大海深处这片世界所蕴藏的活力。

觅声而去,只见一架歼-15战机迎着旭日从辽宁舰舰艏腾空而起。灿烂霞光,给歼-15战机披上了一件"金色的外衣"……

这一刻,航母辽宁舰飞行甲板上七彩马甲流动,一派繁忙。

顺利放飞第一架歼-15战机,被称为"航母放鹰人"的二级军士长张乃刚,快步走下了辽宁舰滑跃甲板前端起飞站战位。摘掉通信头盔和防风镜,汗水顺着他的脸颊淌了下来。

抬起手、眯着眼,他望了一眼歼－15战机远去的背影。此刻,这位曾参与完成歼－15战机在航母上首飞的老兵,眼神里少了一份昔日那如火的兴奋,多了一份身经百战之后的镇定和自信。

◎ 走向战位(张雷 摄)

这一天,是2017年1月1日。这一飞,是新年度歼－15战机在航母辽宁舰上的"第一飞"。这一天,中国南海上空首次出现"飞鲨"歼－15战机的矫健身影。

这一天,以辽宁舰为核心的中国海军航母编队,首次航行在南海。

这一天,对于二级军士长张乃刚来说,"没有什么特别,一堆事等着我,从早忙到晚"。

这一天,和二级军士长张乃刚一样,在远航的航母官兵记忆之中,他们和往常一样忙碌。

乘着工作间隙,张乃刚连忙跑到餐厅吃早餐。餐厅里,满满当当,到处都是人。早餐很丰盛,新出笼的馒头还冒着热气。

这个时候,餐厅里的电视,正在播放习主席发表的新年贺词——

"新故相推,日生不滞。"即将到来的 2017 年,中国共产党将召开第十九次全国代表大会,全面建成小康社会、全面深化改革、全面依法治国、全面从严治党要继续发力。天上不会掉馅饼,努力奋斗才能梦想成真……

上下同欲者胜。只要我们 13 亿多人民和衷共济,只要我们党永远同人民站在一起,大家撸起袖子加油干,我们就一定能够走好我们这一代人的长征路。

听着听着,张乃刚感觉到"有一种温暖、有一种力量,在心中涌动"。和张乃刚一样,许多官兵都听入了神,放下了手中的筷子。

这一天午饭后,舰上的广播里,播出了辽宁舰 2017 年新年寄语——

今天是 2017 年 1 月 1 日,农历腊月初四,我们在祖国美丽的南海上,在紧张的训练试验中迎来了新年的曙光。回首刚刚过去的 365 个难忘的日子,我们同甘共苦、同舟共济,共同收获喜悦和成长,感动和感悟,也收获了沉甸甸的荣誉和成绩。相比 2011 年刚出发的时候,此刻历经大海和风浪洗礼的我们,早已变得更加沉着和自信,充满了对未来无限的

期待和向往……

　　光荣属于昨天，新的荣誉等待着我们去创造。回顾过去一年辛苦而充实的工作，我们喜悦而感慨。展望未来的漫漫征途，我们踌躇满志，豪情满怀。2017年是航母战斗力建设的关键之年、攻坚之年……深蓝的大海召唤着我们，新的任务在等待着我们，让我们高扬起理想的风帆，向着深蓝，向着胜利扬帆远航！

　　听着听着，张乃刚不知不觉中热泪盈眶，他感觉"这每一个字都是自己和身边战友心里想说的话，回头要把这些话给自己的家里人也说说"。

　　如今，回望这一天，笔者发现：差不多就是从这一天开始，中国航母事业的发展，又一次进入到前所未有的"快节奏"——

　　南下南下，中国航母编队从渤海，到黄海、东海，穿越宫古海峡，到西太平洋，过巴士海峡，进入南海；

　　南下南下，中国航母编队过台湾海峡，到香港；

　　南下南下，中国航母编队赴南海参加共和国历史上规模最大的海上大阅兵……

　　短短2年，笔者跟随辽宁舰一次次南下远航，亲眼看到了中国航母的快速成长。中国航母的这种快速成长，就像"一个正处在青春期的孩子，隔段时间不见个头就会长一大截，让父母吃惊"。

　　2018年5月31日，中国国防部举行例行记者会，国防部新闻发言人正式对外发布——

辽宁舰入列以来，按计划有序组织了包括远海作战运用演练在内的一系列综合演练，有效检验了航母编队综合攻防体系的建立和保持。航母编队训练向远海作战运用深化拓展，已经初步形成了体系作战能力。

歼－15舰载机成功在夜间进行滑跃起飞和阻拦着舰，标志着辽宁舰舰载机具备了夜间起降能力。

"辽宁舰航母编队初步形成了体系作战能力！"细细咀嚼这一看似风轻云淡的"专业结语"，来之太不易，字字千钧，字字凝结着航母辽宁舰官兵的心血——他们洒下的每一滴汗珠，都融入航母辽宁舰壮丽的航迹之中，都将被祖国铭记，被大海珍藏。

伟大的事业，需要伟大的付出；伟大的事业，更需要平凡的积累。

自2012年9月辽宁舰入列，时间已过去了七个年头。七年来，年轻的海军官兵们风雨兼程，全力以赴，用一腔澎湃的热血，驱动航母辽宁舰从"零里程"驶向了远海大洋；驱动着辽宁舰从"能航行的航母"向"能打仗的航母"跃升；驱动中国航母编队挺进深蓝，形成了实战能力。

（一）

透过舷窗向外望去，景色与往日并没有什么不一样，除了海水还

© 中国海军航母编队在海上航行 (莫小亮 摄)

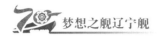

是海水。

可士官长黄活明就是抑制不住内心的兴奋,他的目光始终贪婪地向外望去,似乎要在茫茫大海中寻找着什么。

和士官长黄活明一样,这一时刻,许多航母官兵心中都沸腾着一种难以言表的兴奋和自豪。因为,官兵们正在创造历史,官兵们正在创造共和国的历史——

这一时刻,辽宁舰正航行在宫古海峡,即将穿越第一岛链。这一时刻,中国航母编队第一次穿越宫古海峡,突破第一岛链。

这一时刻,北京时间 2016 年 12 月 25 日清晨。

笔者也是这一历史时刻的见证人——这天清晨,由辽宁舰及属舰组成的中国航母编队首次穿越宫古海峡进入西太平洋。导弹驱逐舰长沙舰、郑州舰在辽宁舰舰艏前方依次排开,导弹驱逐舰海口舰、导弹护卫舰烟台舰分居两翼,导弹护卫舰临沂舰殿后,航母编队通过宫古海峡这一国际水道。

这一天,距离辽宁舰正式入列 4 年零 3 个月。

作为第一岛链的"咽喉",宫古海峡位于日本琉球群岛的宫古岛与冲绳诸岛之间,是连通东海和太平洋的最重要的海峡,宽约 120 海里。

岛链是冷战时期由美国战略学者杜勒斯提出的一个概念,它既有特定地理上的含义,又有政治军事上的内容。1951 年 1 月,时任美国国务院顾问的杜勒斯提出,"美国在太平洋地区的防务范围,应是日本、琉球群岛、中国台湾、菲律宾、澳大利亚这条岛屿链"。这是岛链首次被作为明确的军事政治概念提出。

按照美国人的设计,第一岛链——北起千岛群岛、日本列岛、琉球群岛,中接中国台湾岛,南至菲律宾群岛、大巽他群岛;第二岛链——起点是日本列岛,经小笠原诸岛、火山列岛、马里亚纳群岛、雅浦群岛、帕琉群岛,延至印度尼西亚的哈马黑拉群岛;第三岛链——以美国夏威夷为中心,北起西太平洋且靠近亚洲大陆沿岸的阿留申群岛,南到大洋洲的相关群岛。

从国际法上说,在西太平洋相关海域和海峡,各国均享有航行和飞越自由的权利。宫古海峡、大隅海峡等相关水域是中国海军通往西太平洋的必经之路,中国海军舰艇途经上述水域赴西太平洋训练,符合《联合国海洋法公约》以及其他公认的国际法准则。辽阔的西太平洋是亚太许多国家海军的天然练兵场,中国当然也不例外。

对此,航母辽宁舰首任政委梅文写下了这样一句话:"第一岛链、第二岛链,不应是束缚海军发展的'锁链',而应是走向远海大洋的'航标'。"

曾经,人民海军突破"第一岛链"十分不易——

1976年底,人民海军252潜艇率先出征。由于缺少相关的海况资料,穿越第一岛链时,252潜艇发生了险情——空气压缩机发生故障。在指挥员许志明带领下,252潜艇官兵不惧生死,排除故障,成功突破"第一岛链",进入西太平洋。这是人民海军历史上第一次穿越"第一岛链"。

1980年4月底,为完成远程运载火箭末区弹着点测量、打捞数据舱和护航警戒任务,海军18艘舰船组成的大型特混舰艇编队,驶出领海、穿过岛链,首次亮相太平洋。这是人民海军成立以来水面舰艇编队首次进入大洋。此次远航,我国自主研发设计的第一代远洋综合补

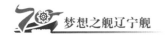

给船,成功为驱逐舰进行了58次横向补给,这标志着人民海军已经具备了远洋能力……

如今,40余年过去了,从远洋训练到舰艇出访,从远洋护航到撤侨护侨,人民海军迈步远海,已是寻常之事。

如今,中国航母编队首次穿越"第一岛链"。一时间,这一新闻成为世界关注的热点。有的国家不怀好意,声称"中国已经肢解了第一岛链"。

对此,中国军队展现出来的态度显得从容而淡定——

2016年12月24日,海军新闻发言人梁阳对外宣布:海军辽宁舰编队赴西太平洋海域开展远海训练,此次训练是根据年度训练计划组织实施的。

同一天,《解放军报》刊发消息,披露了这样两个值得注意的细节——

在黄海某海空域,多批次歼-15舰载战斗机从辽宁舰飞行甲板起飞升空,开展了空中加受油、空中对抗等多项训练任务。

在此之间,辽宁舰编队组织了实际使用武器演习,歼-15舰载战斗机和辽宁舰发射各型导弹十余枚,对目标实施了准确打击,取得了良好的训练效果,达到了预期的目的。

2016年12月29日,国防部新闻发言人就辽宁舰编队训练、日防卫大臣参拜靖国神社等答记者问。他表示:"这次辽宁舰编队的相关训练是年度计划内的例行性训练。既包括西太平洋有关海域,也包括其他有关近海海域。有关具体训练情况,相关部门会适时发布信息。"

天色渐暗,辽宁舰劈波斩浪,航行在这片从未来过的大洋中。士官长黄活明心里头的那股兴奋劲,依旧在胸腔里涌动跳跃。晚餐,忙碌了一天的他吃了两大碗米饭,"心情好胃口自然也好,吃啥啥香"。

晚上,航海部门交班,航海长刘祥对大家说的话,士官长黄活明至今清晰地记得:"走出第一岛链对我们来说,只是一个开始。我们的航母距离形成实战能力,真正走向深蓝还有一定差距,我们要保持清醒头脑,以百倍的工作热情投入到后续的各项训练任务中。"

那一夜,士官长黄活明失眠了。中国航母编队航行在太平洋上的第一夜,这个老兵想起了当新兵时上的那一艘小小的舰艇……

(二)

当最后一抹晚霞被夜幕吞没,辽宁舰开启舰面灯光,甲板轮廓灯勾勒出夜色下中国首艘航空母舰的身躯,泛光灯点亮了被称为"世界上最危险的4.5英亩"的飞行甲板。

系留在甲板上的歼-15舰载战斗机,结束了一天的轰鸣、滑跃、起飞、演练、着舰,犹如一只只长途飞行的鸟,栖息在静谧的小岛上。

这一天,是2017年1月1日。此时此刻,辽宁舰航母编队正航行在南海上。

这一天晚上,笔者和航母辽宁舰官兵们一起度过了一个难忘的元

旦。那晚,走进辽宁舰水兵餐厅那一刻,笔者被眼前温馨的场面打动了。这一刻,辽宁舰变成了一个温暖的家,不再是白天所呈现出的那张冷峻的"战斗面孔"。

战友们给二级军士长翟国成制造了一个惊喜——轻柔的音乐声中,由航母舰员自己制作的蛋糕被缓缓推出。翟国成嘴巴张成了"O"形,他没有想到大家会这样给他过一个难忘的生日。

这,不仅是翟国成的生日蛋糕,也是官兵们的新年蛋糕。

远航一路,他们实在是太累了——中国海军航母编队经渤海、黄海、东海,穿越宫古海峡、巴士海峡进入南海,进行了多项跨海区训练和试验任务。

此刻,舰员们一扫远航的疲惫,一张张脸庞上绽放着灿烂的笑容。

轻咬一口蛋糕,翟国成品味到了一种别样的甜——

◎ 海上夜色中的辽宁舰璀璨夺目(王松岐 摄)

一路远航,他不仅目睹了西太平洋的深蓝,更见证了"飞鲨"在辽宁舰甲板密集放飞和回收的震撼。尽管他和战友为此在甲板上挥汗如雨,但他知道,正是汗水的"咸"酿造了此刻的"甜"。

这份甜,同样甜到了海军某舰载航空兵部队飞行员的心里。

笔者在飞行员餐厅看到,海军某舰载航空兵部队部队长戴明盟和辽宁舰副舰长于璨维一起切开蛋糕,分送到飞行员手中。

戴明盟身后的电视屏幕上,滚动播放着飞行员手捧着上舰资格证书等大幅图片。那是 2016 年 8 月中旬,最新一批舰载战斗机飞行员驾驶"飞鲨"成功着舰后欢庆小聚的开心时刻。

戴明盟的身旁,围坐着张叶、徐爱平、祝志强、罗胡立丹等多名飞行员。"9·3"胜利日大阅兵,他们驾驶"飞鲨"飞越天安门,接受了习主席的检阅。

餐厅里,人越来越多。结束了一天的紧张训练,航母官兵分享着新年喜悦。这份喜悦,是他们肩负使命,星夜兼程,辛苦付出换来的回报。

新年的喜悦,也洋溢在辽宁舰时任舰长刘喆的脸上。他一边吃着手里的蛋糕,一边对笔者说:"3 年前,辽宁舰首赴南海,飞行甲板上没有一架歼－15 舰载战斗机。如今,再次来到这片风云变幻的海域,携数架歼－15 舰载战斗机和多型舰载直升机的航母辽宁舰,与数艘驱护舰组成了航母编队。"

向南,向南,向南……笔者多次随舰出海训练,对驻舰战机的数量变化体会也特别深刻——以往,驻舰飞机数量少,机库里空荡荡的。如今,机库被各型飞机塞得满满的,走路都得侧着身子。

　　向南,向南,向南……笔者见到,辽宁舰编队在一次训练的几个小时之内,海上防空等级转进、对空防御体系保持、舰载机空中拦截和对海打击、编队区域防空等训练环环相扣,步步紧推。

　　向南,向南,向南……跟随航母辽宁舰一路远航,笔者看着海水的颜色从黄色变成墨绿、从浅蓝变成深蓝。

　　南下远航这一路,目睹了中国航母编队的诸多"第一",目睹了航母官兵许多鲜为人知的艰辛,可不知道为什么,2017 年第一天的晚霞,在笔者记忆中的印象最深,也最令人陶醉。

　　那一天,沐浴着灿烂如火的晚霞,海军舰载航空兵部队某战斗机团团长徐英,一脸认真地对笔者说:"我们跻身于一个历史大事件,不是策划出来的,而是遇见。"

　　"遇见大时代,我们是最幸运的一群人。"这是徐英和战友们的共同感受。在中国航母编队首次突破岛链远航南海的这一历史事件中,作为舰载机飞行员,徐英和他的战友们有幸成了创造者;作为随军记者,笔者则有幸成了见证者和记录者。

　　今天的新闻,就是明天的历史。

　　如今,回忆跟随中国航母编队穿越第一岛链赴南海的那段难忘日子,笔者昔日发表于报纸上的那一篇篇独家报道,竟成为公众了解这一鲜为人知的历史事件的"珍贵史料"——

　　【报道一】

中国南海上空首现"飞鲨"身影

　　浪奔浪涌,辽宁舰顶着风雨在南海某海域前行,摇摆起伏的飞行甲板上停放着各型战机。今天上午9时30分许，随着起飞助理郭晖和战友标准的放飞手势，歼－15舰载战斗机滑跃起飞，冲向云层低垂的天空，中国南海上空首现"飞鲨"身影。

当天，多批多架次歼－15舰载战斗机和多型舰载直升机从航母甲板上起飞升空。这是执行跨海区训练和试验任务的辽宁舰编队在南海某海域一系列训练科目之一。连日来，中国航母编队各舰及舰载机在指挥所的高效指挥下，开展了多个项目的训练试验。

与渤海、黄海和东海相比，南海海域水文气象条件更加复杂，加之连日来受冷空气影响，训练海域海况较差，给舰载机起降训练带来了诸多挑战。据辽宁舰舰长刘喆介绍，自起航以来，航母编队已经组织多批次歼－15舰载战斗机和多型舰载直升机放飞和回收，进行了空中加受油、空中对抗等多项训练。

编队指挥员陈岳琪说："航母编队出第一岛链，挺进大洋，是全面提升编队综合能力的重要一步。此次执行训练和试验任务，跨多个海区开展舰载战斗机战术训练，按航母编成组织全要素全流程整体训练，构建航母编队远海作战指挥体系和保障体系，锻炼了舰机融合水平和编队协同指挥能力。"

（《解放军报》南海某海域1月2日电）

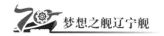

【报道二】

凌晨时分,记者跟随辽宁舰政治工作干部夜查全舰三十余个战位——

跃动在辽宁舰上的"生命线"

"零点至四点的更,我们叫'神仙更',零点前睡不好,四点以后睡不着。"

1月5日,零点刚过,辽宁舰舰政委李东友带领航海部门政委杨繁军和两名干事抱着食品,慰问最辛苦的这一更次官兵。

夜查第一站,是主甲板上3层舰岛的驾驶室。仪表显示器的微光映衬着一张张年轻的笑脸,李东友将食品一一拿给值更官兵,并与他们轻声交谈。

透过驾驶室舷窗往外看,夜空下,辽宁舰滑跃甲板仿佛高昂的龙头,劈开涌浪,一往无前。

飞行甲板上一片静寂。经历一整天紧张激烈的对抗演练,歼-15舰载战斗机和多型舰载直升机已经悄然入库。

下一站是位于主甲板下方4层的3号损管站。从驾驶室到那里得走下7层舷梯,走在前方的李东友带着记者熟练地左转右拐。

"夜查一次,得两个多小时,爬上爬下最伤膝盖……"杨繁军告诉记者,李东友落下了较严重的膝伤。

6年前,航母首航那一天,首任政委梅文和时任副政委李东友打着手电筒,分头带队夜间巡查。自此,政治工作干部夜查延续下来,形成制度。

往上,向下;往上,再向下……辽宁舰全舰有人值守的舱室有30多个,分布在各层甲板。在这有3000多个舱室的钢铁迷宫里,记者跟着走了没一会儿,完全失去了方向感。

穿过一条条通道,打开一道道水密门。每到一处,李东友都微笑着跟官兵打招呼、唠家常。

不知不觉中,我们已经走了两个多小时,也来到了夜查的最后一站——二号电站机舱。

刚推开舱门,一股热浪便迎面而来。这里不仅温度高,而且噪音大,说话即便贴在耳边也很难听清楚。

此刻当更的是机电部门战士刘剑亚和郝磊。郝磊正猫身准备钻下垂直舷梯巡查,舷梯下方是密密麻麻的管道线路。李东友上前拍拍郝磊肩膀,提醒他注意安全……

就在记者跟随夜查的同一时刻,该舰多路官兵正在对蜿蜒无尽的管道线路进行例行巡查。

这便是辽宁舰上人人皆知的"生命力巡逻更"。巡查人员每隔1个小时就要沿着不同的路线进行安全巡查,他们要在每一处检查点刷电子卡片,如同体检,记录各处的健康状况。

"安全是航母的生命,决不允许跑冒滴漏!"李东友说,"政治工作是做人的工作,生命线说到底走的是兵心……"

2时20分,李东友回到房间。桌上放着一个手工礼盒,那是哈萨克族女兵加孜拉精心制作的新年礼物,礼盒里装满官兵的祝福字条。

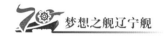

看着礼盒,记者脑海里回响着这样几个字:生命力,生命线;生命线,生命力……

(《解放军报》南海某海域1月5日电)

【报道三】

甲板上狂风如刀,机舱内热气如蒸。同一舰同一日有着两重天——

航母上的冷与热

海风呼啸。

一架架歼-15舰载战斗机从辽宁舰甲板放飞,一个熟悉的姿势定格在记者的视线中。"走你!"这个为亿万国人熟悉的"航母 Style",此刻正在接受着舰艏吹来的强风洗礼。

凌晨4时30分,四级军士长贾贺亮特意多穿了一件毛衣,但一到甲板,人便被风吹透。

见一旁的记者被吹得站不稳脚跟,贾贺亮笑着说:"北风如刀,你要坚实如砧板!"

连日来,辽宁舰及其属舰组成的中国航母编队出渤海,经黄海、东海,穿越宫古海峡进入西太平洋,然后由巴士海峡抵达南海。甲板上的"贾贺亮们",尝遍了不同海域海风的温度和力度。

相比于甲板上的冷,辽宁舰的另外一些部位正在经受着热的考验。

从飞行甲板往下 8 层,便来到辽宁舰的深舱。这里是航母的"心脏"部位——主机锅炉所在地。几乎与贾贺亮起床时间相同,主机锅炉班下士于志东也在这里开始了一天的值更。

于志东把装满水的水壶小心放下,戴上防高温手套,以免被交织密布的管线烫伤。此时,舱壁上的温度计显示:52 摄氏度。很快,汗从他的额头上和脖子上渗出来。

面对震耳欲聋的主机轰鸣声,于志东从衣服里拿出一种特制的耳塞,塞到耳朵里。在高温与高噪音的双重夹击下,记者感到心跳明显加快,心里一阵发慌。

"这么吵、这么热,能受得了吗?"记者大声喊着问。于志东喊着回答:"习惯了!"

于志东和他的战友实行轮班制,每人值更 3 个小时。温度高的时候,浑身内外都能湿透。

相隔 8 层甲板,冷热两重天。对于航母舰员而言,穿梭在寒冷与酷热之间,是一种默默无闻的奉献。

这是一种冷静之"冷"。那一天,在辽宁舰海图室,舰长刘喆在海图上比画着,语调异常冷静:"前方还有很长的路等待着我们去走、去闯、去试,在硕大的航母面前,我们还是探索学习的小学生……"是夜,海上狂飙突起,刘喆和他的战友劈波斩浪。

这更是熔化钢铁的热血之"热"。"我用汗水洗去你遍身的灰霾,我用激情点燃你的勃勃生机。"舰政委李东友宛如诗人,他豪迈感言:在辽阔的大海里,我和我的辽宁舰,是理想主义的旗舰……

冷热之间,中国航母勇毅前进,焕发出澎湃力量。

（《解放军报》南海某海域 1 月 7 日电）

航母辽宁舰官兵们常说:"是人,而不是船在战斗。"

在跟随航母辽宁舰远航期间,笔者常常被这些质朴可爱的官兵们感动着。从高耸的舰岛、宽阔的飞行甲板到水线下的机舱,他们像一颗颗最坚固的螺丝钉,铆在战位上,用踏踏实实的工作和默默无闻的付出,推动着这艘巨舰破浪前行。

在南海完成了相关训练任务后,辽宁舰航母编队北上,经台湾海峡返回青岛母港。没想,这一路,航母编队的每一步都引发了超高的"回头率"。英国广播公司,法新社,美联社,日本《每日新闻》《产经新闻》等媒体纷纷就此做了报道。

台湾地区《联合报》对此这样报道:辽宁舰航母率多艘护卫舰只,由宫古水道穿越第一岛链,进入台湾东部海域训练,接下来经巴士海峡前往南海,创下"航空母舰绕台一周"的纪录。

2017 年 1 月 11 日中午,航母编队进入台湾海峡。笔者记得:那一天,没有安排飞行训练,航母甲板上空空荡荡,官兵们都在舱内进行各自训练。

海军少校刘江珣,作为辽宁舰的法律顾问,2013 年曾随舰穿越过台湾海峡。"3年前的那一次觉得心情很激动、很兴奋,现在没啥特别的感觉了。"刘江珣这话,道出了官兵们的共同感受。

舰走四海,鹰击长空。航母官兵们的这份淡定,是经过风雨历练之后的从容。

2天后,2017年1月13日下午,中国海军航母辽宁舰编队航行一路、训练一路、检验一路、研究一路,顺利完成跨海区跨年度训练和试验任务,安全返回青岛母港。

(三)

历史,有时浓缩成一幅幅经典画面,搁在国人的记忆深处。

人们永远不会忘记1997年香港回归时令人热血沸腾的那一幕——

1997年6月30日23时58分,中、英两军在香港威尔斯军营进行交接仪式。中国人民解放军驻港部队中校谭善爱,昂扬地走到英军中校艾利斯面前:"艾利斯中校,我代表中国人民解放军驻港部队接管军营,你们可以下岗,我们上岗。祝你们一路平安!"

人们也永远不会忘记2017年香港回归20周年时举国振奋的那一幕——2017年7月7日清晨7点20分,中国航母编队进入香港特别行政区区界。辽宁舰700余官兵在航母飞行甲板上列队排成"香港你好"字样,以海军独有的方式向香港市民表示问候。

站在"香港你好!"的字样里,辽宁舰作战部门电子对抗分队操纵兵、美丽的维吾尔族姑娘麦吾力格外自豪。麦吾力自己也没想到,会以这样独特的方式来到自己梦寐已久的"东方之珠"。

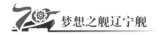

对于麦吾力和她的战友来说,这将是她们青春之中最"酷"的记忆。麦吾力清晰地记得:那天清晨,天空还飘了一会儿小雨,很快又晴朗起来,深蓝色的海面上升起一道跨越天际的彩虹,像一座彩色的拱门迎接她们的到来。

在人们的视线中,辽宁舰缓缓而行,在海面上拖出了一道长长的航迹。经过港岛南部的海怡半岛,现场守候的香港市民雀跃起来,还有人在10多层高的楼上打开对海的窗户,探出身子向辽宁舰致意。

上午9时许,辽宁舰在维多利亚海港西面锚地顺利靠泊。航母编队中的导弹护卫舰烟台舰、导弹驱逐舰银川舰和济南舰,依次停靠昂船洲军营港池码头。

此时,昂船洲码头彩旗飘扬、锣鼓喧天。香港特区政府在这里举行隆重欢迎仪式,行政长官林郑月娥率特别行政区政府主要官员出席仪式。

手持国旗和区旗的香港学生沿着码头向缓缓靠岸的银川号和济南号导弹驱逐舰、烟台号导弹护卫舰挥手致意。舰上官兵军容严整、面带微笑,向着香港同胞致以来自大海的问候,身着白色海军制服的官兵在天空和大海衬托下格外英武。

这一刻,香港回归祖国20周年纪念活动进入了"航母时间"。

"香港你好!"

"祖国万岁!"

香港,国之门户;航母,国之重器。近代中国遭受到470余次来自海上的入侵,香港更是经历了屈辱的殖民统治。香港回归的20年也是解放军进驻香港、保卫香港的20年,在强大国防力量的保护下,东方之珠更加璀璨。航母辽宁舰赴香港,就是向世界传递出这样一个信号:人民军队有能力捍卫国家的主权安全与发展利益,守护人民的幸福生活。

"这是美丽的祖国,是我生长的地方,在这片辽阔的土地上,到处都有明媚的风光……"7月7日,辽宁舰在香港举行甲板招待会,航母编队官兵与在场嘉宾亲切交谈,并合唱了歌曲《我的祖国》。甲板招待会开始前,香港特区行政长官林郑月娥参观辽宁舰并检阅该舰仪仗队。海军副司令员、编队指挥员、海军中将丁毅在招待会上致辞,并与林郑月娥共同切开象征欢乐和祝福的宴会蛋糕。

香港著名歌手张明敏,当年一首《我的中国心》,唱出了亿万华夏儿女的家国情怀。在航母甲板招待会上,张明敏说出的话滚烫滚烫:"从小我是在湾仔长大的,曾经看到过那么多的外国航母停泊维多利亚港,我内心一直盼望着祖国的航母来到香港,中国舰就是我的中国心!如今,美梦成真,我感到无比激动和自豪!"

7月8日,香港细雨绵绵。停泊在维多利亚港的中国首艘航空母舰辽宁舰,首次向自己的国民敞开怀抱,香港市民有幸成为踏上甲板的第一批客人。

虽然天空下着雨,却丝毫影响不了参观市民激动的心情。

第一位踏上辽宁舰的是市民吴宪先生。头戴海军迷彩帽,双手挥动着国旗和香港特区区旗,吴先生难以抑制激动的心情:"辽宁舰,我来啦!祖国万岁!"

一位满脸稚气的儿童,蹦蹦跳跳地踏上辽宁舰。辽宁舰政委李东友将一顶标有"16"舷号的舰帽,作为特殊礼物送给小朋友。小朋友用稚气的声音坚定地说:"长大了我也要当海军!"

◎ 哈萨克族女兵加德热拉·哈布力观察海空情况(张雷 摄)

航母甲板上,一位女兵受到香港市民"围观"。这位来自新疆的哈萨克族女兵名叫加德热拉·哈布力,白皙的皮肤,深邃的目光,配上一身帅气的海军服,她的出现让香港市民纷纷赞叹:"好靓啊!"

参军入伍2年的哈布力,在舰上承担着十分重要的任务:辽宁舰航海部门的操舵兵。"同龄人刚刚学会开车,而我已经在开航母了。"她这样解释自己的工作。因为入伍时间短,哈布力现在还需随着队长一起执行指挥的任务。

在哈布力身旁站着一位身着白色海军服的士兵,他正在耐心回答香港市民的各种问题——"这次辽宁舰到港油耗有多少?""离港的时候要走什么线路?""你们平时除了训练还会做些什么?"

他是辽宁舰机电部门动力中队的士官长崔荣德。崔荣德19岁加入海军，如今已有近20年的军龄。崔荣德说，他所在的机电部门相当于航空母舰的"心脏"。"就像心脏要为人体源源不断地输送血液一样，我们机电部门也要为航母输送动力和电力。我现在的工作就是保障航母的供能。"

甲板上不同的官兵，对香港有着不同的情愫。从小在新疆长大的哈布力是第一次到香港，过去只在书上和电视上见过这座"东方之珠"。哈布力说，这两天已经有不少战友踏上香港的土地，她也很是心痒，"我想好好看看香港的名胜古迹和风土人情"。

"登上祖国的航母，我无比自豪！"一名香港中学生为了领取辽宁舰参观门票，冒雨排了10多个小时的队，但他连称："值得！"他满脸期待地说："希望国产航母也早日驶入维多利亚港！"

在航母甲板上，一对满头银发的夫妇格外引人注目。老先生名叫陈文华，夫人名叫昌珊良。这是一对从印度尼西亚归国的华侨，20世纪70年代，夫妻俩定居香港，至今已有40多年了。

这对老人头戴辽宁舰帽，双手端端正正举着鲜艳的国旗，在巍然屹立的舰岛前留影。面对媒体记者的采访，陈文华老先生语重心长地说："看到航母，香港的历史，像电影画面一样，在我脑海里一一浮现。我儿子问我，阿爸你为什么那么爱国？我说，当年，我和你阿妈一个馒头两人分着吃。如今，祖国繁荣稳定，让我们归国华侨感到扬眉吐气！"

老人的声音渐渐哽咽，眼中闪烁着泪花。

在熙熙攘攘的参观市民中,一对年轻姐妹的着装格外引人注目。姐姐穿着一身鲜艳的"中国红",妹妹则穿着一身养眼的"海军蓝"。姐姐王瑄面对摄像机,道出了这身着装的深意:"祝愿中国航母走向深蓝!祝愿伟大祖国红红火火!"

一颗中国心,一段航母情。在香港期间,辽宁舰航母共接待了4000多名市民,航母编队另外3艘战舰——济南舰、银川舰和烟台舰,则接待了4万多名市民。

7月11日上午,在香港各界群众欢送下,辽宁舰航母编队驶离香港。

辽宁舰航母编队的这次香港之行,绝不仅仅是一次"观光之旅"。出发前,海军新闻发言人梁阳对外宣布,经中央军委批准,正在海上开展跨区机动训练的海军辽宁舰航母编队将结合训练任务,于7月上旬赴香港参加解放军进驻香港20周年庆祝活动。

去香港的路上,航母辽宁舰一路航行,一路训练。7月2日,作为随军记者,笔者站在辽宁舰的舰岛平台,在雷霆般的轰鸣声中,目睹喷着蓝色尾焰的"飞鲨"舰载战斗机强劲加速,沿着航母舰艏14度仰角的滑跃甲板,快速起飞拉升,犹如离弦之箭冲向蓝天。一架、两架……短短几分钟内,多架战机依次升空。在空中完成相关战术课目训练后,战机陆续返航,以完美姿态相继阻拦着舰,成功回收。

离开香港的第2天,7月13日,辽宁舰编队刚抵达某海域,就组织复杂海空情背景下的编队指挥所训练,持续深入探索检验航母编队远航实战化训练模式。

2017 年 7 月 17 日，辽宁舰航母编队又一次完成了"南下之旅"，顺利返回青岛母港。此次远航，历时 22 天，先后航经渤海、黄海、东海、南海等海域，总航程 4600 多海里。

2017 年 9 月 1 日，海军新型综合补给舰呼伦湖舰交接入列，正式加入中国人民解放军海军序列。

呼伦湖舰舷号 965，是我国自主研制的具有世界先进水平的新型综合补给舰，可为我海军航母编队、远海机动编队提供海上伴随补给。该舰突破了新型海上补给装置研制、大型补给舰总体设计建造等一系列关键技术，补给方式多样、补给能力强。该舰的入列为海军舰艇走向深蓝奠定了更加坚实的装备基础，标志着海军远洋保障能力跃上新台阶。

网友们给呼伦湖舰起了一个生动的绰号——航母的"大奶妈"。国外媒体对此则评价："中国航母编队补齐了最后一块拼图！"

（四）

这一刻，南海如同灯光璀璨的 T 型台。

这一刻，辽宁舰如同 T 型台上那光彩夺目的超级模特。

2018 年 4 月 12 日，中华人民共和国历史上规模最大的海上阅兵，在南海盛大举行。

伴随着激昂的分列式进行曲，受阅舰艇按作战编组组成战略打击、水下攻击、远海作战、航母打击、两栖登陆、近海防御、综合保障 7 个作战群，以排山倒海之势破浪驶来。受阅飞机组成舰载直升机、反

潜巡逻作战、预警指挥、远海作战、对海突击、远距支援掩护、制空作战等10个空中梯队，在受阅舰艇编队上方凌空飞过。水下蓝鲸潜行，海面战舰驰骋，天上银鹰翱翔，汇成一部雄浑的海天交响曲。

48艘战舰铁流澎湃，76架战机振翅翱翔，10000余名官兵雄姿英发……在这样一个展现新时代人民海军建设成果的历史舞台上，作为主角之一，辽宁舰航母编队的豪迈亮相，惊艳了世界。

2018年，改革开放40周年，一个新的历史起点。

这个春天，在国人热切的目光下，辽宁舰航母编队再一次南下。

春风里，辽宁舰航母编队并没有沉溺于"春风得意"的自我陶醉之中。在享受了海上阅兵式片刻的喜悦之后，辽宁舰航母编队马不停蹄地踏上了练兵征程。

连续一周，辽宁舰航母编队远航训练的新闻持续"刷屏"——

4月17日，南海海域，海军辽宁舰航母编队持续实兵对抗提升体系作战能力，高强度和高难度展开侦察预警体系构建、电子对抗、对空作战、对海作战、对陆打击和反潜作战等课目训练。

4月20日，巴士海峡以东的西太平洋某海域，由辽宁舰和数艘驱护舰、多架歼–15舰载战斗机、多型舰载直升机组成的航母编队，与扮演蓝方的导弹驱逐舰济南舰、长春舰展开"背靠背"综合攻防对抗演练，实兵检验航母编队远海体系作战运用。

4月24日，东海某海域，辽宁舰航母编队组织对空、对潜作战等科目训练，与海军岸基航空兵和潜艇部队进行"背靠背"实兵对抗训练……

走一路，"打"一路。透过这一连串的火爆新闻，老百姓们知道了航母辽宁舰正在加紧练"打仗的本事"。

跟一路,看一路,作为随军记者,笔者"零距离"目睹了辽宁舰航母编队官兵不为外界所知的辛苦和他们付出的努力。

如今回忆此次南下远航,留在笔者脑海里印象最深的日子,是4月23日。

这一天,人民海军成立69周年纪念日。这一天,辽宁舰航母编队官兵用"战斗"这一特殊的方式庆祝人民海军的"生日"。

笔者在《远航手记》中记录下了中国航母在太平洋上的普通一天——

推开辽宁舰飞行甲板的水密门,太平洋咸涩微凉的海风扑面而来,油料化验员陈晨深吸了一口气。

此刻,太阳还藏在海平面以下。东方微微泛红的霞光驱赶着灰蓝色的夜幕,辽宁舰领衔的航母编队在西太平洋破浪前行。

又是新的一天。在强劲的海风中,辽宁舰已经醒来。穿着紫色马甲的陈晨,是今天第一个走上飞行甲板的舰员。10天前,陈晨就在飞行甲板站坡列阵,随辽宁舰在南海参加海上大阅兵,光荣接受习主席检阅。今天,辽宁舰编队航行在西太平洋上,开启新一轮的实战化训练。

紧接着,穿着蓝色马甲的航空部门舰面中队区队长翟国成走上甲板。很快,布满黑色着舰胎痕的甲板上,被身

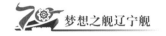

着红、棕、黄、绿等各种颜色马甲的舰员装点得五彩缤纷。

太平洋上，航母辽宁舰的一天就这样开始了。

直升机螺旋桨的尖啸声，混合着海浪声和呼呼作响的甲板风声，打破了清晨的平静。

舰载直升机某大队大队长贾利剑驾驶预警直升机盘旋起飞，为航母编队提供空海情报支援。目送直升机升空，海军某舰载航空兵部队政委张中明告诉记者，最初试验训练阶段，直升机仅担负海上搜救保障任务，如今，直升机已具备预警、反潜等多重作战和保障能力。"这是航母编队形成体系作战能力的重要组成部分。"张中明说。

太阳升起。戴兴手拎飞行员头盔，大跨步地走向歼－15战机。起飞助理陈嘉楠挥臂做出放飞手势，战机如离弦之箭，冲出甲板飞向海天。紧接着，战鹰接二连三地从甲板上起飞。

编队指挥所的电子屏幕上，红蓝自由空战对抗情况实时呈现，标识着红蓝双方的线条和符号不停变换。

"准备回收歼－15飞机。"经过紧张激烈的战斗，今天第一波次战斗已经结束。

战鹰陆续返航，甲板上又开始忙碌起来……记者曾多次随辽宁舰出海执行任务，明显感到战机放飞和回收的速度加快。

"我们感觉到飞机着舰比以前更轻松了。"很多舰员说出共同的感受。

回到空勤值班室，对抗得胜而归的戴兴和战友袁伟、王亮和杨勇一起复盘刚才空中对抗的战术动作。

第一次降落在航母甲板上的情景，戴兴记忆犹新。虽然经历数千次的地面模拟起降训练，但当时戴兴仍然觉到数秒钟的眩晕和大脑空白。"随着在辽宁舰上起降次数增多，紧张感逐渐消失，我们的训练重心正向深研空战技巧转变。"戴兴说，"以前我们聊的多是起降技术技巧，现在交流的都是'空战'心得。"

透过辽宁舰驾驶室的舷窗，维吾尔族女兵艾海旦看到，飞行甲板上歼-15战机正密集放飞。

艾海旦是操舵班副班长，她的战位是观察战机起飞的最佳位置。按照航海指挥员下达的一条条指令，艾海旦精准而熟练地操作舵盘。

如果不是亲眼所见，笔者很难相信，这艘数万吨的钢铁巨舰的航向和航速，竟然掌握在一位纤瘦的女兵手中。

就在舰载机轮番升空训练的同时，在航母飞行甲板之下，机舱内部也进行着一场紧张的演练。

广播声中传来刺耳的火灾警报，消防官兵迅速穿上消防服，背上装备，奔往发生"火灾"的舱段。奔跑的身影

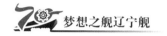

中,女士官长张明珠引起笔者的注意。

张明珠原是机务兵,去年,她被选拔进入安全管理办公室,与男舰员考核标准一样,穿消防服、背装备、找舱室等训练课目,都名列前茅。

在辽宁舰很多岗位上,女舰员的表现都很出色。作战部门助理工程师何飖说,现在女舰员已经遍布全舰所有的部门和专业,越来越多的女舰员走上关键作战岗位。

白天的时光,在一架架战机放飞和回收的紧张忙碌中匆匆流走。

天色渐暗,最后一架舰载机在暮色之中,成功降落在甲板上。起飞助理陈小勇摘下头盔拎在手上,返回舱室,仔细擦了擦被歼－15战机尾焰烟熏火燎的脸,喝口水缓缓神。

这位曾因"航母Style"风靡神州的起飞助理,经历了辽宁舰入列后的每一个高光时刻。说起刚刚经历的海上阅兵,陈小勇仍感心潮澎湃:"航母的一举一动牵动着全世界关注的目光,这是航母人最大的骄傲和自豪。安全放飞和回收每一架战机,就是我最大的幸福。"

对于太平洋上的这一天,辽宁舰时任政委李东友这样对笔者说:"这一天,是辽宁舰入列6年来的普通一天。"

那天夜里,李东友政委满怀激情地写下这样一段话——

这6年,我们白手起家、不畏艰难,推动着这艘战舰从渤海、黄海走到东海、南海,而今威武的中国航母编队已驰骋在浩瀚的太平洋。

这6年,我们迎难而上、敢为人先,实现了歼–15常态驻舰,一批又一批舰载战斗机飞行员、指挥员已成为中国海军战斗力的中坚。

这6年,我们牢记重托、奋力前行,凭着航母人敢打必胜的拼劲韧劲,勇闯生活关、技术关、安全关,跨越了外军航母十几年甚至几十年的发展历程。

这6年,我们胸怀理想、矢志追求,"把航母安全视为生命""将铁律意识铭刻心中""我们是标杆部队、我是标杆舰员",这些理念都由最初的口号成为今天我们内心的自豪。

……

6年,2190天。这是老百姓正常的时间算法。

6年,一天。这是航母辽宁舰官兵争分夺秒的工作节奏。

从这个意义上说,中国航母编队作战能力的成长跨越,正是积攒于这些"普通的一天"里。在新时代的"强军时间表"上,航母辽宁舰的一天,构成了中国军队阔步前行、迈向世界一流征程上不可或缺的一页。

>> 第十一章
时代追赶

这一天，会来。

可谁也想不到，这一天来得这么快，来得这么突然。

2018 年 5 月 27 日，一幅照片在网上火了——因为中国两艘航母"庞大的身躯"居然同时出现在这张照片里。军事发烧友的这一非官方"杰作"，让国人的民族自豪感如火山熔岩一般喷发出来，数小时之内，这张照片在网上的点击量便破亿。

这一天，全球有 1600 多家网站，将中国双航母"同框"的照片放在了显著位置。

大连造船厂的这场航母邂逅，其实在此之前已经发生——5 月 18 日，我国第二艘航母完成首次海上试验任务，返抵大连造船厂码头。早一些时候，辽宁舰在完成南下远航训练任务后，也来到了这里。

"这才是真正提气的头条。""航母尽快形成战斗力，强国强军需要你。"……如今，在网上再次搜索中国双航母"同框"照片和新闻，网友们留下的那一条条跟帖，给人感觉还是一个字："燃"！

269

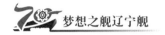

回眸 2018 年,整个世界掀起了新一轮的"航母热"——

日本政府刚刚批准了新版《防卫计划大纲》,计划将"出云"级直升机驱逐舰改造为能够搭载战斗机的正规航母。

印度首艘自行建造的"维克兰特"号航空母舰有望于 2018 年底交付该国海军,并于 2020 年 10 月前开始服役。与此同时,印度决定将于 2017 年 3 月退役的航空母舰"维拉特"号改建为一座海上博物馆。资料显示,"维拉特"号航母原为英国皇家海军的"竞技神"号,1987 年正式入役印度海军,成为印度第二艘航母,该舰实际服役 57 年。

法国国防部长宣布启动航母更新计划,新的航空母舰还将考虑到搭载法国和德国正在联合研制的新一代战斗机的需要及电磁弹射技术等相关颠覆性科技的发展情况,并确定是采取核动力还是常规动力。法国目前唯一正在服役的航空母舰——"戴高乐"号核动力航母已完成升级改造,2019 年上半年起外出执行任务,该航母将至少服役至 2030 年。

俄罗斯计划建造排水量在 7 万吨以上新航母,可能于 2025 年签订建造核动力航母的合同,并预计 2030 年接收。同时,俄罗斯正在对唯一现役的"库兹涅佐夫"号航母进行维修改造,以将其服役期延长 20 年。前不久,俄船坞沉水事故造成"库兹涅佐夫"号航母甲板受损,但俄方表示,"库兹涅佐夫"修复计划不受影响,2021 年回归北方舰队服役。

英国皇家海军最大航母"伊丽莎白女王"号 2017 年底已服役,2018 年重返"世界航母俱乐部";美国海军新一代核动力航母"福特号"也于2017年下水,如今正在紧锣密鼓进行海试……

面对这如火如荼的世界"航母热",中国军人则体现出一种超乎寻常的清醒和冷静——

海军舰载航空兵部队某战斗机团团长徐英,对笔者这样说:"相比百年航母历史,我们的航母,只能算是'小学生';相比于世界军事强国100多年的航母舰载航空兵发展历史,直接从三代机起步的中国海军舰载航空兵只能算是个'小学生'。"

时任辽宁舰舰长张喆,对笔者这样说:"从渤海湾到太平洋,辽宁舰行驶的这片海域,从来不缺少清醒的坐标系。历史波涛里,代表大清帝国改革成果的北洋水师覆灭的惊心之痛犹在;太平洋彼岸,美军'布什'号航母训练考核,舰载机每天起降多达数百架次……"

因为这份清醒,看到网上"凶猛强悍的空中飞鲨歼-15密集着舰,辽宁舰实战能力恐怖提升"的标题,"飞鲨第一人"戴明盟大皱眉头。

戴明盟这样对笔者说:"以后别老用那些肉麻的字眼,我们确实是进步了,可是还有很长的路要走呢。"

中国航母起步,比世界晚了100年。

然而,百年之后的今天,中国用短短6年时间,走完了别国数十年航母建设发展走过的路。

然而,中国航母的未来,还有很多的路要走。心中的这份清醒和冷静,如铮铮战鼓回响在共和国军人的耳畔——

我们还是"小学生",还没有能歇歇脚的"资本",更没有自我陶醉的"资格"。过去,我们要只争朝夕,全力以赴,奋起直追。未来,

我们一样要只争朝夕,全力以赴,奋起直追。

这是一场争分夺秒、不进则退的时代"争先赛"。正如徐英所说:"没有梦想,难达远方。我们的目标,不是风平浪静的母港和机场,而是远海大洋。"

(一)

站在辽宁舰甲板上,徐英凝望着晨光沐浴下的歼–15战机。他喜欢第一缕曙光来临前的等待,"那种呼之欲出的感觉最为动人心魄,就像在积蓄能量"。

1997年,徐英从高中考进军械工程学院。大四那年,空军面向军事院校应届毕业生招飞,他顺利通过体检和一系列考试,成了一名飞行学员。在飞行学院待了2年之后,他被分配到空军某王牌部队,当上了战斗机飞行员。在那里,他改飞三代机,用汗水和成绩不断证明自己的努力和优秀。

他在内心深处不止一次为实现飞行梦想感到幸运,却不知道人生前方,一个更加诱人的梦想正等着他。2011年,他再次跟随梦想的脚步,加入海军成为一名舰载战斗机飞行员。

穿上海军军装那天,他专门写了一首打油诗:"四年陆军绿,十年空军蓝。今日到海军,再干几十年!"

这样的履历着实让人惊讶,连徐英自己都觉得不可思议。他在日记中所言,他遇见了大时代。他的每一次转型、跨界、重塑,均是时代塑造的结果。没有一支军队的不断转型与重塑,就没有徐英的今天。

和徐英一样，他所在的舰载航空兵部队也遇见了大时代——中国军队改革时代。

作为航母战斗力的核心部分、海军新型作战力量的代表，这支部队于 2013 年 5 月 10 日正式组建，横空出世。

这个"生日"不同寻常——6 个月前，党的十八大提出"紧跟世界新军事革命加速发展的潮流，积极稳妥进行国防和军队改革"；6 个月后，十八届三中全会上，"深化国防和军队改革"被纳入国家改革战略全局。

"我们在改革的号角中破壳而出。"在海军某舰载航空兵部队时任政委赵云峰的眼中，这支新型作战力量的诞生好比时代的"礼物"，回应着昨天的呼唤，响应着明天的召唤。

这番话，让戴明盟共鸣，"倒回 10 年前，我绝对想不到，自己会处在今天这个位置上"。这位中国"飞鲨"第一人、海军某舰载航空兵部队部队长认为，时代好比鲲鹏翅膀下的水和风，改革时代的风生水起将带给中国军队更多意想不到的"礼物"。

"没有任何借口，唯有全力以赴，我们这一代军人才配得上这些'礼物'。"戴明盟说。

摆在第一代舰载航空兵面前的是一条艰难、寂寞而又布满风险、荆棘的路，他们注定将在"无人区"跋涉。

在这支部队里，如今走在最前的"英辉亮"组合——分别是徐英、卢朝辉、王亮。他们 3 个人奉命探索舰载战斗机崭新的战术训练方法，技战术一直走在团队的最前沿。

就像练到一定境界的武功高手，对一招一式各有独到见解，吵架

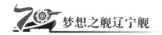

也伴随着"英辉亮"组合的探索之旅。越往前推进,吵架的次数就越多,程度就越激烈。"谁也说服不了谁。"有时候吵得不可开交,他们干脆一拍而散,各找领导倾诉。

吵架,成为这3个走在最前端的先行者最有效的沟通。他们每一次吵架只有一个结果,便是达成进一步的共识。每一次共识的形成,便是又一个探索成果的固化。

"什么叫孤独?连同路的战友都不理解你,这是一种怎样的孤独?"时任政委赵云峰对笔者说,在与徐英他们的朝夕相处中,他越来越深刻理解搭档戴明盟的一句话:"舰载机飞行员实际上是一个很孤独的群体,圈子很小,虽然与其他战斗机飞行员是同行,但他们并不太了解舰载飞行的特殊性……"

2014年年底,徐英驾驶"飞鲨"取得航母飞行资质认证时,感受到的是这样一份荣耀:他终于迈进了世界上仅有2000名现役飞行员组成的"顶级俱乐部"。

渐渐地,徐英触摸到了荣耀背后的另一种质地——他发现这项全新事业的未知部分,"就像水面下的冰山一样庞大惊人",以他们为代表的第一代舰载航空兵注定将在"无人区"跋涉。"这是一条艰难、寂寞而又布满风险、荆棘的路。"徐英说,"需要坚守,更需要开拓。"

或许,这正是这个事业的迷人之处。全新的着舰飞行技术、全新的战术、全新的海域、全新的战场……在徐英和战友们面前,有太多的"空"要填,太多的"坎"要过。在这里,"首次"从来都不是新闻。他们所干的事,几乎都是"首次"。

"我们是一群探路者。"徐英格外看重另外一个身份:《尾钩》杂志主编。这份供舰载战斗机飞行员学习交流的内刊，由他发起创办，完整地记录了他和战友们探索的心得、经验和感受。

"探路，是为了铺路，要让后面的人踩着我们的脚印，走得更实更快。"从加入"飞鲨"战队那天起，徐英就坚持每天记日记。他希望有一天，自己每天随手写下的文字，"能对后来人有点用"。

夜深人静的时候，徐英喜欢一帧一帧地剪辑训练时摄录的视频，并配上音乐。那天，他制作的《刀尖上的舞蹈》视频，迎来了新的观众。刚入列的年轻飞行员目不转睛地盯着"飞鲨"气势如虹的飞行，脸上时而憧憬、时而震撼。

画面中，歼－15战术动作带来的大过载，挤压着徐英的头盔和氧气面罩。变形充血的面部表情里，透着一种一往无前的豪迈和无畏……

那天，笔者看到：刚刚走下战机的徐英，浑身已被汗水浸透。他摘下飞行头盔，汗水一滴一滴落下，落在航母飞行甲板上。

◎ 徐英驾驶飞鲨战机从辽宁舰上腾空而起

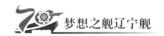

这种冷、这种热，让记者深切体会到作为航母舰载机飞行员的"过载状态"。徐英说，当上团长之后，他对"千钧重担"这一词有了切肤之感。

徐英开始以一种从未有过的角度审视部队长戴明盟："他知道，我们都在看着他。正如我知道，全团的人都在看着我。"

那一刻，徐英顿悟——"看我的，跟我上"原本是专属于领导的天然"特权"。从此，每次飞行任务准备时，当他听到戴明盟第一个站起来答"到"，并领受任务时，有了更为深刻的感受。

在航母战斗力生成的链条中，舰载航空兵是最为关键的一环。他们把能加的负荷全加上去，把能减的需求全减下来。翻开刚刚过去的一年日记，徐英用手指点着一页、又一页，耿耿于怀："这一年太忙了，很多个重要的日子，就写那么两行，有的只列了想法和提纲。"

个人时间被压缩，日记可以一笔带过。家庭责任被压缩，负荷就只能转移到家人身上。在一首写给爱人的诗里，徐英写道：

> 想我你就偷偷地哭，
> 让泪水洗去岁月的孤独，
> 家庭的重担你一人承担。
>
> 想我你就偷偷地哭，
> 那是坚强奋斗的倾诉，
> 孩子面前你挺起脊梁……

徐英的偶像是 NBA 一代篮球巨星科比。2016 年科比以一场胜利完美收官自己的职业生涯。未来的路,他决心用偶像的这句话时时照亮内心——"当我退役的时候,我希望回首我走过的路,每一天,我都付出了我的全部。"

徐英积蓄能量的方式是学习。他对学习保持着一种超乎寻常的紧迫感。在翻译外军试飞员撰写的试飞感受文章时,他连续对自己发了3个感叹:"懒惰! 无知! 无能!"

认真研读二战史,徐英的目光定格在这两行字上:美国一个名叫吉米·杜立特的飞行员,带队完成了一项看似不可能完成的任务:轰炸东京。让他震惊的是,这名飞行员居然是毕业于麻省理工学院的航空科学博士。

看到这里,徐英内心翻腾:我们何时才会有博士学历飞行员?

加速形成舰载航空兵战斗力,走向远海、走向世界,或许正如同日出一样,需要在提升飞行员的能力素质和知识层次上积蓄能量。他对自己忧心忡忡,觉得"应该去找个学校补补课,否则再往前走不动了"。

军校大四那年,因为招飞,徐英放弃了读研究生。从此,读研这个念头一直在心头萦绕。尽管已经被海军工程大学聘为硕士生客座导师,但成为一名硕士仍然是徐英不熄的梦想。好几次因为任务在身,他耽误了报名时间。

让徐英高兴的是,2016年他终于报上了名。只是人头攒动的考研考场里,仍然不见他的身影。那一天,他和战友们正跟着辽宁舰行驶在西太平洋上。大洋之上,他们期待着另一场大考。

2016年11月30日晚,陪张超家人吃的那顿饭,让徐英永生难忘。

张超的父亲、母亲、妻子、女儿都在,唯独少了主角张超。7个多

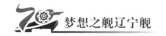

月前,张超悲壮地离去——他为中国海军舰载航空兵事业献出了年轻的生命。

饭桌上,大家都小心翼翼,尽量避开张超的名字。但张超无处不在,就好像从未离开。饭后,经过营区橱窗的时候,女儿含含突然指着张超的一张照片,拉着妈妈的手兴奋地喊:"看,那是爸爸!"

那一刻,所有人小心维系的平静湖面一下子刮起了巨浪。那一刻,徐英和战友们心中的痛,再次被掀开一角。

这份痛时刻提醒他们:航母舰载飞行事业开拓前进的道路并不平坦,时刻面临着巨大的风险和挑战。

但没有什么能阻挡他们前行的脚步。张超牺牲 4 个月后,和他同一批的舰载战斗机飞行员,驾驶着歼 – 15 飞机在辽宁舰上通过航母飞行资质认证;张超牺牲 8 个月后,徐英和战友们驾驶着歼 – 15 飞机跟着辽宁舰驶出第一岛链……

"真是坚韧的岁月。"这些年,放眼全军,徐英听到一个又一个让人悲痛的战友牺牲消息。那些不曾熟悉的面孔,和他所熟悉的张超一样,因为同一个梦想献出了生命,此刻又有了同一个归宿——化作一支军队最为锋利的精神"刀刃"。

送走张超家人的当晚,徐英打开电脑,找出那篇网上流传甚广的帖子:《海军飞行员亲述:我们为什么会掉飞机》。张超牺牲后,一位海军首长第一时间嘱咐他们学习这篇文章。

"经历了那么多生死,如果你问我还会飞吗? 我只想说,战斗机飞行员最害怕的不是训练场上的坠落,而是害怕在战场上坠落于敌人的机翼下……"徐英再一次读到那句结尾:"永不退缩,永远飞翔。"

（二）

"步子迈大了肯定痛，但如果能忍住痛，步子就还可以迈得更大点。"对于一向不苟言笑的戴明盟来说，这句话绝非玩笑。

舰载机部队是航母战斗力的核心。戴明盟和他的战友们都深知：他们肩负的重担，由不得他们放慢脚步、缩小步幅；他们立下的"军令状"、定下的"时间表"，"如同声声战鼓，敲击着胸膛"。

在戴明盟看来，跋涉在"无人区"，这一步究竟能跨多远，取决于对风险的承受能力和科学态度。

然而，要追赶，就必须承担更大的风险，有时甚至需要去拼命。

"当时感觉整个飞机重重地撞了一下，机身咚咚咚地颤抖不停！"回忆起那一幕，舰载机特级飞行员袁伟非常平静。

那天，袁伟驾驶着歼－15战机刚离地开始转向时，突然有鸟群从左边飞扑而来，与袁伟的战机左发动机相撞，所有指示灯同时告警。

塔台指挥室里，大家心里明白：当天的训练课目，每架飞机加油数吨且挂载导弹，一旦火苗引燃油箱，后果不堪设想。

此时的战鹰，无异于一枚已经引燃、威力巨大的"定时炸弹"。"保持好状态，改平坡度。"塔台指挥员、海军某舰载机团副团长卢朝辉果断下令。

"关闭左发！""左发停车！"危急关头，袁伟迅速恢复冷静，接连作出判断，随后作出了一个让大家吃惊的决定——操作飞机开始小坡度右转上升。

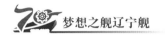

"跳伞！赶紧跳伞！"这句话几乎憋在所有人的嗓子眼儿。但袁伟只有一个念头——避开城区把飞机飞回去。

此时，由于飞机刚起飞，速度和高度都不够，在发动机起火的情况下继续直飞，很可能因升力不足直接坠机，而左边是山峰，左转极有可能直接撞山。

袁伟第一时间右转的操作，为后续处置赢取了机会。

在袁伟后面的僚机跟了上来。目睹了前机撞鸟的特情，飞行员艾群驾机迅速占据袁伟座机侧后上方，实时监控受损战机状态、火势情况等。

"右发未见明显损伤，无起火拉烟。"这个关键的报告，让卢朝辉下定了决心："检查右发温度状态，开加力！"

听到身后僚机的实时情况通报，袁伟深吸一口气，集中精力，改坡度、开加力，飞机缓缓上升。

此时，战机左发尾后的白烟清晰可见，袁伟如同坐在点燃引信的"炸药包"上……

驾驶起火的战机，袁伟小心翼翼地选择最佳的着陆方案。

与此同时，地面塔台根据特情处置预案，一套航程最短、航时最短的安全着陆方案快速形成：对准跑道实施正常着陆！

这是对飞行员最稳妥的操作，即使失败，也有足够的时间和高度跳伞求生。但在这条航线的延长线上，是人口密集的驻地市区。如有不测，就相当于把一枚炸弹空投到闹市区。

"调转航向，由南向北，对头着陆。"卢朝辉脑海中飞速盘算过多种方案，最终下达了一连串指令。同时，卢朝辉命令僚机飞行员艾群时刻关注袁伟战机动态,将处置判断风险降到最低。

对头着陆,不利的侧风更增添了袁伟着陆的危险系数。而空中多滞留几分钟,危险性就多了几分。

"起落架无法放下!"袁伟报告。由于左发停机,液压系统被切断,起落架一时无法正常放下。

随着时间的推移,危险在一步步增加。

此时,应急放起落架是最佳选择。但一旦这样做,飞机速度将受到影响,高度也会下降,而下面就是某机场大厅和村庄。按照塔台指挥员卢朝辉的指令,袁伟先放弃应急放起落架这一难得机会,极力控制着战鹰。

有艾群的信息指引,袁伟靠着多年的技术积累,果断按照单发超重着陆要领,最终放下了起落架,控制飞机状态,沿着跑道中线稳稳地滑向跑道尽头。

未等战机完全停稳,紧随其后超低空飞行的艾群通报:"左发火势增大,火势增大,尽快离机。"

发出了这条信息后,艾群才调整飞行姿态,驾驶僚机从塔台前飞过。

袁伟打开座舱盖、解除安全带,跃下了3米多高的机舱。

"好样的!"卢朝辉禁不住喊出了一嗓子。

这时飞机左发火势迅速蔓延,小火变成大火,火焰随时可能烧漏油箱,引起飞机爆炸。

此刻,消防车呼啸着冲上前去,机务官兵与某场站官兵携带消防器材也冲向了着火的战机。该场站四级军士长靳许磊、上等兵陈志强

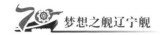
奋不顾身,迅速爬上随时可能发生爆炸的飞机。

舰载机团机务分队长王目军,担心干粉灭火剂和消防水喷溅到座舱会损坏设备,于是冲上登机梯,快速清理座舱,立即关闭舱盖。当他从飞机上下来的时候,整个人被粉尘覆盖,变成了"雪人"。

舰载机团副团长崔节亮、机械师吴月、机械师韩笑,不顾个人安危,贴近飞机,贴近发动机部附件,贴近燃烧点,按流程逐系统查找暗火点、检查油路、查看燃烧状态……仅用10多分钟,地勤官兵就将先后2次复燃的飞机完全降温,扑灭全部明火、暗火。

"这次特情,处置完美,创造了战机撞鸟起火、载重超极限着陆、低高度、单发着陆等多种危险叠加下着陆成功的航空兵特情处置奇迹!"回忆起这事,当时的塔台副指挥员、某部参谋长黄汗清对笔者说:"这奇迹,就是靠拼命创造的!"

"不是每一个飞行员都有机会去承担飞舰载战斗机的风险。我们把这种付出也看作是一种荣幸。"袁伟谦虚地笑了笑,"也许是牺牲的战友张超在上天保佑我,让我闯过了这一劫。"

"舰载战斗机飞行员不能对危险和牺牲有丝毫胆怯,否则就会被大海和天空吞噬。"——这句颇有哲理的话,是曹先建用自己的生死经历感悟出来的"飞行技巧"。

曹先建,中共十九大党代表,舰载战斗机特级飞行员,从事飞行14年,先后飞过7种机型、飞行数千架次、经历过数次生死考验。

在张超牺牲的20天前,曹先建就在飞行训练中遭遇飞控系统异常。他紧急处置试图挽救战鹰,直至最后2秒才被迫跳伞逃生。

"我还能飞吗?"这是发生空中特情、去医院救治途中的曹先建,见到部队长戴明盟说的第一句话。曹先建这次伤得很重，手术长达3个多小时，在6颗钢钉的作用下，2块钢板被固定在他的腰椎上。

当张超牺牲的消息传来，躺在病床上的曹先建眼泪横流。但是，擦干眼泪后，他最想干的事，依然是重返蓝天。

为了早日重返蓝天，伤口刚拆线，曹先建就缠着医生为自己制订康复运动训练计划。

从试着慢慢行走到慢慢蹲下、慢慢站起，再到核心力量训练，他顽强地朝着自己的目标，靠近靠近再靠近……

康复治疗，曹先建需要进行两次较大的手术，为了保险起见，医生建议两次手术间隔8个月以上。

可曹先建坚持要求尽早进行第二次手术，这让医生十分为难和不解。"除去手术后康复、归建开飞和完成上舰前技术考核的时间，我必须赶在12月前做完手术！"算准了着舰飞行的时间，曹先建说出了自己的"难"处。

2016年11月，曹先建第二次手术开始，麻醉台上，他梦到自己正在飞行，蓝天碧海之间，威武的航母编队尽收眼底……

在全面论证的基础上，医院同意了曹先建的请求。可他又做出了一个让医生惊讶的决定："手术不要用麻药！"

"上次手术用麻药后，感觉对我的反应能力、记忆力好像有点影响。"他说。

"不用麻药，从你腰椎拧下一颗钢钉可以，但拧下6颗，风险太大了，也没人受得了！"经过反复论证，医院专门进口了最好的麻药，并组织专家反复优化麻醉方案。

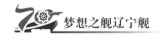

手术过后,一支由全军知名专家组成的医学鉴定组对他进行了严格的身体检查和心理测试,专家们惊喜地发现:恢复的效果非常好!专家们一致同意曹先建归队参加训练。

在自身努力和战友们的帮助下,曹先建的着舰飞行技术实现了跨越,他的各项考核指标均达到了优等。曹先建和战友们迎来了"刀尖舞者"的冲击时刻。

该选谁第一个着舰?曹先建主动要求第一个着舰。

部队经过慎重研究,答应了曹先建的请求。"作为本批次中年龄最大、飞行时间最长的飞行员,他技术过硬,心理素质好,相信他能为大家带个好头!"

2017 年 5 月 30 日,渤海湾,浪卷云飞,航母辽宁舰的着舰显示屏上,清晰显示着新一批我海军舰载航空兵飞行员驾驶"飞鲨"绕舰、寻舰时的空中姿态。

400 米,200 米,100 米,50 米,20 米……伴随着巨大的战机轰鸣声,着舰尾钩在与航母甲板剧烈的摩擦中留下一连串火花,曹先建驾驶的歼 - 15 战机,精准地钩住了辽宁舰甲板的 3 号阻拦索。

当天的着舰指挥官、"航母战斗机英雄试飞员"戴明盟干净利索地打出了 2.94 的高分——3 分,意味着着舰动作满分。

这一天,距离曹先建遭遇重大空中险情、身受重伤住院 419 天;这一天,距离他第二次手术后出院复飞仅仅 70 天!

飞行员头顶三重天:蓝天、使命、祖国。

"每当驾驶战机飞翔在万里海天间,感受到自己的生命与蓝天、使命和祖国紧紧地联系在一起,我心中就会升起一种深深的幸福感和责任感。"在央视的舞台上,面对全国观众,戴明盟深情地道出了全体舰载机飞行员共同的心声。

(三)

2017 年 12 月,海军舰载航空兵部队迎来了选拔自海军、空军三代机部队的 12 名新飞行员。

那一天,入列仪式上,站在老飞行员队列里,徐英郑重地将手中的蓝色飞行头盔交给新飞行员。那一刻,他突然意识到,"自己一不小心也成了老飞行员"。

在这之前,徐英从来没觉得自己"老"过。

这位 1977 年出生的舰载战斗机飞行员,始终觉得自己还是那个刚刚从军校毕业的毛头小伙。

那一天晚上,徐英想起来自己写的一首诗,那是在他第一个驾机在辽宁舰上完成某高难度起降任务后写下来的"人生感悟":

成功看似自然,
背后历经磨难。
世事少有平坦,
多少命悬一线。
英雄无畏生死,
梦想方能实现。

……

2018 这一年里,作为军事记者,笔者多次跟踪采访这支部队。在大洋深处行驶的航母辽宁舰上,在塞北草原的朱日和联合训练基地……一次次看着徐英和战友们忙碌的身影,一次次更近更真实地感受着他们的状态。

2018 这一年,他们"过载"依旧。"几乎天天都在飞!"时任团政委李建国说,全年他们完成了 200 多个飞行日——这,也意味着除去法定的节假日,部队每天都有飞行任务。

2018 这一年,他们"清醒"依旧。"走在新时代,每一步都是新的。"徐英和战友们很清楚,他们脚步的快与慢,决定着中国航母战斗力建设的快慢。唯有不断突破,才能不负重托、不辱使命。

徐英不止一次地跟年轻飞行员们说:"世界上其他军事强国,干航母的历史都有 100 多年了,我们才几年? 要赶上他们,不争分夺秒地干,不拼命去追赶,能行吗?"

如今,徐英说,自己不再孤独,因为越来越多的年轻飞行员加入这支队伍中来。作为我军序列中最年轻的部队之一,这群在航母战斗力建设全新领域探索前行的年轻人,平均才 35 岁。

人总是一边向前走,一边向后看。所有的经验都在解释已经发生的事情,而年轻没有经验,也就不会被自己所束缚。越是无限空间,越能自由飞翔。

年轻,没有极限。

驾驶"飞鲨"成功降落在辽宁舰那一刻,28 岁的舰载战斗机飞行员刘向创造了一个纪录——成为中国海军"尾钩俱乐部"最年轻的飞行员。

"这个纪录只保持了半小时不到!"刘向笑着对记者说,"比我小几个月的李阳随后也完成了第一次着舰。"

海军舰载航空兵某部飞行员李阳、刘向和同批次的年轻战友们,在 2017 年夏天一起通过了航母飞行资质认证。他们的着舰指挥官,正是戴明盟。

这是 2017 年初夏的一天。秦朋飞第一时间给自己初教机飞行教员发去一条短信:"师傅,我成功上舰了!"

简简单单 8 个字,秦朋飞向第一次带他飞上蓝天的恩师报告了一个喜讯——自己已迈进最优秀的飞行员才有资格进入的"尾钩俱乐部"。

在辽宁舰飞行装具室,有一面照片墙,记录下每一位完成航母飞行资质认证的舰载战斗机飞行员的影像。海军功勋飞行员徐汉军说:"最开始,中国的舰载战斗机事业和那面墙一样,一片空白,什么都没有。"

如今,这面墙挂上了戴明盟、徐汉军、徐英等舰载战斗机飞行员的照片,秦朋飞等许多年轻飞行员也荣列其中。

跨进"尾钩俱乐部"究竟有多难?

对于航母甲板着舰过程,外国海军航空兵有一句形象比喻:"人为控制的坠机。"稍有差池,战机就会冲出航母甲板上的跑道,甚至造成更为严重的后果。

这不仅需要飞行员有顶尖的技术,更需要飞行员心无旁骛。

从空军某航校毕业时,秦朋飞面临两个选择:一是留校任教,驻地条件较好;二是去飞三代机,驻地在戈壁大漠。秦朋飞觉得,飞行是一件快乐的事情,要飞就要飞最好的飞机,所以他毫不犹豫地选择了后者。

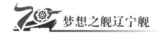

2015年,舰载机部队选调飞行员,秦朋飞又一路东行,加入了"飞鲨"团队。

秦朋飞笑着对记者说:"我常常想,如果当年没有去戈壁开三代机,今天就不会和航母同框!"

听从内心,无问西东,考验的不仅是勇气。

心静才能意诚,意诚才能精进。飞行员刘孟涛加入团队后,凭着学习的韧劲和执着,飞行技能猛进,每次飞行,几百个操纵动作和程序,他都能"一摸准""一口清"。

为了练好反区操纵,飞行员孙宝嵩曾把自己"绑"在模拟机上反复练习。战友戏称他是"飞霸",模拟器都被他飞坏了十几次。

飞行员刘向加入团队后,为了彻底纠正在陆基着陆时的肌肉记忆,仅定点着陆一个课目,就飞了近百小时,进行了数百次的着舰训练。

◎ 歼-15舰载战斗机放下尾钩,准备着舰(张雷 摄)

近距离看，笔者发现，从空中看如蜂刺般的舰载机尾钩，其实是一根成年人胳膊粗细的方钢，末端有一个马蹄样的铁钩。

就是这个尾钩，配合阻拦索，在战机着舰瞬间，爆发出强大的力量和韧度。

这个尾钩，不正像这些年轻飞行员的性格？外在刚强，内心坚韧。

当飞行员孙明杰手持毛笔，毫锋落于宣纸上时，就像钩住一道蓄满力量的阻拦索。通过练字，孙明杰磨炼了心性，也对飞行有了更深的感悟。他说，一杆一舵就像一撇一捺，只要心如止水，就会处变不惊。静得从容，动得洒脱，令他始终保持了着舰挂索全优的成绩。

秦朋飞的家乡在海军诞生地江苏泰州。他的父母没见过真正的航母，更没见过儿子开的舰载机，但他们经常去一个叫白马镇的地方。那里的海军诞生地纪念馆里，陈列着一艘辽宁舰模型。

知道儿子干的是大事儿，老两口尽量少打电话影响他，想念儿子时，就去纪念馆里看一看。

第一次登上航母甲板的飞行员张敏感受到的，除了力量，还有一种奇特的体验。张敏是所有舰载战斗机飞行员中经历最特殊的一个——

在他曾就读的职业高中，大多数同学按部就班进了工厂车间，他却奋力一搏考上大学；大学毕业后，许多同学顺其自然进公司当了职员，他却参加空军招飞，成了一名飞行员；当同批特招的飞行员大多停飞，他却踏上眼前的这块甲板。

宽广的甲板，足以容纳下无数个青春梦想。

站在甲板上，看潮飞浪涌，张敏的思绪飞得很远。在飞行中，他第

一次体会到了为一件事情着魔是什么感觉。他说,这是一个真实的航空世界,也是世界上最令人兴奋和最危险的职业领域,远比畅销小说和流行电影精彩。

你走过的路,就是你的生活。在飞向航母这条"充满痛苦回忆的美好之路"上,飞行员孙明杰上了舰、立了功、调整了岗位,也找到了一个更强大的自己。

甲板,是梦想的托举,更是力量的延展。

当初,孙明杰负责编写某课目的教程规范。拿到教程模板后,原本以为只是填几块砖,后来却发现是要砌几堵墙、盖一间房。经过不懈努力,他和战友完成了该课目的教程编写,填补了该项课目的空白。

追赶,带着勇敢和智慧;追赶,怀着梦想和热爱。

从登上甲板那一天起,徐英就坚持写《走向深蓝》日记,里面记录的大多是飞行感受。他说:"我们干的是从 0 到 1 的工作,应该给后来人留点东西。"

不知道从什么时候起,徐汉军的鬓角又添了几许白发。对比入列上舰时的照片,前几批上舰的飞行员们似乎都老了不少。

着舰指挥官戴兴说,人都是会老的,飞行员也一样,"虽然我不是巨人,但我希望后来的飞行员站在我们的肩上"。

每次战机起降,都会在航母甲板上叠加上几道漆黑的轮胎擦痕。在舰载机飞行员眼中,黑区有一种魔力。"黑区很像孩子们的刮画,每一道轮胎擦痕,都是一次对未知的探索。"

年轻飞行员们精力充沛、爱好广泛,不少人喜爱书法、戏剧,还有人称得上是编程达人和篮球高手。徐英将这归结为飞行员"对未知的热爱，对一流的执着"。

黑区，其实是"无人区"，热爱才是"拓荒者"最得心应手的工具。

就像当初，舰载战斗机事业完全是一张白纸。缺技术积累、缺图纸资料、缺标准规范、缺组训经验，是一批批年轻飞行员们用一道道轮胎擦痕，记录下了一个又一个开始。

第一次出岛链、第一次打实弹、第一次指挥夜间着舰，对飞行员卢朝辉来说，无数个引以为傲的"第一次"，就隐藏在一道道擦痕里。

训练久了，一道道轮胎擦痕新旧叠加，使黑区真成了"黑"区。

从成功着舰的一落惊海天，到常态起落的海天往复间；从试飞模式向培训模式，从探索上舰到常态上舰……许多未知的风险和挑战，就像水下的冰山逐渐浮出水面。

尽管这条路无比艰难又布满风险，但他们并不孤独。

这条路上，有更多的智者和勇者同行。正如每次夜航时，航母甲板上亮起的一盏盏灯，着舰之路上那束不起眼的灯光，指引着他们一次次归舰，又一次次远航。战鹰归巢，飞行员会来到甲板，看一看无尽的大洋，听一听不息的涛声。

航母辽宁舰舰艏的仰角，像一个巨大的杠杆，一次次将战机托举升空，划出一道完美的弧线。

这个杠杆，撬动了中国驶向"航母时代"。

"给我一个支点，我能撬动整个地球"并不是一句妄言。历史正是由人撬动的，特别是在青春蓬勃的发展阶段，有时一个人迈开一小步，就会推动历史跃进一大步。

◎ 歼 – 15 舰载机划出一道完美的弧线（张凯 摄）

如今，这一小步，就印刻在舰载机飞行的高度里。为了探索舰载机海上超低空战术，徐汉军和战友们飞行训练时，将飞行高度一压再压，战机贴着海面飞行，同时还要做出各种战术动作，涌动的浪头几乎能打到翼尖。

高度一降再降，难度一增再增……他们的探索最终被写进新修订的海军航空兵部队军事训练大纲。

"飞鲨"编队、掠过海空、一剑封喉，徐汉军激荡于胸的景象成为现实。他们迈出的这一小步，是未来战场制胜的一大步。

如今，这一小步，被航母甲板上的泛光灯映照得很长很长。

如何管控甲板灯光，既关系到战机的着舰安全，也连接着夜间作战能力生成。

作为塔台指挥员的卢朝辉，曾无数次伴着大洋的潮声，在甲板上蹀步。经过无数次的摸索试验,他们最终确定了十几种在不同时间、不同天气下的灯光亮度调整数据和管制方案。

2018年12月25日,《解放军报》在头版头条位置刊发重磅消息:歼-15舰载机具备昼夜起降和综合攻防能力,海军航母编队体系作战能力更进一步。

每个一小步,驱动着航母从墨绿驶向深蓝;每个一小步,也召唤着更多报国之士勇闯大洋。

2018年9月中下旬,中国海军正式启动2019年度招飞工作。招生简章中明确,重点是舰载机飞行学员招收选拔,积极推动海军飞行员招收由"岸基"向"舰载"转变,全面构建具有海军特色、适应舰载要求的招飞体系。

中国海军还发布了2019年度招飞形象宣传片《壮志凌云 向海图强》。"做我们的英雄,海军舰载机飞行员,只差一个你"的口号迅速刷屏,召唤更多有志青少年加入"飞鲨"团队。

对此,外媒评论:"这是中国海军首次直接为舰载机招募和训练飞行学员。"

看到这个消息,笔者再次将目光投向甲板的黑区,沿着14度的弧线看去,一片湛蓝的画幅上,是更加宽广的天。

一名年轻的飞行员指着远处说:"你看,海天线那么清晰,能见度那么高,让我们去飞行!"

》》第十二章
写给 2035

子在川上曰："逝者如斯夫,不舍昼夜。"

这个世界,时间无声无息地流淌,却是成就一切的土壤;时间原本看不见、摸不着,可被人们用青春、热血、拼搏"上色",它就会成为一件色彩斑斓的"伟大画作"。

2035 年,在时间的长河中,只是一朵普普通通的浪花。

但是,对共和国军人而言,2035 年如今变成了一个伟大的目标——党的十九大擘画的宏伟蓝图:2035 年,基本实现社会主义现代化,基本实现国防和军队现代化。

2035 年,由此成为中华民族一个具有历史意义的时间节点。它既连接着过去,更延展向未来;既是每一名军人的未来,还是一支军队的未来,一个国家的未来。

一代人,有一代人的机遇和梦想;一代人,有一代人的使命和担当。仰望星空,脚踏实地,"梦想一旦被付诸行动,就会变得神圣"。

哲人说:"没有哪个胜利者,会信仰机遇。"在共和国军人心中,胜利来自千锤百炼,来自不懈努力,来自坚韧不拔,来自前仆后继。

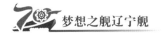

回眸过去,在中国航母事业前进的道路上,每一名航母官兵,都为时间赋予了意义,将普通的年份变成了厚重的历史。

眺望未来,在中国航母挺进深蓝的征途上,每一名航母官兵,都要接受来自时间的考验和挑战——实现2035这一伟大的目标,又需要整整一代人用青春和热血去拼搏。

"走在大时代,迈出的每一步都是全新的,迈出的每一步都需要我们全力以赴。"舰载机特级飞行员徐英这样对笔者说。

徐英说这句话的那一天,是2016年12月26日,那是笔者与徐英的第一次相见,地点在辽宁舰二层甲板的飞行员舱室内。

当时,辽宁舰正破浪行驶在西太平洋上。千里之外的神州大地,中国军队改革的"巨轮"正在按照既定的节奏前进。

"能够有机会驾驶先进的歼-15遨游蓝天、编队飞行、对抗空战、结伴而归、降落航母。还有比这更幸福的事情吗?没有,绝对没有!"

徐英坐在电脑前,十指飞速敲击键盘,仿佛仍在保持着紧张的飞行状态。那张被台灯映亮的脸庞上看不见疲惫,此刻正被一种兴奋的情绪持续燃烧。

此后,笔者与徐英见过很多次面。

这些年,徐英保持着一个生活习惯:无论走到哪里,无论在干什么、有多忙,他都在第一时间把自己飞行人生的所思所得记录下来。

翱翔海天挑战极限的他,既有一颗能承受生死考验的"钢铁心",又有一颗热爱生活情感丰沛的"细腻心"。有战友开玩笑:徐英的日记,是反映中国航母舰载战斗机航空兵这些年成长的生动素材。

如今，徐英印在笔者脑海最深的印象，不是他开飞机的样子，而是他埋首于笔记本电脑思考陶醉的样子——他的大脑引擎在高速运转，他的双手迅速而有节奏地敲击着键盘，一个个冒着真情、热气的文字在电脑屏幕上跳跃而出。

一个偶然的机会，笔者读到了这位"刀尖舞者"的文字。

这些文字，至刚至强。它们有时是一篇夜航心得，有时是一页飞行教程，有时是一篇翻译资料。这些文字，至柔至软。它们有时是给爱人的一纸情书，有时是抒发内心情怀的一首小诗。

在 2018 年繁星满天的深夜，憧憬未来激情涌动，徐英难以入眠。徐英饱含真情地分别给妻子、孩子和未来的战友写了 3 封信。

这 3 封信，是写给个人，也是写给祖国的——是一位共和国军人写给 2035 年的梦想。

这 3 封信，就像一面心灵的三棱镜，把舰载战斗机飞行员们对孩子的爱、对家的爱、对国的爱，从不同角度折射出来。

下面，跟着笔者一起走进这条缓缓流淌的情感之溪，从字里行间细细感悟舰载战斗机飞行员徐英和战友们那丰盈的精神世界、深厚的家国情怀。

【第一封信】

2018 年高考当天写给 18 年后女儿的一封信——

为拥有出彩的人生加油

亲爱的筱曦：

当你打开这封信时,爸爸要对你说声:18 岁快乐!

这句问候,来自 18 年前的 2018 年。那时,你还是一个出生不久刚学会翻身的小屁孩。

我实在想不出,2036 年的中国和 18 年后的你,会变成什么样子。但我知道,我那时 59 岁,你妈妈 58 岁。那是一个我不敢想象的年龄,想了心里就会产生酸楚的感觉。

可是,想到你已经长成 18 岁的大姑娘,马上就要走进高考的考场,我还是会感到非常高兴。只是不知道,那个时候还有没有高考。

这种担心,一点都不多余。你出生在一个崭新的世纪,这个世纪到今天才刚刚过去 18 年,但已经发生了超乎想象的变化。当我在 23 岁踏进新世纪时,几乎都没有使用过手机。而现在,我已经和地球上的大多数人一样,变成了一个"低头族"。

变化最大的是我们的国家。在过去的十几年里,中国的发展取得了举世瞩目的成就,经济总量位居世界第二位。有了这样的发展,爸爸才能够有机会从事现在这项神圣的事业。

当你看到这封信时,爸爸可能已经退休,也可能还在以一种不错的状态,继续为国家的强盛、军队的强大而努力拼搏。我希望是后者,因为我太想让我们的国家变得更好。

我们每一个人都要为这样的梦想而努力。

18 年后,你一定沐浴着和平的阳光,为了实现自己的梦想而努力。不管你的理想是什么，只要能为社会发展做出积极贡献，我都给予你全力支持。那时，你所在的中国，将基本实现社会主义现代化，正在向建成社会主义现代化强国迈进。我们每一个人都要从现在开始，撸起袖子加油干。

对于正在写信的爸爸来说，我既要把工作干好，也要努力地把你抚养成人，把你培养成有理想、有抱负的好少年。

我们正在培养你的姐姐晨曦养成良好的学习和生活习惯。当你正在看这封信时，希望你的姐姐正在陪着你。那时，她已经 30 岁了，也许刚刚取得博士学位，也许成了钢琴家，也许只是普通职员，也许继承了爸爸的事业，成为中国第一位舰载战斗机女性飞行员。不管怎样，只要平平安安，或者守护平安，就都是幸福的。

以前，我和妈妈总是批评你姐姐学习不认真。为此，你姐姐没少掉眼泪，有时还发点小脾气。那时，你姐姐一定不再发脾气了，但我一定怀念与你姐姐一起为了解开一道几何题而"战斗"不止的日子！

你的奶奶是不是也在身边听你读爸爸的信？奶奶应该 82 岁了。你不会记得奶奶年轻时的样子，可我记得。写到这里，我的眼泪止不住地往下掉。由于工作忙碌，我已经好久好久没有陪你奶奶了。希望在你看信的时候，我们都幸福地生活在一起。

人总是在不断地成长进步，就像我们的国家总是在不断地发展壮大。让我们一起加油，为了拥有出彩的人生，也为

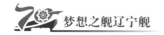
了我们祖国的繁荣和富强。

读完信,你也该去学习了。提前祝你考个理想的大学。

永远爱你的爸爸

2018 年 6 月 7 日

【读后感言】

徐英给女儿的期望,其实也是所有飞行员对孩子的交代。

徐英说,希望她以后长成一个快乐的人,一个懂得感恩的人,一个心中有爱的人。

飞行员的孩子,虽然和父亲见面少,但得到的爱不会少半分。"我的爸爸,是一名舰载机飞行员!"在孩子的心目中,爸爸就是他们的骄傲!他们用对舰载机事业的认真与负责,教会孩子什么是担当;他们用对家人的关爱和牵挂,教会孩子什么是亲情和爱。

军人的孩子,总是那么懂事和贴心。其实在飞行员爸爸的心里,孩子也是他们的骄傲。

就像徐英信中写的那样,他们会陪伴孩子们进步。相信许多年后,孩子们也一定不会让他们失望。

【第二封信】

写给妻子的一封信——

云端的风景是共同的财富

亲爱的红:

写这封信的时候，我刚刚结束了一次夜航飞行。

夜间着舰的风险之高和难度之大，远远超过了我的想象。所以，每次能够平安着舰，我都觉得无比幸运。

也正是每每这个时刻，我心里都会涌出很多话想对你说。

从 2005 年我们结婚到现在，已经过去了 12 年，而我们也从当年的青葱岁月，成长到现在的为人父母。这些年，我换了多个单位，而你也跟着我东奔西跑，受了不少苦累。

人家都说，当军人的妻子难。可他们不知道，当飞行员的妻子更难。每一个战鹰轰鸣的日子里，家属们都睡不着觉，哪怕再晚都要等到那句"平安归来"的消息。

每次外出执行任务，要么几个月，甚至长达半年，家里有什么事你都一人承担。对此，我要对你说声："谢谢！"正因为有了你的理解和支持，我才能毫无顾虑地驰骋于祖国的海天。

那年，当海军招收航母舰载机飞行员的时候，我向组织递交了申请书。那时，我们的女儿晨曦刚刚 6 岁，正要上小学；我们购买的房子才交付，马上要装修；而你也刚刚适应了南方的生活，正是一切都走向正轨的时候。对于我的这个决定，你虽有不愿，但还是对我说："你选好的路，就去放手走吧，我决不拖后腿！"

于是，我从空军来到海军，你和孩子也搬到了另外一个陌生的城市，我们开始了两地分居的日子。由于训练任务的

繁重,我回家的日子寥寥无几,家庭的团聚变成了一种奢望。

在我们紧张训练的时候,你和其他家属一起,在后方用坚强的臂膀,撑起了一个个家庭。有一次女儿生病,你一个人凌晨2点多钟带着去医院。为了不影响我飞行,你瞒着没跟我说。当我打电话给你的时候,你委屈的泪水再也抑制不住。那一刻,我感到了深深的亏欠。挂完电话,我写了一首诗送给你:

> 想我你就偷偷地哭,
>
> 释放你内心无限的苦。
>
> 天各一方的日子只有离愁,
>
> 那是我们选择的路。
>
> 想我你就偷偷地哭,
>
> 那是对我无言的鼓舞。
>
> 扬帆远航我张开双翼,
>
> 云端的风景是你我共同的财富。

航母舰载机事业的发展,离不开每一个人的付出。我们的战友、兄弟张超牺牲了,曹先建受了重伤。这些事情的发生,非但没有让我们消沉,没有让我们的家属退却,反而让我们变得更加团结和坚强,也让我们倍加珍惜和家人在一起的幸福时光。

现在,我们正在进行夜间上舰技术攻关,面临着许多未知风险。虽然我们每次都小心翼翼、精益求精,但还是会面对一个个陌生环境和艰难风险。

我知道，这只是开始，哪怕任务再艰难、挑战再艰巨，我们也必须勇敢地冲上去。因为，这是一名优秀飞行员必须拥有的血性、具备的胆气，也是每一名中国军人流淌在血管里最宝贵的东西。

每每此时，我都会回想起我们生活中的点点滴滴，脑海中浮现出你和孩子的脸庞。尤其是想到，我在生活中曾对你和孩子发脾气，就会感觉特别后悔。

我想对你和孩子说一句："对不起！"今后，我一定会倍加疼爱你和孩子，倍加珍惜和你们在一起的每一分每一秒。

能够遇见你们，就像能够遇见这个美好的大时代，这是我最大的幸运、一生的荣耀。

我将永远爱你们！我也希望你能够真切地感受并记住这一点。

亲爱的红，我们的第二个孩子马上就要出生了。对于我们来说，这是一件喜事。对于你来说，却意味着又要付出更多的心血。

我们的事业发展到了一个新的关键时期，我既要把自己的技术练好，还要带着新飞行员完成各项任务。因此，我陪伴你们的时间会更少。这种两地分居的日子，也许还要持续很长时间。

和所有的飞行员家属一样，你已经习惯了这样的生活。你们用自己柔弱的肩膀，撑起了一个个家，更撑起了航母舰载机事业的半边天。我们的孩子长大以后，也一定会理解父

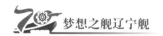

母——我们是为了一项开创性的事业而奋斗,我们的生活充满意义。

又要飞行准备了,今天先聊到这里吧!

永远爱你的英

2018 年 10 月 12 日

【读后感言】

徐英给爱人的信,也是许多飞行员想和妻子说的。

从信中看得出,徐英是一个浪漫的人。

和飞行员的爱情,注定没有朝朝暮暮,也很少有风花雪月。而在一起的日子里,军人独有的浪漫又如涟漪一般一波波荡漾开来。

这种浪漫,不会太浓烈,而是表现在一个个日常的小细节里——

平时回家时,徐英会问爱人想吃什么,围上围裙,翻着菜谱为她做一桌子好菜。

孩子小,晚上经常哭闹,为了爱人能睡好些,他自己抱着孩子在客厅走了一圈又一圈……

像这样生活中的琐事,哪一样不是饱含着深深的悠长爱意?

【第三封信】

写给未来舰载战斗机飞行员的一封信——

驰骋在梦想所在的地方

第××期舰载战斗机飞行员:

你们好！

这是一封来自十几年甚至更多年前的信。

如果我有机会能够亲自给你们读这封信，无论年过天命，抑或迈入花甲，我都会很乐意与大家分享我的更多想法。

首先，让我以一名舰载战斗机飞行员的身份，畅想若干年后的中国海军舰载航空兵——

我们的事业始于 2013 年 5 月 10 日，中国海军首支舰载航空兵部队正式成立的日子。若干年后，经过建设发展和艰苦奋斗，舰载航空兵已经取得了巨大成就，正在向着建设强大的现代化海军目标冲刺。

读这封信的时候，你们一定拥有更强的能力，坚决捍卫祖国领土、主权安全和国家利益、海洋权益。而这样的能力，正是我们今天不断努力的方向。

那时，舰载航空兵可能会拥有更新型的战机。你们拥有这样的机会，驾驶这样的战机，是幸运的。因为，那是我们这一代舰载战斗机飞行员最大的期待。

这应该感谢我们伟大的党，领导着我们伟大国家，开创了我们伟大的新时代，让我们每个人都有实现梦想的机会。而这样的机会，是以前几代人望眼欲穿都没有的。

我们和你们一样幸运，而你们更幸运。这不仅因为你们站立在前人的肩膀上，更因为你们肩负着将这样的团队带向更大更强的重任。

中国航母事业从零起步，从无到有，逐步壮大。在这一

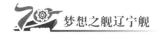

伟大事业的历史征程中,必须有一代代人付出艰辛的努力、甚至是宝贵的生命。

一位老首长已经把生命融入了这项事业:"假如有一天我死了,就把我的骨灰埋在这儿,每天看着舰载机飞行……"

我们正是在这种精神的感召与激励下,从舰载机的门外汉变成了合格的航母舰载机飞行员,并逐渐成长为指挥员、教练员,有能力用自己的经验帮助新的飞行员更快走上成长之路。

我们为自己能够有机会有能力为航母舰载事业发展贡献力量感到光荣和自豪,但我们的内心深处,时刻都有一种担心和恐慌,怕因为自己的懈怠与放松,迟缓了事业的进步,影响了团队的发展。因此,大家形成了积极训练、努力提高的氛围。

现在,事业的接力棒传到了你们手里。作为曾经的舰载战斗机飞行员,我希望大家无论装备如何先进、技术有多进步,都要秉持忠诚、专业、创新、坚韧的航母舰载精神,发挥出我们最大的主观能动性。

建设强大的现代化海军征程,断然不是坦途,需要我们披荆斩棘,以大无畏的精神和英勇顽强的气概,面对困难挑战,甚至风险。

无论是已经不能飞行的老兵,还是刚刚完成上舰认证的新员,我们都将把自己的一生奉献给这项伟大的事业。

我希望若干年后的自己,仍然可以与你们驰骋在海天,因为那是我们梦想所在的地方。

中国海军"尾钩俱乐部"的新成员们，让我们一起奋飞，圆满完成任务返航，精准地降落在新型航母上，稳稳地钩住第 3 索，完美地得到一个"满分"。

舰载战斗机飞行员　徐英

2018 年 10 月 1 日

【读后感言】

飞行，是勇者的职业。舰载战斗机飞行员，是刀尖上的舞者。选择成为舰载战斗机飞行员，需要勇气；成为舰载战斗机飞行员，需要技术与细心，更需要完成心中梦想的信念与决心。

就像徐英说的，感谢这个新时代给予他们实现梦想的机会。

一名年轻舰载机飞行员对笔者说，还记得，2012 年 11 月，"飞鲨"首次成功着舰的新闻，振奋了所有国人的心。那时，他还在空军航空

◎ 航空保障部门官兵在甲板举行宣誓活动（张凯 摄）

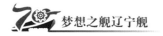
大学学飞行。他说："上高中时,我看军事杂志里介绍国外的航母,就想着中国什么时候能有自己的航母就好了! 没想到,这么快我们就有了自己的航母。"

他更没有想到,有一天自己能成为一名舰载战斗机飞行员。

笔者问他："如果有机会退役去民航开客机,你去不去?"他特别认真地回答："不去。"笔者问为什么? 他说："天天干着自己最喜欢的事——开舰载战斗机,没有比这更好的事儿了……"笔者想,和徐英一样,年轻一代的舰载战斗机飞行员已经把飞行深深地融入了生命的血液里。

>>> 尾声

以"我"之青春铸就"国"之青春

洞察世界,博尔赫斯说:"人们有两种看待时间大河的方式:一种是从过去,时间不知不觉地穿过此刻的我们,流向未来;还有一种比较猛烈,它迎面而来,从未来,你眼睁睁看着它穿过我们,消失于过去。"

此刻,2018年呼啸而去,2019年迎面而来。

2019年,对于中华民族来说,是一个有着非同寻常意义的时间坐标——

这一年,中华人民共和国成立70周年,人民海军成立70周年,辽宁舰7周岁。

一艘战舰,一支军队,一个国家;航母梦,强军梦,中国梦。

梦想,需要青春点燃,需要青春去实现。

100年前,中国共产党先驱李大钊在中华民族危难之际振臂高呼:中国青年应"以青春之我,创建青春之家庭,青春之国家,青春之民族,青春之人类,青春之地球,青春之宇宙,资以乐其无涯之生"。

"红日初升,其道大光;河出伏流,一泻汪洋。"站在时光之河上眺

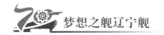

望,一代代中华儿女的青春都闪烁着耀眼的光芒——

还记得100年前的"五四运动"吗? 一群年轻的学子用手中的火把,点亮了一个民族前进的道路。

还记得抗日硝烟中延安城门下涌动的人流吗? 为了救国,从祖国各地奔赴延安的青年们,背着行李,燃烧着希望,挽救中华民族于危亡之际。

还记得罗布泊首枚原子弹爆炸时那欢呼雀跃的背影吗? 共和国一代青年才俊,隐姓埋名、俯下自己的身躯去奋斗,让中华民族挺直了脊梁。

回望过去,青年兴则国家兴,青年强则国家强。

凝视今天,青春正在点燃中国梦、强军梦、航母梦。

看,70岁的共和国正青春——如今,中国经济总量占全球比重跃升至15%,成为世界第二大经济体;中国的年度经济增量,已经相当于一个中等发达国家的经济规模;人均国民收入从不到300美元,到超过9000美元;全世界每10人脱贫,就有9个来自中国;115家中国企业进入全球500强,居世界第二……

看,70岁的人民海军正青春——70年,对于一个人的生命来说,时间不算短了。可对于人民海军发展建设来说,这实在是一个青春的年龄。英国海军,400多年;俄国海军,300多年;美国海军,200多年……而人民海军只有70年。新时代,朝气蓬勃的人民海军,在南海大阅兵中交出了一份令国人振奋、令世界瞩目的成绩单:人民海军48艘战舰、76架战机、1万余名官兵组成7个作战群、10个空中梯队,汇成一部雄浑的青春交响曲,驰骋在大洋之上。

看,7岁的航母辽宁舰正青春——从零开始,7年时间,航母辽宁舰战斗力建设完成了"从船能动到能作战"的快速成长。作为人民海军的幼子,它恰似一位风华少年,心系家国,壮志满怀。

历史学家这样说:"人们最关注的历史,总是离自己最近的历史。"今天,我们回顾航母辽宁舰这段离我们很近很近的历史,也是通过历史这面镜子告诉国人——

以"我"之青春,方能铸就"国"之青春,"军队"之青春,"航母"之青春。

2019年,3个梦想——航母梦、强军梦、中国梦的"巧遇"重叠,看似偶然,实则昭示了一个历史必然:航母梦若实现不了,强军梦怎能实现;没有强军梦,就没有中国梦。

今天,我们前所未有地靠近世界舞台中心,比历史上任何时期都更接近中华民族伟大复兴的目标。今天,从站起来、富起来到强起来的中国,比历史上任何时期都更需要建设一支强大的人民军队"护航"。

人民军队不仅要成为国家生存利益的捍卫者,还要成为国家发展利益的捍卫者;不仅要为国内人民提供安居乐业的安全环境,还要保护我海外人员的生命财产安全。今日之边疆,已不局限于传统的守疆固土,而是全新的"利益边疆"。中国老百姓的灯火在哪里点亮,共和国军人的身影就应该在哪里出现。维和行动,索马里护航……中国军人、中国战舰如今已走上了世界舞台。

曾听过这样一则寓言:有一个孩子问,白天这么亮,还要太阳做什么?

　　我们千万不要笑话孩子,现实中我们同样听到有人和孩子一样幼稚地问:国家今天这么安宁平静,还要航母、军队有什么用?

　　和平年代绝不醉享和平,战争来临方能终结战争。"能战方能止战,准备打才可能不必打,越不能打越可能挨打。"这是历史用血与火总结出来的战争与和平的辩证法!

　　民族复兴,绝不是轻轻松松、敲锣打鼓就能实现的。大国崛起,绝不是一帆风顺、温情脉脉的图景。

　　当下,中国这艘驶向复兴的巨轮,正行至关键航段,体量越大、航速越快、离目标越近,阻力和风险就越大。没有一支强大的军队"护航",再好的历史机遇期也会失之交臂。

　　护航中国,每名共和国军人只有握紧"使命之桨",才能抵达胜利"彼岸"。战争年代,军队必须赴汤蹈火;岁月静好,军队更要负重前行。

　　护航中国,前方有开阔水域,也有急流险滩;有江河归海,也有乱云飞渡,靠短时间的发力猛奔是不行的,需要的是持续不懈、坚韧不拔、前仆后继的"青春接力"。

　　时间的刻度,清晰地记录走过的路。回眸过去的 6 年,中国航母故事,就是一部"青春接力"的热血传奇——

　　罗阳悲壮倒下了,更多年轻的科技人员投入到航母事业中;张超壮烈牺牲了,张超的战友们依旧冒着生命风险在飞行;戴明盟完成"惊天一落",更多年轻的飞行员跟着他不畏生死挑战极限;韦慧晓执着追求梦想,更多的航母女兵跟她一样英姿飒爽;坚守在看不见阳光的机电舱,老班长刘德波整天乐呵呵,他带的兵也跟他一样,一脸阳光……

6年时间，青春拼搏，中国航母故事只是拥有了一个"精彩的开局"。

中国航母的路，还很漫长、很艰难。

眺望未来的路标，书写中国航母的传奇，需要更多、更拼的青春身影。

距离2035，还有16年——实现"国防和军队现代化"这一目标，需要整整一代年轻人燃烧自己的青春。

距离2050，还有31年——实现"全面建成世界一流军队"这一目标，需要整整三代年轻人燃烧自己的青春。

汗水涤荡，青春作伴。"历史只会眷顾坚定者、奋进者、搏击者，而不会等待犹豫者、懈怠者、畏难者。"

披肝沥胆，青春无悔。"我们生活的世界充满希望，也充满挑战。我们不能因现实复杂而放弃梦想，不能因理想遥远而放弃追求。"

前仆后继，青春永恒。"总有一些牺牲伴随着民族复兴，年轻的他们把使命扛在肩上，在最美好的年华义无反顾、负重前行，一转身成为震撼心灵的永恒记忆。"

现在，青春是用来奋斗的；将来，青春是用来回忆的。

前不久，"汉语盘点2018"年度字揭晓，答案令人共鸣："奋"！这个字，既是国家的状态，也是个人的状态！

"我们现在所处的，是一个船到中流浪更急、人到半山路更陡的时候，是一个愈进愈难、愈进愈险而又不进则退、非进不可的时候"，依旧需要中流击水，依旧需要为梦想不舍昼夜，风雨兼程。

◎ 长鲸凌波,挺进深蓝(张雷 摄)

听,汽笛再次鸣响！航母辽宁舰又一次出航,驶向海天一色、波涛涌动的远方。

看着甲板上紧张忙碌的官兵们,笔者耳畔回响起他们的铮铮誓言:"我们的征途是星辰大海,那是一个深蓝色的梦想!"

》》后记

在对中国梦的诸多描述里,再没有比"巨轮"更贴切的比喻了。以航母辽宁舰为代表的新一代中国战舰,便是"中国号"巨轮的生动脚注。

"走进中国战舰丛书"出版之际,人民海军刚刚走过70年,中华人民共和国刚刚度过70华诞的生日。在中华民族伟大复兴的时间轴上,这是一个注定要被历史铭记的时间点——中国共产党领航这个国家、这支军队已经进入了新时代。在世界坐标系上,无论是硬实力还是软实力,"中国"日益成为一个醒目的坐标点。站起来,富起来,强起来——中国共产党领导下的人民军队和中华人民共和国搭上同一艘"梦想巨轮",开启了"梦想加速度"。

"在新时代的征程上,在实现中华民族伟大复兴的奋斗中,建设强大的人民海军的任务从来没有像今天这样紧迫。"建设强大的现代化海军是建设世界一流军队的重要标志,是建设海洋强国的战略支撑,是实现中华民族伟大复兴中国梦的重要组成部分。

作为本套丛书的作者,我们有幸作为亲历者,跟随这些战舰驰骋

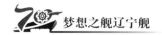

大洋，见证了那些最为壮观、最为激动人心的时刻。透过一个个新闻现场、一个个权威史料，我们力图梳理新时代中国海军现代化军舰的战斗力形成之路、披露中国海军舰艇的发展之路、讲述新一代中国海军军人的成长之路。

采访中，我们遇到过许许多多这样的平凡水兵：入伍前，他们没走出过大山、没见过大海，如今却可以随口道出一个个遥远的国度、一个个陌生的城市、一条条拗口的海峡名字。他们与人民海军一同成长，视野变得越来越开阔，胸襟变得越来越宽广。

"在中国舰艇上你将听到什么样的未来？"2017年参观海口舰时，美国军事战略研究学者迈克尔·法比敏锐地观察到，"海口舰上的年轻军官十分自信。他们对祖国的命运非常肯定。"

目光越过70年，品味着这些意味深长的细节，我们深深感到：新一代战舰遇见了伟大的新时代，新一代舰员们遇见了伟大的新时代。他们，都是新时代带给中国海军的"礼物"。

航母辽宁舰、"中华神盾"海口舰、和平方舟医院船……某种意义上，"走进中国战舰丛书"不仅是我们献给新中国成立70周年、人民海军成立70周年的真诚之作，还是海军官兵献给伟大祖国的"生日礼物"，更是中国海军献给新时代的"梦想报告"。

本套丛书的写作，是在紧张的工作间隙完成的。其间困难超出我们最初的想象，但所幸总有一种梦想的力量在鼓舞着我们、总有一种使命的力量在召唤着我们。在丛书的成稿和出版过程中，军地有关部门给予了及时的指导和帮助，尤其是海军机关和部队给予了大力支持、国防科工局相关领导和专家提供了宝贵意见，在此一并致谢。

图书在版编目(CIP)数据

梦想之舰辽宁舰/柳刚,陈国全,王通化著.
—上海:华东师范大学出版社,2019
(走进中国战舰丛书)
ISBN 978 - 7 - 5675 - 9937 - 6

Ⅰ.①梦⋯ Ⅱ.①柳⋯ ②陈⋯ ③王⋯ Ⅲ.①纪实文
学—中国—当代 Ⅳ.①I25

中国版本图书馆 CIP 数据核字(2019)第 293486 号

走进中国战舰丛书
梦想之舰辽宁舰

著　　者:柳　刚　陈国全　王通化
总 策 划:柳　刚　金　龙
策划编辑:王　焰　曾　睿
责任编辑:曾　睿
责任校对:时东明
装帧设计:膏泽文化

出版发行　华东师范大学出版社
社　　址　上海市中山北路 3663 号
邮　　编　200062
网　　址　www.ecnupress.com.cn
电　　话　021 - 60821666　　团购电话　021 - 60821690
客服电话　021 - 62865537　　门市(邮购)电话　021 - 62869887
地　　址　上海市中山北路 3663 号华东师范大学校内先锋路口
网　　店　http://hdsdcbs.tmall.comn

印 刷 者　青岛名扬数码印刷有限责任公司
开　　本　710×1000 毫米　16 开
印　　张　20.75
字　　数　214 千字
版　　次　2019 年 12 月第 1 版
印　　次　2020 年 1 月第 1 次印刷
书　　号　ISBN 978 - 7 - 5675 - 9937 - 6
定　　价　138.00 元

出版人　王　焰
(如发现本版图书有印订质量问题,请寄回本社客服中心调换或电话 021 - 62865537 联系)

◎中国海军航母编队（胡锴冰 摄）

走进中国战舰　致敬人民英雄

谨以此书献给

伟大的中华人民共和国成立 70 周年

光荣的中国人民海军成立 70 周年